图书在版编目（CIP）数据

独家专宠 / 岁正著. —— 贵阳：贵州人民出版社，2016.4（2020.11重印）

ISBN 978-7-221-12087-8

Ⅰ.①独… Ⅱ.①岁… Ⅲ.①言情小说 – 中国 – 当代 Ⅳ.①I247.5

中国版本图书馆CIP数据核字(2016)第070369号

独家专宠

岁正著

出 版 人	苏　桦
出版统筹	陈继光
选题策划	胡晨艳
责任编辑	胡　洋　赵帅红
流程编辑	胡　洋
特约编辑	莱秧子
装帧设计	昆　词
出版发行	贵州人民出版社（贵阳市观山湖区会展东路SOHO办公区A座，邮编：550081）
印　　刷	长沙鸿发印务实业有限公司（长沙黄花工业园三号 邮编410137）
开　　本	889×1194毫米 1/32
字　　数	250千字
印　　张	9
版　　次	2016年6月第1版
印　　次	2016年6月第1次印刷 2020年11月第2次印刷
书　　号	ISBN 978-7-221-12087-8
定　　价	39.80元

版权所有 盗版必究。举报电话：策划部0851-86828640
本书如有印装问题，请与印刷厂联系调换。联系电话：0731-82755298

楔子	/ 001
【1】快乐三宝	/ 009
【2】以吻封缄	/ 016
【3】一份大礼	/ 022
【4】开张大吉	/ 028
【5】啤酒小妹	/ 034
【6】英雄救美	/ 040
【7】言传身教	/ 046
【8】花痴的痴	/ 055
【9】钢琴王子	/ 063
【10】生日快乐	/ 071
【11】天罗地网	/ 078
【12】因祸得福	/ 085
【13】当局者迷	/ 090
【14】豪客临门	/ 097
【15】狭路相逢	/ 104
【16】奇葩女客	/ 111

独家专宠

DUJIA ZHUANCHONG

目录

独家专宠

目录
DUJIA ZHUANCHONG

【17】冤家路窄　　　　/ 121
【18】突发事件　　　　/ 130
【19】白云孤飞　　　　/ 139
【20】疑点重重　　　　/ 152
【21】情侣关系　　　　/ 163
【22】不同体验　　　　/ 175
【23】抓现行　　　　　/ 182
【24】来者不善　　　　/ 195
【25】公然挑衅　　　　/ 202
【26】昙花之约　　　　/ 210
【27】与燃共舞　　　　/ 218
【28】昙花之恋　　　　/ 231
【29】此地无银三百两　/ 240
【30】负面新闻　　　　/ 248
【31】软磨硬泡　　　　/ 257
尾声　　　　　　　　　/ 272

楔子

DUJIA
ZHUAN
CHONG

华灯初上,地铁站口人头攒动,忙碌一天的人们迎来下班的时间,同时也到了无照商贩"上班"的黄金时段。卖小吃、水果、衣裤鞋帽的小贩们围堵在地铁站口,铺开摊位,个个卖力吆喝。

"纯手工饰品!一款仅一条,比限量版还要限量版!美女姐姐、阿姨们走过路过不要错过哟!"饰品摊后方,站着一位身着高中校服的女学生,她清亮的吆喝声引来路人驻足挑选。

女孩儿背着书包,显然刚刚放学。

"你才几岁啊就出来摆摊,家里人同意吗?"女顾客好奇地问。

"没人管我,我一个人生活!"女孩儿的笑容非常甜美。

通常听到这样的回答,十之八九的人会以为女孩儿孤苦伶仃,然后善良的人们开始自动补脑,此刻就连女孩儿的笑容都成了坚强苦笑。于是乎,管它是手链还是耳钉,连价都不带砍的,纷纷掏钱献爱心。

当然,女孩儿并没有说谎,她确实是一个人生活,只是……

"城管来了!大伙儿快跑啊——"某小贩高声疾呼。

顷刻间,周遭大乱,女孩儿今天是第一次出来摆摊,毫无"逃逸"经验的她,还没跑出一百米,便被执法人员逮个正着。

城管大队的大院里，各类小商品聚集成堆，仿佛走进混杂的批发市场。

"钱希西是吧？"城管翻开女孩儿的学生证，"才16岁？"

钱希西双眼含泪，怯生生地点头："城管叔叔，我错了，我没钱……"

"别害怕，念你是初犯又未成年，可以不罚你的款，但是必须把你的家长叫过来，叔叔要和你的父母谈谈。"

"我父母都不在身边，我一个人住，不信的话，您可以查我的资料。"

城管一怔："亲属、兄弟姐妹，有吗？如果你再说没有，叔叔只能给你所在的学校打电话，让你的班主任来接你。"

"别别别！让学校知道会记处分！您等一下……"钱希西赶忙写下一串手机号码，犹豫片刻，把字条推到城管的面前，含糊其辞地说，"您、您给他打吧……他叫段燃，段正淳的段，燃烧的燃，他是我的……朋友。"她的声音几不可闻，心中默默祈祷，但愿段燃承认是她的朋友。

二十分钟后，一辆奔驰停在城管大队的院门前。

司机走下车，毕恭毕敬地拉开后车门，后车厢里坐着一位年纪十八九岁的少年。少年交叠着修长的双腿，手中托着一本法文原版书，他分明是一副大学生的打扮，但单从神态上看，却有着超乎同龄人的成熟与冷漠。

"小燃，需要我去把钱小姐接出来吗？"司机谨慎地问。

四周嘈杂不堪，尤其是不法商贩的恳求声，此起彼伏，不绝于耳。

少年黑眸微扬，狭长的眸中明显夹杂着一丝愠怒，他暗自吐口气，悠悠地合起书籍，信步走入城管大院。

一进门，少年便从人群中看到身穿校服的钱希西。她抱着书包蹲在墙角，像个受气包似的，哭鼻子抹泪儿。

城管人员正在院中维持秩序，所以很快注意到这位气质出众的少年。

"哦，你来接钱希西？你是她的……朋友？"

"不，我是她的债主。"段燃睨向钱希西。钱希西对上他犀利的眼神，先是不自觉地缩了下肩膀，然后低着头走到他的身旁。

"段燃,你,你来了……城管叔叔,他……他就是段燃,我朋友。"她心虚地说。

"他说他是你的债主,不是你的朋友。"

钱希西蹭蹭眼角的泪珠,偷偷白了段燃一眼,又可怜巴巴地对城管说:"叔叔您别理他,他就喜欢开玩笑,我、我能走了吗?"

"别急,需要办个手续。段先生,你愿意替钱希西做担保吗?担保并监督她不再进行无照经营?"

段燃脸上无多余的表情,一本正经地说:"我可以帮她签担保书,但有一个客观存在的问题,她是个视财如命的女学生,只要可以让她赚到钱,她连我的肾都敢卖。"

"啊……啊……拜托你不要讲这种没下限的冷笑话好不好?城管叔叔我保证,我保证不再乱摆摊!"钱希西的内心是崩溃的!都什么时候了,他竟然还说什么债主?好吧,关于债主的问题,在某种层面上也是事实。但他又说她会为了钱知法犯法……纵然她内心深处确实存在那么一丢丢邪恶的念头,但他也不能在这儿乱讲大实话啊!还想不想让她回家了?!

虽然钱希西的态度十分真诚,但城管仍是半信半疑,颇有等待段燃确认的意思。钱希西则是悄然移到段燃的身后,偷偷用手指戳他的脊背,拜托并暗示他别胡闹!

段燃不屑一顾,颐指气使地命她去车里等,随后跟随城管去办公室办手续。

钱希西气哼哼地坐上车。如果不是她抠门儿到没有朋友,打死她也不会找段燃这个毒舌害人精来救她!

片刻后,段燃坐上车,随手将保证书丢在她的腿上。

钱希西抓起保证书阅读,发现有一行手写的补充条款,单从字迹来看,明显来源于段燃本人。补充条款内容为——如果钱希西继续无照经营,钱希西愿为此支付十万元罚款。

"十万?你是不是疯了?"

段燃看都懒得看她一眼，诘问道："段家供你吃穿，我爸妈塞给你的红包足够你购买日常所需，所以你给我一个摆地摊的理由？"

钱希西知道他在生气，她没底气地嘀咕："我一个人生活你又不是不知道，水电煤气也是一笔不小的开支。你说，是吧？呵呵……"

"你装什么可怜？你妈没给你寄生活费？"段燃嗤之以鼻。钱希西的母亲每个月都会从海外打钱过来，假设钱希西每月开销为两千元，那么抛开每月全部支出，她至少还能存一千元。何况她的晚餐基本在他家解决，日常生活用品也从他家拿，说白了，她根本就不用为钱发愁。综上，凭段燃对钱希西的了解，她会偷偷跑去摆地摊，一定是想买什么贵重的东西。至于这么笃定的原因，她是典型的"铁公鸡"，只要存进账户的钱，绝不能再取出一分一毫。

思及此，他从皮夹里抽出一张信用卡，扔到她的手边。

不待钱希西反应过来，他指着她的鼻尖，不耐烦地说："买完你想买的，记得把卡给我送回来。"

他的态度盛气凌人，仿佛在他眼中她就是假扮乞丐的诈骗犯。

钱希西咬了咬唇，抓起信用卡丢回他的胸口："讨厌鬼！我是想买一样我舍不得买的东西，但还用不着你来救济，再说我自食其力丢谁脸了？！"

然后她请司机停车，摔门而去。

这样的冲突，已经不是第一次发生在他们之间。钱希西虽然爱钱，但也有自己的原则。她去段家蹭饭，会帮忙洗碗、打扫、浇花；段妈给她买的衣帽服饰，她都原封不动地码放在衣柜里，从不舍得乱穿乱用；段燃偶尔也会在段爸的逼迫下帮她补习功课，作为等价交换，她就任由他毒舌，任由他嘲笑她如何吝啬。不管怎样吧，她绝不做不劳而获的"伸手党"。

至于钱希西与段家的关系，其实也与金钱脱不了关系，关于这件事等一下再详解。

她没日没夜制作DIY首饰，又冒着被抓的风险摆地摊的原因就是她从初一暗恋到今日的学长蒋哲洋，要过生日啦！

学长不仅风度翩翩，还弹得一手好钢琴，所以她一直在考虑送什么礼物比较合适。太寒酸拿不出手，太昂贵又买不起，为此她苦恼许久，终于选中一款名为"乐韵悠扬"的施华洛世奇水晶钢琴摆件。摆件工艺精湛，外观瑰丽迷人，她认为很符合学长优雅的气质。

不过，这个长度仅 6.5cm 的小摆件竟然开价 400 块，对于一个极其抠门儿的普通高中生而言，真真儿是吃她肉、喝她血！看着一向只增不减的存款金额，她毅然决然地放弃取钱，决定赚外快！

然而，第一天摆地摊就让野外 BOSS 打空血槽。

钱希西仰望星空，无语凝噎……难道只能走上取钱这一条不归路吗？

这时，身旁传来车喇叭声的呼唤。

钱希西耷拉着脑袋，扬手轰赶缓行的奔驰车。

段燃的耐心十分有限，他命司机停车，继而推开车门，强行将她拽上车。

"钱希西，你要真有志气的话，日后不管遇到任何麻烦，都不要向我求救。"他的态度依旧强硬。

钱希西早已经习惯了他的冷言冷语，她双手环胸，撇头怒哼："我就打！有本事你别用手机呀！"

"不可理喻。"段燃翻开厚厚的书籍，习以为常地问，"吃什么？"

钱希西确实饥肠辘辘，她立即抛开新仇旧恨，说："嗯……我想吃麻辣小龙虾！"

段燃眉头紧锁，心不甘情不愿地应了声。

"等我参加工作赚到钱，我也请你吃！"

他翻着书页，嘴角扬起一抹冷笑："恐怕等到七老八十也等不到你请客。"

钱希西鼻孔朝天表示不服："谁说的，等我找到一份正式的工作，拿到薪水立刻请！"

段燃笑得不置可否,小手指却忽然被钩住,钱希西眯眼一笑,厚颜无耻地说:"你不要感到不好意思,反正距离我大学毕业至少六七年,在这期间还要去你家蹭饭,请多多关照!"

段燃一脸嫌弃地抽回手指:"祝你早日撑死。"

她吐吐舌头,又用胳膊肘撞他:"喂喂,你是企业管理专业的高材生,你说像我这样的人才,应该找一份什么样的工作?"

"哦,那可太多了。"

"真的?快说说!"

"各种缴费窗口……"

"……"

钱希西托腮冥想,如果她可以赚很多很多的钱,就可以给学长买一架"罗曼"钢琴。她在网上查了,那可是由施华洛世奇打造的真正的水晶钢琴。音色好坏她不懂,只要好看的就是适合学长的,哈哈!

在钱希西的人生规划里,总会自顾自将学长蒋哲洋算在其中。

然而N年后的她、蒋哲洋、段燃,会在哪里?又在做什么?

六年后。

22岁的钱希西坐在整洁高档的休息室里,等待面试终审结果。

她抿嘴偷乐,如果面试成功,那么就可以攒下更多的钱了,嘿嘿……

然而,正当面试经理准备大笔一挥批准她入职时,却接到一通神秘的"举报"电话。

后来……

"非常抱歉钱小姐,根据多方考量,我公司暂时不能录用你。"经理表示遗憾。

"为什么?我的口才很好,销售经验也很丰富!"

倒卖二手衣服、做中介、发传单、做促销、经营淘宝小店,她都忽悠得很好啊!

"我公司主营中高档价位的香水与彩妆,你的肤质与容貌自然是非常符合，不过……"经理翻开她填写的面试表格，念道，"你在常用护肤品一栏写道：大宝SOD蜜；在彩妆品牌一栏填写：艾丝化妆盒彩妆套装，24色眼影、8色唇彩、4色腮红、3块粉饼，等于心动包邮价24.8；还有，在香水一栏填写——六神花露水？"

听罢，钱希西打了个冷战，脱口而出道："见鬼了，虽然这是事实，但是我并没写在您给我的面试表格上啊。"

明明从网上抄写各大奢侈品品牌包装自己的，怎么就暴露了？

不等经理回应，一道低沉又富有磁性的声音顺门边飘过："不用跟她解释，说不用就不用。"

"是，段总监。"经理起身俯首。

钱希西惊见"举报人"扬长而去，匆匆追到门外，一把揪住段燃的西服衣角，拖拖拖，拖到犄角旮旯。

她压低声音质问："昨天去你家吃饭的时候不是说好了吗？"

"没人请你来我家吃饭，是你为了省饭钱，宁可坐半小时公交车来我家蹭饭。"

"好，我们先不讨论这问题，面试这事是段叔提议的总没错吧？！"

段燃面无表情地俯瞰她，悠悠地倚在墙边，双手环胸，不冷不热地说："我爸如今是挂名董事长，雇用谁我说了算。"

"你当时也没反对啊！"

"我不能当场驳老人家的面子。"

钱希西抖抖唇："你们公司钱多员工多，不差我一个……"

"如果雇用你，我想不出一个月，你家就能开小卖部了。"段燃的态度十分明确，因为经过六年的相处，让他明白钱希西这辈子也就这样了。公司免费向员工提供的手纸、餐巾纸、纸杯、茶包、袋装咖啡等，他肯定以及断定，这些东西将以迅雷不及掩耳之势成为钱希西生活用品中的一部分。

其实也不怕她拿，但问题是真丢不起那人。

钱希西鼓着腮帮："反正你不给我找工作我就天天去你家蹭饭吃！"

段燃不予理会,朝保全人员勾勾手指,示意"请"走这只铁公鸡。

"把工作给我好不好,我要赚钱啊……"

钱希西嘶力竭的呐喊声消失在电梯门前,走过路过的员工不由得闻声回眸,段燃则随着大多数人的视线看向位于身后的保洁员,一副"那是你朋友?"的神态。

保洁员握着墩布傻乎乎地眨眼,被段总陷害了都不知道。

在段燃眼中,钱希西是一个荒废学业、喜欢投机倒把的臭财迷;在钱希西眼中,段燃是一个各方面都优秀,但是极度缺乏爱心的冷血大款。

他们之间的渊源?

那一年,她16岁,他19岁,某女为了骗钱,竟敢戴上花白的假发套以及老式黑框眼镜,拿着她母亲的教授职称证书复印件与教案,跑来他家当法语教师!

当然,如此蹩脚的把戏不到一分钟便被段燃揭穿,但无奈的是,段燃的父亲与钱希西的母亲曾是关系较好的校友,所以笑笑就过去了。

这件事的来龙去脉要追溯到三日前。当时,段爸通过邮件向钱希西的母亲发出邀请,希望身为法文系教授的老同学可以帮段燃辅导法语。然而,段爸并不知老同学已把邮箱转给女儿使用。钱希西的一双眼睛盯在每小时八百元的补课费上放光,释放出万丈金光!

接下来的事情就不用仔细描述了,她的小算盘必然落空,就在段燃准备将她丢出别墅之际,宅心仁厚的段爸出面"主持公道"——小小年纪独自在国内生活也不容易,今天的补习费照给,日后常来家里吃饭。

于是,不客气的钱希西竟然在段家蹭饭长达六年之久。并且在段爸的提议下,段燃还要抽出时间给她补习功课!

其实她来段家吃饭也不过是加双筷子的事儿,但令段燃不爽的是,她仅凭嘴甜便可以轻易赢走二老的宠爱,而他不管为家族企业付出多少努力,都像亲爹从外面雇来的赚钱工具?

这三观扭曲的世界,心累。

快乐三宝

晚七点，位于老式住宅区的一套两居室里，一个娇小的身影挤在堆积如山的衣帽中间，坐在电脑前，使用"淘宝旺旺"，卖力推销她批发来的T恤。

购物狂（买家）：你家的T恤是正品吗？

美国×牌亚洲分部（卖家钱希西）：亲，正品不可能卖这么便宜啊，不过请亲放心，质地与花色绝对与正品只差一点点。

购物狂：原价680的T恤你这里才卖58，想必差很多吧？

美国×牌亚洲分部：亲，夏天至少要买十几件T恤，三个月后又要换秋装，即使价格再昂贵到了来年夏天肯定不再流行，扔了可惜，留着占地，不如花点儿小钱图个新颖又不闹心。

购物狂：那透气性怎么样？

美国×牌亚洲分部：100%纯棉！这一点我可以保证！

"又卖出去一件噢耶！"钱希西搓搓手，抓起蒲扇扇风。炎炎酷暑为什么不开空调？费电。

热的问题好解决，晚饭怎么办？

钱希西怒哼，自从段燃六亲不认拒绝雇用她之后，她连续三天没去段家蹭饭。段爸感觉这种现象实属不正常，于是特意派段燃来关心关心。

钱希西正生闷气时，收到段燃发来的一条微信——我爸叫我过来看你死了没，没死就下来。

钱希西伸长脖子向窗外张望，一辆黑色奔驰轿车停泊在杂乱狭窄的小区里。

金红色的晚霞折射在精光发亮的车身上，与停在旁边的夏利车形成鲜明的对比。

与此同时，坐在后座上翻阅文件的段燃，瞄了下时间，一脸不耐烦。

司机跟随段燃三四年，对于老板的脾性可以说是了如指掌，他好心询问："段总监，要不我上去请钱小姐吧？"

"我在她眼里是丰盛的晚餐，你说她舍得不下来吗？"

司机憨憨一笑："钱小姐其实蛮热心肠的，还主动帮我擦过车。"

"难道没收钱？"

"没有，真没有！所以我请她吃了顿麦当劳。"

段燃干笑两声，放长线钓大鱼。

"哟，钱小姐下来了。"司机走下车帮钱希西打开后车门。钱希西则是慢悠悠合上车门，然后拉开副驾驶座位，翻着大白眼坐了上去。

"去哪儿吃告诉司机。"段燃忙着处理文件始终未抬头。

钱希西小声提供地址，司机怔了怔，刚欲询问段燃的意见，不料钱希西快一步朝他龇牙耍狠，司机只得发动引擎驶向指定地点。

十分钟后，一阵嘈杂声隔着车玻璃传入段燃的耳朵里，他侧头望向外面的同时，外面的人也在围观他。

开奔驰、穿西服吃大排档？真嘚瑟！

钱希西感受到人民群众满满的恶意，轻快地走下车，又拉开后车门，面朝段燃假笑："下来呀段大少爷，你坐在里面拍偶像剧呢？"

段燃是出了名的爱干净，见周遭又是卖羊肉串又是炸臭豆腐的，他拉上车门，死也不肯下车。

"干吗呀你，说好吃饭地点让我选，你给我下车！"钱希西故意扒在车窗前堵塞交通，由此导致原本就不宽敞的过道更为拥挤。

"这车干吗呢？走不走啊！"堵在车尾的老大爷怒声大喝。

老大爷"不畏强权"一声吼，其他人也跟着闹腾起来，七嘴八舌指责车主没有公德心。

开走吧？钱希西挂在车窗上容易出危险；不开走吧？肯定会被别人问候全家。

见状，段燃将文件摔在椅面上。钱希西误以为他只得妥协，未料到，他忽然从车窗里伸出双手，继而捏住她的双腋，倏地向车厢里一拽，伴随着钱希西的一声尖叫，她整个人被拖进后车座！

这边钱希西像八爪鱼一样趴在他的肩头还未回魂儿，段燃那边已平静地发号施令："开车。"

"是！"司机擦把冷汗，缓缓驶出夜市街。

……

钱希西捶他两拳转身坐稳，气哼哼地整理乱发。

段燃见她将文件夹压在屁股底下，本打算直接抽出来完事，没想到她坐得还挺实在，这一抽文件夹，只见钱希西身子一歪，再次跌进他的怀抱。

"好大的色胆！趁机占我便宜是不是？"

段燃扯了下嘴角，从收纳箱中取出一面镜子递给钱希西。

钱希西刚要说这还差不多，他却阴森森飘出一句："奉劝你别再使用廉价护肤品了，小心刮破我的西服。"

"你的脸才像砂纸一样粗糙呢！贵的也未必好，只是把请巨星代言的费用加入成本再卖给消费者而已！我的皮肤好得很！"

"这种事等你过了25岁再来吹嘘。"

"等我到了25岁八成已经嫁人生子，奶粉、尿不湿、幼儿园，一分钱都得掰成两半花。"

见她又在大谈省钱心得，段燃索性塞上耳机，收听秘书的留言。

不知听到什么内容，段燃指挥司机前往一家海鲜酒楼。

一刻钟后,车轮停在高档的大酒楼门前,钱希西眯眼望去:"你约了客户在这里谈生意?"

"老规矩,你的嘴只用来吃东西。"

自从段燃接任总监一职之后,他们一直是这样的相处模式,他会随时更换就餐地点,有时是餐厅,有时是KTV,而她就像一个沉默的饭桶,目的是吃饱吃好。

服务生引领他们进入雅间,刚一开门,便赶上吹蜡烛的一幕。

有人过生日?钱希西礼貌性地环视四周,桌上摆着鲍鱼、帝王蟹等"硬货"。围坐食客皆是女性,穿衣打扮个顶个的光鲜亮丽,尤其是寿星,是一位年纪大抵四十岁的贵妇,从头到脚一水儿奢侈品牌,雍容华贵,风韵犹存。

贵妇或许没料到段燃前来赴约,先是一怔,继而笑靥如花:"哎呀,我今天的面子可真大,竟然请动段总为我庆生。来来,我给你们介绍一下,"她面朝其他贵妇,笑着说,"这位大帅哥便是Q.E的小老板段燃段先生。"

"噢?最近很热门的Queen Elegance?"

Queen Elegance不惜血本邀请国际巨星代言,发展不到两年,彩妆与香水系列跻身全球女性最为推崇的前二十之列。

段燃的大驾光临必然令寿星赚足面子,不过这位寿星也不是小角色,比起钱希西那个冒牌的"美国×牌亚洲分部",眼前这位贵妇可是货真价实的某国际时装品牌亚洲代理。

"生日快乐,陈女士。"段燃取出一个精致的信封交给寿星。

陈女士打开一看,是一张由Q.E发行的VIP金卡。此卡不仅可以免费使用Q.E彩妆系列,还可以按照年消费标准,免费获得限量发行的精品香水。

大品牌的贵宾卡是身份的象征,又有哪个女人不喜欢有钱难买的限量版?

陈女士显然对这份礼物很满意，她像花季少女一般娇羞地笑了："段总也太客气了。"她亲自走上前，明明早就看见钱希西，却做出后知后觉的表情，"抱歉，这位小姐是？"

陈女士长了一双辨别品牌真伪的"激光眼"，迟迟不搭理钱希西正因为她浑身上下全是山寨货。

啧，段燃的秘书吗？未免穿得太寒酸。

而钱希西完全没注意寿星不友善打量的目光，正琢磨着怎么从段燃手中也弄来一张VIP卡，如此一来她好几年都不用再买化妆品了！

段燃笑而不语，如果他知道这一屋子没有男性嘉宾，他肯定不会出现。思及此，他临时决定撤退。

至于撤退的关键道具，就是——钱希西。这也是钱希西最能派上用场的地方，并且屡试不爽。

段燃抬起一只手，随意地落在钱希西的肩头，又附耳对她说了几句悄悄话。

他们的举止甚为亲昵，惹得满心欢喜的陈女士脸色微变。啧啧，这毫无穿衣品位的女人不会是他的女朋友吧？再看段燃，不论从穿衣风格还是从腕表等配件上看，无不透露着时尚与品位，何况经她打探，段燃尚为单身，这什么情况？

另一边，钱希西听段燃讲完，内心翻白眼，而后故作从容地点点头，温柔地对他说："好，我在车里等你。你稍微快点儿。"语毕，她面朝众人礼貌俯首，随后离开雅间。

走出没几步，她不由得放慢脚步，揉了揉干瘪的肚子，不想吃就不要来应酬嘛！总是这样，让她看到美食却不让她拥有！

细说起来，他俩之间的暗号真不少。譬如，饭局吃到一半，当遇到有人想给段燃灌酒的时候，段燃就会用膝盖轻撞她的腿。她收到"求救"暗号，必须马上停止胡吃海塞，然后用一种天真中又略带不满的眼神看向段燃，同时使用劝酒人可以听到的音量，悄声埋怨段燃：你答应过我今晚不喝酒。而劝酒人听到这样的话，在通常情况下，顶多调侃段燃几句而后作罢。再譬如，就像刚才那种情况，段燃不想留下应酬，就会把手搭在她的肩头，附耳讲悄悄话。旁人看在眼中，像是他在安抚女朋友的情绪，仿佛耳语在说：别着急，我们马上走。如此一来，别人只会吐槽钱希西不识大体，而不会埋怨段燃不给面子。当然，还有一些需要临场发挥的对白，钱希西基本没出过岔子。最重要的一点是，携女伴儿出席社交活动，段燃可以免去被搭讪甚至是被"约"的麻烦。钱希西必须承认，关于搭讪的问题真不是段燃自作多情，他年轻、帅气、睿智，还会讲流利的英语、法语，是典型的高端总裁，想往上扑的花蝴蝶真心不少。

唉，总之一句话，天下没有白吃的晚餐。所以钱希西吃他喝他都是理所应当的！而他居然还无情地断了她去Q.E工作的念想，大伙儿给评评理，这像话吗？！

钱希西饿着肚子大概等了一刻钟，段燃坐上车。

他扯了下领带，合上微醺的双眸，倚在椅背上无力地对司机说："回家。"

车内未开灯，钱希西没有注意到他难看的脸色，她压住方向盘，扭头问："等等等等，回什么家？我还没吃……"

话未说完，她嗅到浓重的酒精味儿："你这是喝了多少酒？"

段燃不予理会，翻过一手压住额头，显然不愿让任何人看清他此刻的表情。

均匀的呼吸声传入耳朵，钱希西欲言又止，悄声请司机先送她回家。

司机当然也察觉到段燃情绪异样，于是掉转方向驶向钱希西的家。

车子停在小区门前，钱希西蹑手蹑脚地走下车，正要与司机挥手道别，段燃悠悠地睁开双眼，他清了清沙哑的喉咙，疲惫地动动唇："你连声招呼都不打……就这么走了？"

钱希西不明所以："你刚才在睡觉啊，难道让我先把你摇醒再给你说拜拜?"

"你没看出我不舒服?"

"嗯,当然看出来了,所以我决定大发慈悲,今天饶你一顿饭。"
她转身欲走,段燃再次叫住她。

"哎呀,你想说什么快点儿讲成吗?我的淘宝一直在响,有买家要买衣服,别耽误我做生意!"她急躁地晃了晃手机。

段燃提起一口怒气,又缓缓地吐出来,喃喃道:"白眼狼。"

不等钱希西追问他是什么意思,车轮已然滚动起来,只留下一串莫名其妙的车尾气。

她对着车辆远去的方向挥空拳,她饿着肚子陪他兜了一大圈儿,还要配合他演戏,最后还落一句白眼狼?哼,段燃这坏蛋骂起她来越发顺口,一定是让她惯出毛病来了!

车轮行驶在霓虹璀璨的街道间,段燃按下车窗,由此散去弥漫在车厢里的酒气。他任由晚风吹拂脸庞,深吸一口新鲜的空气清醒五感。他本是极其厌恶应酬的人,却要为了拓展市场打通各路关系,这或许是壮大家族事业的必经之路,但不是他心甘情愿想走的路。

段燃无奈地扯了下嘴角,有的时候,他反倒羡慕钱希西的简单。

她的人生目标非常明确,能令她感到幸福的三大乐事是——赚钱、数钱、欣赏存折。

想到钱希西的奇葩行径,他忽然绷起脸……小白眼狼,就知道钱钱钱,看出他不舒服也不知道关心两句。真把他招烦了,就黑了她的卖家账号,气哭她一百遍。

以吻封缄

翌日黄昏,钱希西准时来段家蹭饭。不曾想,她前脚进门,段燃后脚也进了家门。

段燃完全把她当成空气,他与她擦肩而过,径直走入卧室。

钱希西朝他背影吐吐舌头,继而一蹦一跳地走进客厅。话说她到段家就跟到了自己家没啥区别。段家二老正在下围棋也没挪窝儿,热情地招呼钱希西坐下吃点心,又叮嘱厨房多炒几个菜。

钱希西之所以招夫妻俩喜欢,也不是没有道理可循:一来自然是长辈之间的那层友好关系;二来,刚巧段家也没有女儿,女孩子叫起"叔叔、阿姨",比儿子冷冰冰地叫声"爸、妈"来得贴心。

段燃洗完澡坐到餐桌前,托起饭碗闷头吃饭,累了一天只想吃饱赶紧回房休息。

段爸一边下棋,一边随口问道:"对了希西,你阿姨给你买的那条裙子不喜欢吗?没见你穿过啊。"

钱希西放下饭碗回话:"喜欢,就是太喜欢了不舍得穿。"

"买了就是让你穿的,等阿姨下次出国玩的时候再给你买。"段妈浅笑。

段燃嗤之以鼻："我敢保证，标签都没拆下来就让她放网上……呃……"

钱希西在桌子底下狠狠地踹他一脚。

段爸听这话音儿不由得追问："你们在说什么？什么放网上？"

"哦，就是穿上拍照，再放到网上展示给网友看，网友都称赞阿姨眼光好、有品位。"钱希西眯眼一笑，二千八一条的裙子她是真不舍得穿啊。

听到这话段妈非常受用，笑得合不拢嘴。

段燃冷哼，马屁精，说谎都不带打草稿的。老妈送她的衣裙是不是被转手卖了他确实不清楚，反正他曾送她的一件生日礼物，一条铂金手链，后来戴在她同学的手腕上。

她想抵赖都不行，因为那是定制首饰。自此之后，除了食物，一概免谈。

"还有工作的事，段燃给你安排好了吗？"段爸又问。

不等钱希西告状，段燃接过话："爸，她大学还没毕业，目前最主要的任务是学习，至于工作，我自会帮她安排。"

钱希西眼角一横，是安排保全人员把她轰出 Q.E 办公大楼！

段爸一想也是，不过提议钱希西去 Q.E 上班并非段爸的主意，而是钱希西暗地里拜托他做通段燃的工作。

钱希西挤眉弄眼朝段爸打暗语，她就不信了，这么大的一个后门居然走不过去？！

段爸心领神会，抿了口浓茶，说："反正希西正在放暑假，早些接触社会也是好的。小燃，不如你给她安排一个周末上班的工作？"

段燃暗自吐口气："莫非您指的是妆模？"

彩妆市场竞争激烈，所以各大品牌会在周末搞一些引人注目的活动。譬如，请专业化妆师在自家的销售柜台前为模特化妆。至于模特本身，不仅需要皮肤好气质佳，还要注重整体造型才能烘托出产品的品质与档次。就她？

"发传单也可以！"钱希西举手。

"Q.E 如今是国际品牌，不需要派送传单。"

"那……当托儿？"她弱弱地问。

当 Q.E 是坑人的小作坊？段燃提起一口气："让我安安静静吃顿饭，成吗？"

"……"钱希西嘟嘴低头，谁以后再羡慕她认识大老板她就咬谁！

"当妆模也未尝不可，希西年轻又漂亮。"段妈说。

"不行，气质太差。"段燃一针见血。

钱希西早已习惯被他羞辱，连忙替自己解释："化妆就是为了提升气质嘛，反差越大越能激发客户的购买欲。"

"很有道理。"段爸本是好意相助，但又感觉补了一刀。

段燃索性放下碗筷，甩手走人了。

见状，钱希西见二老神色尴尬，笑嘻嘻地打起圆场："是我问得不是时候，他昨晚心情就不好。"

"怎么？有人敢刁难段燃？"段妈焦急地追问。

钱希西抓抓腮帮："没有没有，应酬多加上工作太累了吧？"

段妈岂能不知道儿子辛苦，不由得瞪了老伴儿一眼："这事赖你，你明明能跑能跳的，非叫儿子这么早接管家族生意。"

段爸粲然一笑："我的观点比较陈旧，又听不进去别人的建议，长此以往迟早会被市场淘汰，还不如放手让年轻人去做，你看咱儿子做得多好，几年下来已经打入国际市场。"

"你是轻松了，可咱儿子多可怜，刚出校门又被你推进 Q.E 卖命，整天忙得焦头烂额，连个谈恋爱的时间都没有。"

"谁不让他谈朋友了？是他自己脾气太臭没人愿意跟他谈。远的不说，就拿希西来说，这些年受了他多少气？要不是有咱们护着拦着，希西早就不搭理他了。"段爸朝钱希西一笑，"是吧？"

知子莫若父与母！钱希西违心地摇摇头："哪有那么严重，段燃既聪明又勤奋，喜欢他的女人大把抓，是他看不上眼罢了，而我是来陪叔叔、阿姨的。"

小嘴跟抹了蜜似的，哄得二老愁云消散。

窗外"轰隆"一声，倾盆大雨说来就来。

在二老的坚持下，钱希西决定今晚留宿。

互道晚安，钱希西推开客房门。这间房是段家二老为她专门设计的卧室，粉色的纱幔，粉色的窗帘，随处可见梦幻的公主风。

钱希西四仰八叉地躺在床上，房中弥漫着淡淡的花香，她闭起眼深吸一口气，每次来到段家，一边吃着山珍海味，一边听二老聊起旅游趣闻，便会让她产生莫大的动力，总有一天她要靠自己的打拼过上这样的日子。

"洗澡喽！"

钱希西从衣柜中取出睡裙，哼着小曲钻进浴室。

洗完澡，钱希西舒舒服服地躺在枕边，舍得开冷气的主人家都是大好人，她很快进入梦乡。

凌晨三点，本该是睡得最沉的时段，无奈钱希西长了一对可以嗅到钱味儿的耳朵，那一定是阿里旺旺所发出的提示音太悦耳。

迅速恢复清醒，她耐心解答买家所提出的问题。

聊天结束，钱希西感觉有些口渴，于是迷迷瞪瞪地走到餐厅找水喝。

拧开矿泉水边喝边走，一缕昏暗的光射入眼中，她侧头望向吧台，咦？这家伙三更半夜不睡觉喝起酒来了？

钱希西喟叹，自从段燃接管家族生意以来，似乎与酒精成了好朋友。不过令她百思不得其解的是，凭段燃的能力与头脑，真的需要用酒精来解压吗？还是他心中有其他不快？

然而想归想，她并不打算与他交流，于是加快步伐开溜，却听"扑通"一声轻响从身后发出来。她回眸凝睇，发现段燃趴在桌上一动不动，再看放在他手边的威士忌酒瓶，几乎是空的。

哎呀，不会酒精中毒吧？！

钱希西飞奔而至，摇晃段燃的肩膀又拍拍他的脸。

段燃紧蹙眉头，悠悠地睁了下眼，又趴回桌边。

没死就好，钱希西架起他的手臂，打算独自将他送回卧室，虽然很吃力，但是大半夜的又不好惊动段燃的父母，否则段妈又要责怪段爸把亲生儿子当牛马。

　　"喝这么多酒干吗咧？老贵老贵的洋酒咕嘟咕嘟喝完就没了，不享受还会烧心难受，真是花钱买罪受。"她喃喃自语。

　　钱希西扶住他摇摇欲坠的身体，艰难地走上阶梯，来到他的卧室门前，先将他立靠在墙壁，再拧动门把手，却惊见他顺着墙边下滑，钱希西赶忙横出一手搂在他的胸前。

　　段燃一把推开她的手，跌跌撞撞地迈进卧室。

　　他歪在沙发上，指向后脚进门的钱希西："出去。"

　　钱希西注意到他的表情，非但不感激还希望她马上消失。

　　"好心当成驴肝肺，如果你心烦的原因，是因为我的工作，那我不去就是了。"

　　她握住门把手刚要离开，段燃却从她身后合上门。

　　钱希西抬起眼皮望向他顶住门板的双手。

　　"你那点儿事儿也能算事儿？我……"

　　话未说完，钱希西顿感一股大力压向背部，紧接着，她的半边脸紧贴门前，他的重量全压在她身上，她使不出多少力，只得弯曲一手推拒他的肩膀。

　　"快起来……我不是床啊……"

　　钱希西已然承受不住他的重量，颤抖的双腿支撑不住往下滑。她这一下滑，他也跟着往下压，直到钱希西双膝跪地，他这才歪倒在木地板上。

　　不过，他的一只手还捏在钱希西的腿上，好似那是一根栏杆？

　　"手手手，往哪里摸啊！"钱希西掰他的手指、掐他手背，可是他非但没松手，甚至环起一臂，抱住她的一条腿，身子微侧，躺在她的小腹上。

　　钱希西倚坐在墙边，尽量并拢双腿，温热的喘息声吹拂着她轻薄的睡裙，再看看彼此的姿势，她忍不住抓狂，这简直太不像话了！

　　大喊救命吧，貌似对谁的影响都不太好；不吭声等他自动滚远吧，他什么时候才能醒？！

就这样纠结着气愤着，钱希西从最初贴墙犯迷瞪，直到陷入沉睡，不知不觉枕在他的头顶。

凌晨六点，脖子快要被压断的段燃，终于苏醒过来。

天空泛起鱼肚白，一缕微光照进房间，他眯着眼，抬起手本想按揉太阳穴，却触碰到……另一个人的胳膊？

另一只手活动活动手指，摸到光滑的肉感。

"……"段燃谨慎地垂下眼皮，惊见自己正抱着女人的一条大腿。

慢悠悠地，他从钱希西的头下钻出来，而她因为失去重心，身体蓦地向后倾斜，他又赶忙捞住她的肩膀，拉进怀中。

曙光掠过她的脸庞，几根发丝粘在她的嘴角，她的眉头拧成弓，一副受尽折磨的痛苦模样。

段燃眨动着微醺的狭眸，俯下头，靠近她粉润的唇瓣。

就在他意图不轨之际，钱希西睁开惺忪睡眼。

"你要对我……"

话没说完，段燃以吻封缄。

3 一份大礼

钱希西显然被吓到了,一把推开段燃,连滚带爬钻到床底下避难。

段燃并未移动,按了按钝痛的额头。

两人沉默了大致五分钟。

"咔嚓——"段燃为了防止她跑出去乱喊乱叫,反锁房门。

这一下钱希西更为害怕,像一只受到惊吓的小猫,倒爬两步,缩到墙角。

床下漆黑一片,但是可以看到段燃的双脚,那双脚正向她这边移动。

段燃蹲在床边,歪头张望。

一缕亮光掠过段燃的双眸,从钱希西的角度看得很清楚,他的目光慵懒且迷蒙,越看越像一只宿醉的狐狸!

"出来。"

他的声音也变得异常沙哑,导致整个氛围陷入一种不清不楚的状况。

钱希西又往墙角缩了缩:"你先出去,我就出去。"

然而,段燃并未照办,而是伸长手臂抓她的小腿。

"你今天到底怎么回事啊……我是钱希西啊,你给我醒醒!"

说话的工夫,她整个人被他从床底下拽出来。

段燃撑在她的身体上方,不知是有意还是故意的,掌心刚巧压住她的长发。

钱希西惊眸怒睁,悄然弯起膝盖,一旦段燃采取进一步的行动,就把学了还没实践过的防狼术用在他身上!

段燃总是一副没有情绪的表情,仿佛在他的头脑中不存在惊或喜。他悠悠看向她弯起的膝盖以及正对准的攻击部位,啧。

"又不是第一次亲你,至于这么大反应?"他理直气壮地问。

钱希西不自觉地放平双腿,说起亲吻的问题,还要追溯到她16岁那年。那时候,她为暗恋已久的学长精心准备一份生日礼物,正当鼓足勇气表白的时候,得知学长已然出国深造去也。她犹如五雷轰顶,哭得那叫一个死去活来。段爸以为是段燃欺负了钱希西,不分青红皂白,把刚进家门的段燃劈头盖脸臭骂一顿。

钱希西当时太难过也没心情解释,带泪奔到花园继续伤心。

而后,受害者段燃又被老爸派去安慰钱希西。

她在哭,他在看书;她倾诉,他在听。直到午夜十二点,她仍在伤心落泪。

段燃终于忍无可忍,合上课本,蹲到她的面前,猝不及防间,他压低她的后脑勺儿,轻碰了一下她的唇,然后他趾高气扬地对她说:"什么博学多才,什么风度翩翩?不就是一个会弹琴的高中生吗?来来,睁大眼睛看看我,我16岁那年就有知名导演找我拍电影,是我没兴趣婉拒对方。17岁时我已经上大二……"

见她呆若木鸡,他问:"我的条件比你的暗恋对象差?"

钱希西摇头,当然不,段燃是霸道聪颖的高富帅,学长是优雅的钢琴王子。

于是他没好气地又说:"那你还哭个鬼啊!"

钱希西确实止住了哭声,但不是因为被更优秀的男生亲到感到宽慰,而是被这种莫名其妙的安慰方式整蒙了!

当年还小,许多事不会深究,不过现在她可长大了,独立生活令她大大增强自我保护意识。

"别说我没提醒你,我未来的丈夫不喜欢看见你对我毛手毛脚。"钱希西沉下脸。

"每天穿得跟卖菜大婶似的,为了抢购半价商品被当场撕破裙子的是你吧,你真以为能把自己嫁出去?"

色拉油半价啊,能不抢吗?!人脑袋都快打成狗脑袋了,裙子被撕破是挺危险,但是比起那些被抓断文胸吊带、挤丢凉鞋的选手要好点儿嘿嘿。不过话说回来,当时多亏段燃派司机前来救援,否则她只能打车回家,那就亏大了!

"哼,我未来的丈夫绝不会像你这么肤浅只注重穿衣打扮,"钱希西双手搭在胸前,"我是持家有道的新好媳妇最佳人选。"

"节俭与吝啬有着本质上的区别。"

段燃从她身前懒洋洋地爬上床。

钱希西扒在床边,见他昏昏欲睡,不满地嘀咕:"喂,亲我是不对的,你得向我道歉。"

段燃卷起被子翻个身,不耐烦地扬手轰赶她。

他的态度一如既往的不可理喻,好似被他亲到应该深感荣幸?!

钱希西嘟着嘴,伸出手指戳他脊背:"道歉。"

然而,回应她的只是越来越均匀的呼吸声。

钱希西一边瞪他,一边抽出纸巾猛擦嘴,正因为她太了解段燃对于所谓美女的认定标准,所以可以确定他真的是喝多了!

她裹裹睡衣,悻悻而去,好心没好报,以后喝死也不管。

……

回到客房,嗅到沾在袖口上的酒气,她怒气冲冲地走进洗手间,幸好这是在他家,否则一晚上洗两次澡又费水又费电简直天理不容!

钱希西洗完澡正准备接着补觉,女管家敲响房门。

"咦?这么早有事吗?"

女管家俯首致歉,说:"少爷说,明天是周六,如果钱小姐有空的话,可以去Q.E位于世贸大厦的彩妆分店报到,这是该店店长的联系电话,具体工作她会向你详细介绍。"

钱希西怔了怔,双手接过名片,名片确实属于Q.E的店长。

"段燃他……不是在睡觉吗?"

"少爷今日起床早,正在用早餐。"

钱希西走到栏杆前遥望餐厅方向,果然看到段燃坐在其中。

从离开他房间到现在不超过半小时,这这这?他分明喝多了啊。

"帮我谢谢段燃,告诉他我明天会准时报到。"

钱希西此刻没空分析那些无关紧要的事,只知道人民币在向她招手。

第二天一早,钱希西来到指定门店,销售小姐将她带到店长办公室。

店长约莫三十岁,成熟干练。据说,这位田店长,是全公司销售业绩纪录保持者。

"请坐。"田店长翻开有关钱希西的资料,抬头微笑之际,习惯性地打量钱希西的衣着品牌,随后半信半疑地问,"你是,段总的朋友?"

"是的,他有钱不代表我有钱,很感谢他帮我介绍这份工作。"钱希西礼貌俯首。她不偷不抢,只是不舍得花钱买名牌到底丢谁脸了?

阅人无数的田店长岂能看不出她在闹脾气,暗自无奈叹息,时下的年轻人多半心浮气躁:"恕我冒昧地问一句,钱小姐是否使用过Q.E的产品?"

"没有。"

"那是否了解该产品的主要成分以及有别于同类产品的特性?"

钱希西气弱八分,心虚地摇摇头。

"段总告诉我,钱小姐迫切需要这份工作,但是我并未看到你的诚意。"田店长合起文件夹。

工作就是工作,一窍不通还聊什么?

钱希西想了想,正色道:"我昨天才知道这件事,没有认真了解产品资料是我的问题,如果田店长愿意给我一次机会的话,给我半小时,背不下来我马上走人。"

田店长红唇微张，看这女孩儿严肃的态度，或许断言太早了？

"好，这是产品清单与说明书，我给你一小时。"

钱希西站起身，鞠躬致谢，继而走出门店，坐在广场的休息椅上阅读起来。

这世上没有克服不了的困难，因为目标已锁定——钱！

一小时之后，背产品名称背到头昏眼花的钱希西返回店长办公室。

田店长见她心神不宁，先给她倒了杯冰水压压惊。

"Q.E 新推出的雅夏系列的特点是什么？"店长问。

"雅夏彩妆系列，主要推广人群为 25～35 岁的职业女性，产品通过最新的科研技术，从亚热带植物中提取色彩精粹。颜色靓丽，透气性好，还有保湿、隔离、防紫外线的作用，正因为彩妆中并未添加合成色素，孕妇也可以放心使用。"

田店长满意地点头，又抽出几个问题，钱希西基本是一字不差地回答出来。

"很好，看来段总很了解你的能力。"

感觉店长并非讽刺，钱希西腼腆地笑了笑："呵呵，他知道我爱钱。"

"爱钱没有错，我也爱钱。"田店长伸出友谊之手，"毕竟其他员工是经过严格培训才得以上岗，所以你暂时不能参与销售，跟在一旁认真学习。试工期一个月，月薪 4500，转正之后会按照销售比例增加提成与奖金，收入过万一点儿都不难。不过据段总说，你只能周末工作，所以按日薪 150 元结算。"

"我可以做整月。"这么多钱，她要乐昏过去了。

"我这边无所谓，要看段总的意思。你现在先去总公司办理入职手续，之后回家再复习一下资料，明天正式上班。"说实话，田店长很喜欢钱希西的态度，因为她懂得工作的含义，要做就认真做，想混工资的趁早回家卖红薯。

钱希西深鞠躬表示感谢，不过问题是段燃能允许她工作整月吗？

坐公交车吭哧吭哧来到 Q.E 总部门前，她捏着视如生命的钱包，望向不远处的综合大超市……要不，一咬牙一跺脚给他买份礼物？

十分钟后，总监办公室。

段燃望向摆在办公桌上的，系着蝴蝶结的一根棒棒糖……有股说不出的心酸。

"咖啡口味的……你喜欢喝咖啡。"钱希西对对手指。

段燃举起棒棒糖晃了晃："你在路上捡的？"

"简直是胡说八道！我顶着大太阳跑到超市特意给你买的！"

"够一块吗？"

钱希西撇头怒哼："一块二！"

认识六年了，这是钱希西第一次买东西给他，出手真阔绰呢。

他剥开糖纸，塞进嘴里："出去，我现在没空招呼你。"

"你吃了我买的糖，能不能答应我一件事？"

"你在我家蹭了不下一千顿饭，我对你没有任何要求，只是希望你顺利拿到毕业证书。"棒棒糖在他的嘴巴里滚动着。

开张大吉

钱希西最烦段燃这一点,好似不认真学习就是罪无可恕。

"肯定能毕业。"

"赚钱有那么重要吗?书到用时方恨少。"他的态度完全是在教训下属。

钱希西嘟着嘴:"那也不能因为学习不吃饭啊。"

段燃一掌拍在桌上,吓得钱希西缩了下肩膀。他欲言又止,从皮夹里翻出一张卡丢在桌角:"里面的钱够你吃到死。"

钱希西瞪着他,拎起书包,走到他面前,从他唇边揪出棒棒糖,丢进纸篓,继而摔门而出!

这样的互动已经不止三四次,而他甩钱的神态每每都像打发臭要饭的。

钱希西办完入职手续,领取工作服,没有与他打招呼便离开办公大楼。

对了,刚才超市食品区贴出招聘广告,她扫了一眼好像是招聘促销人员。促销食品好啊,有的吃还有的赚,不如去试试?

半小时后,钱希西面带微笑地与一位中年男子握手道别。

噢耶!搞定!

工作性质很简单，促销产品为罐装啤酒，只要穿上厂商准备的工作服，笔直地站在商品旁边即可。

钱希西搓搓手，虽然一周只做两个工作日，但是站三小时给一百耶。

她乐滋滋地路过 Q.E 办公大楼，驻足仰视位于顶层的总监办公室，她眼角一横，就跟谁都愿意在段燃手底下当差似的！她之所以想去 Q.E 做销售，赚钱只是一方面，更多的则是积累工作经验充实简历，有知名大品牌做后盾，日后想找什么样的工作都不难。

每个财迷都有小账本，她首先记录今天的开销，咬牙切齿地写道：早餐二块五，棒棒糖一块二！

记完花钱项，她又春风满面地记录最新的工作日程。

等她赚到足够的钱，就可以环游世界了……

她双手攥拳斗志昂扬，这才是完美人生！

周日，身着正装、梳起马尾辫的钱希西，来到田店长所管辖的 Q.E 彩妆门店。

该分店位于本市黄金地段，虽然面积不超过三十平方米，但在装潢上花费不少心思，格调高雅且不失时尚韵味。

一进门，五名同事只是瞄了她一眼便各忙各的，这就是社会，都是出来打工的，别人没有义务主动提醒你该做什么。

钱希西向全体新同事礼貌俯首，见同事们正在用特质的抹布擦拭商品外包装，她便向一位看上去相对好说话的同事要来一块，见人家擦什么她就跟着擦什么。

"你好，我叫钱希西。"她悄声自我介绍。

"你好，我叫杨莉，田店长今天休息，我们知道你是新入职的同事。"杨莉打量钱希西光秃秃的手指，"虽说不能做水晶指甲，但是你好歹也涂点儿无色指甲油，"她托起钱希西的手，惊诧道，"我的天，倒刺？你从不做手部保养吗？还有你的鞋，要穿皮鞋，不能穿帆布鞋。"

"……"钱希西的手并不粗糙，指甲缝里当然也没有脏泥，只是看上去不像其他销售小姐那样"精雕细琢"。

"这双手太见不得人了,一看就是用指甲钳随便剪的,你今天千万不要给客人介绍化妆品。"行有行规,彩妆店非常注重销售员本身的仪容仪表。

钱希西心碎不解释,修指甲、做保养、买皮鞋,这笔开销着实不小。

另一位销售小姐又说:"头发也不合格,马尾辫容易扫到客人的脸。"

钱希西掏出小本认真记录,耳畔又飘来一道质问声:"你没有受过正规培训吗?这种低级错误也会犯?"

"……"钱希西转过身看向一脸不满的销售小姐,尴尬地笑了笑,不知怎样回答。

虽然言语刻薄,但是这算不上欺负或刁难,而是最基本的要求。

这时,玻璃门自动打开,今日第一位客人已上门。销售小姐立刻收起漫不经心的态度。

钱希西知道自己"衣冠不整",所以退到柜台后方遮挡不合格的鞋子。

因为薪水与业绩直接挂钩,所以为了避免出现争抢客人的难看画面,几名店员会事先定下迎接顺序,客人买或者不买,又或者买多少,主要看运气。当然,销售小姐凭本事招揽的老客户除外。

高档化妆品的销售小姐个个拥有火眼金睛,眼前的这位女顾客,手提香奈儿新款坤包,脚穿 Gucci 经典款高跟鞋,至于喷的香水,属于偏甜香的味道。

综上所述——女强人很少使用这款香水,不是明星就是二奶。

钱希西身为地摊儿 and 团购快抢选手哪里懂得这些门道,不过她发现迎接客人的销售小姐笑得特别甜美,看来有戏!

正琢磨着,女顾客看向钱希西的方位:"我们是不是在哪里见过?"

"哦?"钱希西立刻从各大超市以及大排档的场景中搜索女顾客的影子。

女顾客迈着优雅的步伐靠近她,忽然掩唇一笑:"年纪轻轻记性可不好,你忘了吗?陈姐的生日派对,是你陪段总去的吧?"

众人瞪大眼,啥?陪段总?

钱希西看了又看,双掌一击:"想起来了,抱歉抱歉,您好。"

女顾客点下头接受道歉,又指向夏季新品系列:"听陈姐说,Q.E 的'雅夏'系列用起来很舒服,我要一整套。"

众人再瞪眼,四千八的业绩这就到手了?!

而钱希西想的是,攀关系应该是为了打折吧?反正她就是这样的,每次去菜市场买菜嘴都特甜,"大爷、大妈"叫得那叫一个亲。

"既然您是段总的朋友,需要我给他打个电话吗?"钱希西发出暗示。

客人当然喜欢有眼力见儿的销售人员,取出信用卡,洒脱地说:"不需要,用得好再找段总打折也不迟。"

"好,请您稍等。"钱希西双手接过卡,又交给正在恍神的杨莉,"麻烦你,谢谢。"

杨莉怔怔地应了声,刷卡、打包装,很快交到客人手中。

钱希西将女顾客送出迎宾门。

女顾客犹豫片刻,悄声问:"那天段总走后,没有感到不舒服吧?"

"呃……还好,请问出什么事了吗?"

"没有就好,那天段总说还有要事处理,陈姐稍微有点儿不高兴,所以半开玩笑叫他连干三杯白酒才能走,我看那一杯至少有三两,段总真的全喝了,海量啊。"

钱希西怔了怔,怪不得他走出来之后情绪不对,原来被灌下小一斤的白酒?

她不由得心情一沉……段燃性情高傲,一定会感觉受了委屈。她也真够粗线条的,只顾着跟淘宝买家唠嗑,完全没顾及段燃的心情问题。

目送客人上车,一转身,五位销售人员正伸长脖子等八卦。

杨莉小跑步靠近:"你是 Q.E 小老板段燃……段总监的朋友?"

不等钱希西回应,另一位销售员自言自语道:"不会吧?她指的是我们 Q.E 的老总吗?在我印象中,段总是一位相当有品位且气质极佳的大帅哥,我记得段总来店里检查的时候,就连我们的头发乱掉几根都会被他责骂。可你,完全是不修边幅啊,我不相信。"

从认识段燃的那一天起,钱希西基本活在"完美高富帅"的阴影底下,并且每个人所表现出来的态度都是逆天了——奇葩啊!

其实钱希西也曾无数次在内心深处咆哮,你们这群浑蛋,姐究竟有多差啊?!

跪地不起,内心阴影面积又增加了。

"那个……认识确实是认识,但是段燃向来公私分明,如果我不能在试用期内达到正式录用的标准,照样会被炒鱿鱼。他不会对我额外照顾。"

也许外人不能完全理解,甚至暗地里骂她装,可事实就是如此,段燃从不会因为她是一朵娇花而怜惜她。

好吧,比起娇花,她更愿意化身捞钱的九齿钉耙!

杨莉轻撞她的手臂:"从表面上看,段总是一位极其严肃的领导,做事雷厉风行、不苟言笑,私底下应该还好吧?"

钱希西一脸惆怅,私底下有过之而无不及,要不要抹黑他是个严峻的问题。

不过,得知钱希西与老板来往密切,同事们的态度逐渐热情起来,内心则是产生危机感,话说谁没有想偷个懒或者发牢骚的时候?但目前与老板的熟人共事,那是相当的危险啊。

钱希西这心里跟明镜儿似的,日后在为人处世方面只能更小心。

喟叹,如果段燃不是有钱人……唉,算了不说了,如果他没钱,她当初也不会伪装成母亲的模样去他家坑辅导费。

遥想相识的经历,钱希西都感觉自己当时的想法太脑残。彼时的段燃只有19岁,初次见面时,段燃如她所料,鼻孔看人一副纨绔子弟的模样。钱希西当时不由得暗喜,误以为段家大少爷会趾高气扬地对她说,钱你可以照收,别影响本少爷打游戏就行了!

未曾想,他直接使用流利的法文与她进行初次会谈。

她呆若木鸡,没错,她母亲确实是法文系教授,而她一句都不会。

如果不是心慈手软的段爸出手相救外带她自己卖萌装可怜的话,她大有可能被段燃乱棍打死。

钱希西打了个激灵,往事不堪回首,不提也罢。

5 啤酒小妹

顺利结束第一天的工作，钱希西跳上公交车，厚颜无耻地跑去段家蹭饭。她本以为段燃这个时间点还在外面应酬客户，没想到他居然又在家。

哦对了，今天是周日，老板偶尔也需要休息。

段爸坐在客厅里看报，钱希西热情地朝老爷子挥挥手。

段爸见她身穿 Q.E 工服套装，不由得笑起来："怎么样希西，上班累不累？"

"累倒不累，就是要学的东西太多太多，看来我只能恶补了。"

"销售行业竞争力非常大，尤其是女人扎堆儿的地方，要做到低调、勤奋、不耻下问。"段爸折起报纸，"正好段燃今天有空，有什么不懂的，你尽管问他。"

段燃翻阅着杂志置若罔闻。他家属于重女轻男的家庭，爸妈一直想生个闺女却未能如愿，平地里冒出一个外表可爱又嘴甜的钱希西，立马成了父母眼中的大宝贝。

"嗯嗯好的，段叔你知道吗？那些销售小姐好厉害啊，只要扫一眼客人的穿着，大致就可以判断出对方的购买力以及需要哪方面的产品。"钱希西真心佩服。

"大多数销售人员自身也是奢侈品拥护者，你还小，慢慢来别着急，先吃饭。"

钱希西笑着点头,坐到段燃的对面。

想到他不经她同意亲她的事,想到他甩信用卡的傲慢样儿,她一秒钟变臭脸。

段燃也没搭理她,不过两人同时看上一块排骨,导致筷子尖相撞。

他悠悠地抬起眸,眼中带着一缕杀气。

钱希西抽回筷子,嘬了嘬筷子尖上的汤汁,眼睁睁看他夹走带脆骨的大排骨。

她托起饭碗,转夹西兰花,居然再次与他伸出的筷子撞上。

于是,钱希西立刻判定——他是故意的!

"干吗呀你?"

"你不是有志气吗?吃白饭就好。"段燃可没忘记她摔门离开办公室的一幕。他好心给她钱花,她还臭来劲。

钱希西龇牙,放下筷子朝客厅喊去,娇滴滴告状:"段叔,段燃抢我菜……"

"段燃!你就不能让着点儿希西?何况那么一大桌子菜你吃得完吗?"段爸咆哮。

段燃扯了下嘴角:"谁说不是呢,那么一大桌子菜,她说我抢您就信?"

"哟嗬,还敢顶嘴?!"

"……"段燃将鸡鸭鱼肉全推到钱希西面前,"吃吃吃,撑死你。"

钱希西摇头晃脑,超得意。

段燃顺桌子底下踢她腿:"你还没断奶怎么着?动不动就喊我爸妈帮忙?"

钱希西将一块排骨放进嘴里,缓慢咀嚼,一脸满足:"你少欺负我不就好了?一点儿风度都没有。"

两人相安无事五分钟。

段燃又踢她一脚:"给我盛汤去。"

钱希西吃得正欢，明明佣人就站在旁边好吗！她没好气地放下碗筷，很快端来一大碗鱼汤。

一个硕大的鱼头漂在碗中，段燃刚要发飙，她先发制人："我知道你不喜欢吃鱼头，但是这个汤就叫滋补鱼头汤，补气安神，你常熬夜应酬又多，能喝多少喝多少。"

她没有忘记女顾客提到的内容，就是他被灌酒的那桩事儿。

段燃顿了顿，拿起汤匙："猫哭耗子假慈悲。"

"呸，我才是耗子。"钱希西反踹他两脚，给他记着呢。

"喂，你为什么不关心一下新员工的工作状况？"她说。

"新环境新同事产生摩擦在所难免，想赚钱就得忍着。"段燃抿了口汤，"我把丑话说在前面，是你哭着喊着非要上班，我可没逼你，遇到问题也别找我。"

钱希西终于明白段燃批准她入职的原因，等着看笑话是不是？

"让你失望了，我和新同事相处得非常融洽，新同事还把做指甲的打折卡借给我用。"钱希西吐吐舌头。

段燃瞄了眼她的手指："你舍得？"

"我才不会把八十块送给美甲师咧，我已经想好了，团购一套美甲套装，不到五十块，想怎么修就怎么修，省钱又方便。"

不等段燃对她进行人身攻击，她又说："哦对了，吃完饭我要用一下你的电脑下载 Q.E 的资料，我的电脑不知道是中毒了还是怎么的，最近特别卡，有空你帮我重装一下系统。"

段燃轻描淡写地应声："用归用，不许在我的电脑上登录购物网站。"

如今许多购物网站与新闻网站挂钩，只要在购物网站上浏览过某件商品，这件商品便会跟随关联网站，显现植入广告。于是乎，每当段燃正专心致志翻阅新闻的时候，右下角就会弹出什么袜子一打仅售 9.9 元、方便面超值装、特价内衣包邮冲钻等广告。虽然不碍事，但是总在余光里闪来闪去很烦。

"嗯啊，今天不会磨洋工，明天一大早就要出门。"钱希西将两人的碗筷送去厨房。

段燃压根儿不信,但是她真的说到做到,火速下载,道了晚安,背包回家。

周一早八点,钱希西在Q.E大楼门前下车,迎着朝阳迈起欢快的步伐,奔向她的第二份工作——酒水促销。

然而,当经理拿出要更换的工作服的时候,她简直不敢相信这条只有手绢大的裙子真是所谓的工作服!

这是一条亮蓝色的漆皮裙,说白了就是一整块长方形的布料,从上到下只有一条大拉链,穿脱就这么一下,裙子款式效仿罐装啤酒的外包装,印有硕大的LOGO。

钱希西比画一下,上面勉强盖住胸,下面勉强盖住臀,非常勉强。

"这、这也太露了吧?"

"促销小姐都这么穿,不值得大惊小怪。"销售经理不以为意。

"问题是……超市人潮汹涌,这裙子连个吊带都没有,万一拉链松脱可怎么办?"怪不得站三小时就有一百元的收入,是她把事情想得太简单了。

经理看出她想跑,立刻绷起脸,正色道:"钱小姐,出来打工至少要讲个信誉,我爽快给你工作,你也保证过认真工作,此刻促销活动即将开始,你不能给我撂挑子吧?"

说着,经理从皮夹子取出一百元拍在促销柜台前:"我不想为难你,你也别为难我,至于你明天干不干我们好商量,但是今天,你不能走。"

钱希西感到左右为难,她的联系方式与身份证复印件已交给经理,掉头就走貌似确实不妥当,反正只有三小时……

"咳,好吧,我去换衣服。"

她迈着沉重的步伐走向洗手间,上帝保佑千万别出状况。

很快,洗手间传出她的哀号声:"我的妈啊,呼吸都困难!"

她只有45公斤,但是这条裙子仍旧紧到难以想象的地步,直上直下的大拉链位于身体的正前方，她试着弯下腰，不知是故意设计成这样还是怎么的，拉链立刻自动下滑。

也就是说，她万一忘记捂住胸口又弯腰，会不会春光乍现？！

更可怕的是，她并不知道工作服需要大秀肩膀，所以出门前穿的是有肩带的文胸，换句话说，她为了顺利拉上拉链只能脱掉内衣，材质倒是够厚，甚至不透气，但毫无安全感可言。

钱希西欲哭无泪，第一次想把刚赚到手的钱，攥成团扔到对方的脸上。

钱希西披上外衣，因为裙子过紧，只能蹭着小碎步返回促销台。

经理不算礼貌地打量一番，她的肤色很白，睫毛浓密弯长，一双美腿又细又直，塑紧全身的漆皮裙刚巧烘托出她的娇小可人，真是赏心悦目。

"真漂亮，如果你再高出十厘米当车模都没问题，我预感今天的销量一定不错。"

钱希西从经理的目光中看出些许猥琐，不由得攥紧拳头，尽量克制呼之欲出的怒火。

"您去忙吧，既然答应下来我就不会擅自离开。"

话音未落，已有男顾客停下脚步，这就是各大销售公司高价聘请模特站台展示的原因，性感的美女，对于异性有着致命的吸引力。

经理朝钱希西使个眼色，示意她吆喝起来。

"你好先生，买一打赠送时尚扎啤杯。"她的声调毫无起伏。

顾客将一打啤酒放入购物车，灿烂一笑："我不要扎啤杯，合影行吗？"

钱希西刚要拒绝，经理眼中划过一道凶光。

亏，真亏，这买卖亏大了呜呜！

不到一小时，钱希西几乎被客人团团围在其中，堆积如山的啤酒层层消失，闪光灯噼里啪啦地刺痛着她的双眼，话说不知又是哪个挨千刀的起头！此刻要求合影留念的男顾客越来越多。

很快，更恶劣的事件发生了，客人在没经她同意的情况下，竟然把手搭在她的腰际。

钱希西一把推开长相凶狠的中年男子。

中年男子在人前失了面子岂能善罢甘休？

"你不过是变相地卖，装什么清高？"

"再不滚我马上报警——"钱希西原本就憋了一肚子火，抄起手边的宣传单砍向中年男子。

跟在中年男子身边的小喽啰立刻出头，小喽啰猛地推上钱希西的肩膀："臭娘们儿，别给脸不要脸！"

"轰隆"一声，钱希西的脊背重重撞在货架前。

见状，不敢招惹地痞流氓的顾客们一哄而散。

钱希西双手护住身体，眼中含着泪。

几名保安前来维持秩序，但也只能拦下地痞挥舞的拳头，却无法阻止他们言语上的恐吓。

事态越演越烈，最终，超市经理一声令下，出动大批保安将一行人强行轰出超市。

小喽啰隔着保安怒指钱希西："小骚货你给老子听好了，有种你就待在超市里别出去！出去就要你好看！"

英雄救美

  钱希西从没穿过如此性感的迷你裙,自然也没碰到过这种事,她感到非常恐慌,现在再找那位销售经理已不见踪影。她从柜台下面抱出衣服往洗手间走,可是就在即将走到洗手间门口时,她注意到站在门前的两个女人,她们叼着未点燃的烟卷,一副正等她自投罗网的态度。

  钱希西旋身疾跑,手忙脚乱地翻出手机,眼泪在眼眶中打转,但她努力克制着,不愿让眼泪掉下来。

  接通段燃的手机,却又转至语音信箱。

  现在是上午十点,正是段燃周一开例会的时候,通常会议要持续到午饭前,怎么办,她紧攥手机,不自知地颤抖着。

  算了,报警吧!

  刚按下一个按键,销售经理又返回来及时制止。

  "那些流氓不过逞口舌之快罢了,即便警察来了也抓不到人,今天就工作到这里吧,出门打个车赶紧回家。"

  经理的意图很明显,不要给超市与自家公司惹上不必要的麻烦。

  钱希西怒视着他,遇到流氓他溜之大吉,看出她想报警他又滚出来了,人品也太次了吧!

  经理一直盯着她手中的动作,仿佛她只要按下"110"他就准备扑过来似的。

"我请我朋友过来接我。"钱希西再次拨通段燃的手机。

手机再次转至语音信箱,她言简意赅地留言:"我在你们大厦旁边的超市里遇到点儿麻烦,等你忙完过来接我一下。"

挂上电话,她披上外衣,衣服与肌肤这一摩擦,她隐隐感到背部传来一丝疼痛,可能是刚才撞在货架上造成的。

她紧裹外衣,神志有些恍惚,非礼、推搡、羞辱,以为一辈子都不会骂到自己身上的污言秽语全来了,所经历的一切简直像一场骇人听闻的社会新闻。

一刻钟后,段燃疾步走入超市,边拨打她的电话边寻找。

钱希西所站的位置距离超市正门并不远,还没等她接起手机,段燃已经出现在她的面前。

他打量着钱希西的穿着,一言不发。

而钱希西冲出两步抱住他,抑制已久的泪水如潮水般涌出来。

超市经理见对方西装笔挺一派贵气,唯恐小女生夸大其词,所以笑眯眯地走上前解释:"其实也没多大事,就是与客人发生几句争执。"

段燃暂时压住怒火,把她搂在怀中拍了拍,眼皮无意间一低,看到她脖颈后方有一片红肿。

见超市经理又要开口,他扬手制止,压住钱希西的双肩,柔声细语地问:"谁打你告诉我。"

钱希西没想到自己会哭到泣不成声,钻进他的怀里平复情绪。

段燃一手搂着她,另一手拨通保全部的电话。

不到五分钟,从 Q.E 办公楼奔出五十几名保全人员,瞬间封死超市出口。

见状,超市经理与酒水代理经理全慌了!

"段总,大家都是打开门做生意,三教九流避无可避,没必要把事情闹这么大吧？"超市经理起初只是看段燃眼熟，直到 Q.E 的保全人员现身，他才确定段燃的身份。

"你可以报警。"段燃不苟言笑。

超市经理干笑两声，说："段总真会开玩笑，Q.E 内外上千名员工可是我们超市的衣食父母啊，而且当这位小姐遇到麻烦的时候，是我指挥保安把那几个流氓轰了出去！"

这会儿再看利欲熏心的酒代经理，除了点头哈腰就是擦冷汗。

"再多的解释也不过是一面之词，麻烦你调出监控录像。"段燃尽量克制怒火，将钱希西揽在腋下。

超市经理摇头推托："这、这可能不符合……"

"信不信我现在就让你失去工作？！"段燃冷下脸。

"……信，好商量好商量，段总请随我来。"超市经理惹不起他，唯有摊手引领。

段燃沉了口气，扬起一指招呼保全队长上前，命队长先护送钱希西返回 Q.E。

钱希西则是抓着段燃的衣角不撒手。段燃脱下西服裹紧她的身躯，又用手背抚了抚她哭红的小脸："我会处理。"

钱希西啜泣点头，从书包中取出一百元，揉成团，狠狠地丢在酒代经理的脸上！

痛并快乐着，她钱希西居然也有用毛爷爷砸人的一天！

段燃自然注意到这个细节。

等到钱希西在众人的护送下远去，段燃走到酒代经理面前。他比这个矮胖的男人高出两个头，酒代经理顿时感到巨大的压力。

"段、段总是吧？我可没强迫钱小姐，是她自己应征的促销工作。"

段燃目不转睛地看着对方，诘问道："你需要回答我两个问题：一、她在工作之前是否明确地知道着装尺度；二、你身为她的主管人员，当员工遇到麻烦时，你起到怎样的作用？"

酒代经理理亏词穷，支吾半天也没能说出个所以然。

答案显而易见，段燃一把扯下酒代经理挂在胸前的工作牌，一字一句道："我来帮你说，为了节省聘请专业促销员的开支，使用欺瞒手段坑骗缺乏社会经验的女大学生，欺负她不敢拒绝。"

段燃身为零售类大经销商，岂能不知业界价码？知名品牌所聘请的促销小姐通常来自模特学校，费用在 300～1000 元之间不等，车模更可高达上万元乃至数十万。至于此类专业促销小姐，已经习惯在人前展现优美的身姿，懂得如何避免走光，如何保护自己的正当权益！

酒代经理见苗头不对，试图从段燃手中取回工作牌，但段燃顺势将工作牌放入西服口袋："贵品牌也算小有威名，雇用非专业人士担任专业工作导致本不该发生的骚乱，这无疑是在损毁企业的形象，看来我有必要将真相通知你的上级。"

段燃表达得已然很明确，大企业会按照业界标准支付合理费用，所以克扣促销费这种不良行径一定不是企业本身所为。

酒代经理手忙脚乱地从皮夹中取出所有钞票："对不起，我也没想到会发生这种事，其实我也没吃多少差价，全给你，连我的工资都给你！求你千万别捅到总公司去好吗？"

段燃嗤之以鼻，转身与超市经理前往监控室。酒代经理则是低声下气、穷追不舍，段燃蓦地驻足，似笑非笑地说："吃差额居然吃到钱希西身上来了，即便我不剥你一层皮她也不会放过你。"

一小时后，段燃返回办公室，将一个 U 盘顺手放进抽屉。

钱希西坐在他正对面的沙发上，深深低着头，说："来吧，我已经准备好挨骂了。"

段燃拧着眉打量她身上这一条迷你裙，虽然她正襟危坐双腿并拢，但从他的角度仍旧可以隐约看到内裤的边边角角。

"砰"的一声，段燃拍响桌面。

钱希西虽然从心理上已做好挨骂的准备，但身体仍是下意识地蜷缩。

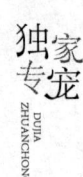

"……我知道错了。"

段燃的眸中充斥着怒火,想到从监视器中调出来的画面,听到地痞流氓对于钱希西不堪入耳的羞辱,他真不知道是该骂她蠢还是该稍作安慰。

说好不骂她,但是看到她身上那条不能遮体的裙子就来气!

"说深了你听不懂,说浅了你又心不在焉,总之你穿成这样,是个男人都会有非分之想。"

钱希西常年遭受段燃的打压与奚落,其实一直对自己的容貌与身材没有太大的自信,甚至为了省钱,她还会从衣柜里翻出母亲出国前未带走的衣裤,再经过一番裁裁剪剪直接穿出门。

"吃一堑长一智,下次找工作……"

"下次?"段燃怒步走向她,吓得她弯曲双腿爬到沙发角落。

"干吗呀你?我、我……我真的知道错了,以后找工作一定要事先问清工作性质。"

"你要改的是视财如命的臭毛病!你穿的这玩意儿能叫裙子吗?"他伸出一手攥住拉链,"就这么一条拉链,随便一拉……"

话未说完,拉链顺着他手中的力道,猝然崩开。

没有穿内衣,白花花的肉。

一秒、两秒——

"啊——"钱希西一脚踹向段燃,本想转过身赶紧拉上拉链,但是这一扭动,拉链一滑到底!

漆皮质地的服装之所以穿在身上显得提拔,正因为所使用的材质硬度高且色泽光亮,说掉下来一点儿都不带含糊的。

见状,为避免钱希西走光,段燃一步跨到落地窗前拉上百叶窗。

光线骤然暗下来,钱希西胡乱抓起靠垫、坐垫,将自己快速掩埋。

"这里是28层!你不过来帮我披衣服,拉窗帘做什么?"

段燃怔了怔,他猜自己动作比脑子快的原因应该是这样的,反正他是看到了,就不要让没看过的人一同围观了。

"幸好是在我面前走光,偷笑去吧。"

钱希西风中凌乱,抓起一个靠垫丢向他:"就是你拉下来的好不好!别人谁敢明目张胆把手伸到拉链上啊!"

"……"

"还不出去?你站在这里我怎么穿衣服?"钱希西简直不敢相信自己的眼睛,他竟然就那样平静如水地望着她,好似所发生的一切再正常不过?

钱希西刚欲再次轰赶,段燃忽然想到什么,他疾步走向办公桌的方向,从柜子下方提出一个时装袋。

时装袋很精美,钱希西从靠垫中伸出一只胳膊,打开袋子发现里面放置一个鞋盒。

"你说缺双皮鞋,我妈听见了,给你买的。"

钱希西立刻冷脸变笑颜:"阿姨简直是天使的化身,帮我谢谢阿姨,嘿嘿。不过,你为什么还不出去?难道叫我光着身子试鞋吗?"

"你究竟在紧张什么?该看的都看到了,再看也没有什么新鲜的。"

"?!"抱歉她没听懂,请问这说的是人话吗?

7 言传身教

段燃神色平静，果然不认为自己的话有什么问题，他指向瞠目结舌的钱希西，说："无知又贪财，被人卖了还帮忙数钱，说的就是你这种人。"

"是是是，今天谢谢你救了我，我会吸取教训，日后加倍小心。"她受到沉重的打击，原因倒不是被恶人围攻，而是钱希西一直认为自己很精明，谁都别想从她身上骗走一毛钱。可事实证明，凭她的智商根本斗不过居心叵测的社会人，所以还谈什么独立。

低垂的视线里映入段燃的双脚，她再次警觉起来，用靠垫紧紧护住身体，提醒道："你为什么还不出去？我好歹是个二十好几的女……女人！"

段燃不以为意，打开鞋盒，从中拎出一双漂亮的黑色高跟鞋，半蹲在她的面前，命令道："把鞋脱了。"

或许是真的太熟了，钱希西心中没有羞愤反而感到无奈，无奈于段燃根本无视她的性别。她甩掉廉价的塑料平底凉鞋，不等她细想这个奇葩的想法，段奇葩已将高跟鞋套在她的脚上。尺码刚刚好，简约的样式衬得她的脚修长又白皙。

她不敢跷高脚欣赏，只得向地面踩踩看："哇，穿着真舒服，肯定很贵吧？"

"如果你敢把这双鞋拿到网上转手卖掉，我立马剁了你的双脚。"

"……"钱希西扁嘴，"即便不卖，我也不会拿去当工作鞋穿，糟蹋好东西。而且同事一定会问我，这鞋是段大老板送你的吧？"

"我送的怎么了，见不得人？"

"哎呀，我不是那意思，说了你也不明白。"钱希西推他肩膀，"出去出去出去，如果你再不出去，我严重怀疑你对我心怀不轨！"

话音还未落，钱希西推拒他的那只手已被他攥在掌心。

时间仿佛停滞，钱希西紧贴沙发背，难以置信地问："……真的有想法？"

"是。"

他的坦白令钱希西不知该如何接话。

令她更不能理解的是，他的神态中没有流露出半分真情真意，冷冰冰的，跟平时一样一样的。究竟嘛意思？

她的脑子正发蒙，他轻而易举地将她从堆积的靠垫中捞出来。

"啊！你给我走开啊……"

钱希西仅抱一个靠垫护在身前，敛气屏息，惊慌失措。

段燃的脸上仍旧没有多余表情，将她压在沙发靠背的上方，她的双脚踩在沙发上，背部紧贴着墙壁。

此刻，她除了怀抱的靠垫，浑身上下只穿一条内裤和一双晶晶亮的高跟鞋。而眼前，是一个贴近的衬衫领口微微敞开的男人。如此情色的画面很容易让人联想到某些必须打上马赛克的小电影。

温热的鼻息吹拂着她的脸颊，近到她的睫毛可以扫过他的额头。钱希西脑子一片空白，竟然僵在原地不知该怎么办。

然而，当她以为他会有进一步的动作时，他则是蹙眉长叹，神情中显出极度的不满。

"你为什么不反抗？不是学过防狼术吗？难道不知道高跟鞋除了美观还可以用来防身？"

"……"钱希西愣愣眨眼，反应不及。

段燃愀然作色，脱下西服丢在她的面前："亏我还防着你出脚，笨得要死。"

语毕，他摔门而出。

钱希西瘫坐在沙发上，脑子有点儿乱，他在身体力行地教导她如何抵御色狼？

哦，真是好人。

等等，不对吧，有他这样教学的吗？这样真的科学吗？

穿上短裤、衬衫，她托起做工精细的高跟鞋，掸了掸鞋底的灰尘，小心翼翼地放入鞋盒。随后，又把那件促销小姐的工作服叠好放进时装袋。为什么不丢掉？NONONO，想发泄情绪摔枕头捶棉被就好，没必要把好好的一条裙子剪成渣渣沫沫，不管怎样今天不能白忙乎，把漆皮裙放进她的网店甩货区，能卖多少是多少。

钱希西提着时装袋走出段燃的办公室，段燃正倚在窗边打电话，听到她的脚步声，立刻结束通话。

钱希西挑起眉梢，鬼鬼祟祟又想干什么？

"我刚跟家里打过招呼，说你的邻居正在装修，所以暂时住到我家。"

钱希西本想为了刚才的事狠狠骂他一顿，可是这个奇葩有时候又特别会保护人，把她目前最担心的问题率先考虑完毕。是的，她怕酒代经理暴露她的行踪，再把她的地址告诉那些地痞流氓。

这时，他的手机再次响起。他接起电话的同时，一边指挥秘书送钱希西，一边合上办公室的大门。

有这么忙吗？好似故意躲着她似的。

"钱小姐，司机已经在楼下等你了。"秘书微笑相迎。

钱希西俯首致谢，跟随秘书来到地下停车场，电梯门一开，惊见一排保全人员伫立道旁，并且一直延伸到她即将搭乘的轿车门前。

说实话，钱希西这时心里除了感动，更多的则是不好意思，人家领的是Q.E的治安费，却要为她一个名不见经传的临时工站岗放哨。

她坐上车，段燃的专属司机关切地问："听说超市里发生严重的斗殴事件，你当时正在里面，没受伤吧？"

"……"钱希西嘴角一抽，"您听谁说的？"

"保全啊，他们说当时的情况很混乱，段总从会议室里一路奔出来，连电梯都没坐，直接从安全通道那边奔出办公大楼，保全组长感觉不对，正准备召集人手跟过去看看，刚巧接到段总打来的电话，然后就看见你躲在段总怀里大哭。"

会议室在 25 楼，段燃莫非从 25 楼跑下来的？她的情绪顿了顿。虽然司机的描述与事实相距甚远，但是不得不说，Q.E 的保全人员既专业又敬业！她一定要亲手缝制一面锦旗送给他们！

"嗯，今天多亏了段燃，否则我可能会遇到大麻烦。"

有关段燃的正面新闻越来越多，她想骂他一句"臭流氓"还真插不进空当。

司机先送钱希西返回她的住处。她简单收拾了几件衣服，除了冰箱，关闭所有电源，抱起笔记本电脑，踏上前往段宅的路。

"对了，您在 ×× 银行门前停一下，我要取钱。"

"取钱？"司机一脚刹车停下车，指向道旁的自动提款机，"去吧，我等你。"

钱希西不自然地捋了下刘海儿："这里提款要付跨行手续费。"

为了节省跨行费，她宁可多走十分钟也不会在小区门口的 ATM 机前图方便。

手续费也就两块钱吧？司机小小地汗颜一把，继而踩下油门。

而且提出此要求的人，还是坐在高级轿车里。

取钱对于钱希西而言比割肉还要疼，但是空手打搅段家父母数日实在是说不过去，买点儿什么呢？段家什么都不缺，鲜花从自家花园采摘，水果多到吃不完，段爸倒是喜欢喝葡萄酒，但一瓶酒成千上万她又不舍

得买，段妈喜欢喝功夫茶，可是好一点儿的乌龙茶也很贵。

她捏着薄薄的三百元，眼皮一抬，看到一家装潢非常别致的甜点餐厅。钱希西暗自打个响指，买些小点心吧，造型美观花样繁多。

思及此，她走过马路，伴随推门的动作，挂在迎宾门的风铃发出悠扬清脆的乐曲。

因为还未到下午茶的时间，所以餐厅内的客人并不多，她顺着狭长的通道拐到甜品展示柜的附近，这才发现餐厅内部的格局相当之大，不过桌椅与沙发摆放得并不多，每张餐桌皆由花卉植物分隔成独立的活动空间，很适合放松闲聊。

这时，餐厅二楼传来曼妙的钢琴曲，她心里不由得犯嘀咕，装潢风格如此别具一格，会不会是那种很贵的主题餐厅？

钱希西转身想逃，却险些与迎上前的男店员撞个满怀。

"欢迎光临，本店甜点均使用进口食材制作而成，需要我帮你介绍一下吗？"男店员笑容可掬。

一听"进口"二字她更想跑，可是服务生的态度很热忱，反正都进来了，不如随便看看再谎称迟些再买好了。

钱希西装模作样地询问适合长辈食用的点心。男店员将她带到低糖糕点区，耐心介绍。五彩缤纷的法式甜点映入眼底，樱桃饱满，蓝莓新鲜，浓浓的奶味儿馨香四溢，外观更是精美可人，作为礼物送给长辈十分妥当。然而，价钱方面实在令人不满意，她时刻做好开溜的准备。

"请问你是本店会员吗？会员可以打八折。"

打折？别看钱希西学习成绩不咋样，但心算折扣的本事与速度绝对是数一数二。不到三秒，她眼前一亮，感觉可以接受！等等，你想问她是不是会员？当然不是啊，但只要有折扣，相信凭她的三寸不烂之舌可以磨下来！

"我就住在这附近，你这家店是新开的吧？"

砍价第一步：套近乎，暗示自己大有可能成为固定消费群体。

"是的，上个月才开。"服务生如实回答。

钱希西暗自打个响指，继而缓慢地点下头，悠哉地环视四周，问："环境很不错，地方也宽敞，你们承接派对活动吗？"

砍价第二步：让店家误以为她是一条无可限量的大鱼。

男店员果然很上道，立即摊手引领，介绍道："没问题，本店二楼接受包场。外部楼梯可以直达二层，店面后方有停车场，请问是否需要上楼参观一下？"

钱希西从容微笑，跟随男店员前行。接下来，她会假模假式地参观一下，然后从店员手中索取一张预定卡之类的东西，等到离开的时候，她再挑选她需要的甜点，美其名曰：在确定包场之前，试尝甜点的口感。如此一套走下来，但凡有点儿商业头脑的店员，好意思不打折吗？

钱希西为了打个八折也是蛮拼的，她来到餐厅二楼。这里的装潢格调果然比一层更为典雅浪漫，简单来说，透着奢华的气息。

钢琴曲再次飘入耳畔，她闻声望去，首先看到一架奶白色的三角钢琴。钢琴家的容貌暂时看不清，但是可以看出那人弹奏得很投入，他修长的十指在琴键上流畅游走，双眼微合，享受其中。钱希西凝视着钢琴家英俊的侧脸，不由得想到学长蒋哲洋，于是她不由自主地走了过去……

然而令她万万没想到的是，这位侧脸酷似蒋哲洋的钢琴家，居然就是她念念不忘的学长蒋哲洋！

苍天啊，大地啊，她真的不是眼花吗？

她倒退几步，却不慎撞到摆在身后的餐桌，刹那间，刺耳的摩擦声扰乱优美的钢琴曲。

弹奏的双手戛然而止，钢琴家悠悠地睁开双眼，侧头相望。

钱希西紧张得心脏快要跳出喉咙，果然，果然是蒋哲洋！

"对、对不起……"不夸张地说，她的牙齿都在打架，当然不是因为害怕受到责难，而是激动又担心，担心蒋哲洋早已将她这个人从记忆中彻底抹去。

暗恋有多苦，或许也有多甜蜜，遥想那些年，她确实是一个人痴迷于不存在的恋情当中。她会独自走在他走过的林荫道上；她会坐在他曾坐过的石椅上；她会从图书馆借走他借过的书，只要存在他的气息，她都忍不住想去触摸。蒋哲洋在她眼中是完美无瑕的星辰，是遥不可及的美好，她深陷其中，却从不敢靠得太近，唯恐美梦一碰就碎。

就这样，她抱着各种幻想暗恋多年，从初一到高二，直到蒋哲洋即将步入大学的前夕，她才幡然醒悟，再不告白就来不及了，因此她决定，为自己的暗恋画上一个句号。不曾想，他一声不响地飞去大洋彼岸深造，或许，他也通知到亲朋好友，只是名单里没有她，也不可能有她。

钱希西忆起辛酸与甜蜜交织的往事，微垂双眸，不敢与他四目相对。

不行，她紧张得快要窒息，不能留在这儿！她转身欲逃，身后却传来一句淡淡的，又夹杂些许笑意的问候。

"钱希西？没想到回国后遇到的第一个熟人，会是你。"

钱希西怔怔地僵在原地，忐忑不安。

学长不仅记得她，竟然还叫出她的全名？她偷偷掐自己的手背，真的不是在做梦吗？

蒋哲洋信步走到她的面前，见她的脸色一阵红一阵白，他关切地问："你是不是身体不舒服？要不要坐下来休息一下？"

钱希西点头如捣蒜，当然想坐下来聊聊，神经病才想走咧！

蒋哲洋帮她拉开座椅，从容地问："喝点儿什么？"

她回过神，转身看向身后那架钢琴，不确定问："那个……蒋学长，你、你是在这里上班吗？我会不会影响你工作？"

不待蒋哲洋回应，店员嗤笑："蒋先生是这家店的老板。"

"……"钱希西尴尬地笑了笑，"原来、原来学长这么有钱。"

蒋哲洋首先叫店员送两杯咖啡过来，随后交叠双腿，莞尔一笑："准确来说，是我帮我母亲开的店，我今天只是路过。"

钱希西晕乎乎地点头，完全搞不清蒋哲洋的背景。莫非蒋哲洋和段燃一样也是富二代？仔细想来，上学时期都穿着校服在校园里走动，她还真没关注过学长的家庭情况，只知道学长的校服熨烫得很平整。

不一会儿，店员送来咖啡。蒋哲洋优雅地抿了口咖啡，问："如果我没记错的话，你今年应该读大三？"

"嗯嗯，学长好记性。"她越发感到受宠若惊，端起杯子就喝，也忘了杯中是热咖啡，这一大口灌进口腔，她顿时捂嘴闷哼，险些没把舌头给烫熟了。

见状，蒋哲洋抽出纸巾递到她的面前："你怎么魂不守舍的？还是……你有其他事要去忙？"

她赶忙摇头摆手："不不不！我闲得很，大闲人一个。就是、就是突然见到学长……感觉……感觉不可思议。"

虽然暗恋终成暗恋，但年少时的那份悸动记忆犹新。何况蒋学长一点儿都没变，举止优雅、语调温柔，如果硬要说有什么改变，只能说更迷人、更成熟，横看竖看都让钱希西怦然心动。

蒋哲洋目不转睛地注视着她，仿佛有些话在唇边萦绕，却不知道该如何讲出口。这时，他的手机振动起来。他走到一旁接完电话，返回时，神色中略带歉意："抱歉，我有事需要马上离开，如果方便的话，我们交换一下联系方式？"

"啊？方便，非常方便！"钱希西报出电话号码，然后匆匆从包里取出手机，"请问学长的电话是多少？"

蒋哲洋取出一张名片，说："我目前在这里任职，刚刚接手工作，还在适应阶段。"

她站起身，双手接过名片阅读，一看名片上标明的职务，顿时两眼珠外凸——梵睿私立音乐学院院长！

钱希西已然风中凌乱，话说谁不知道私立学院对于院长的要求高之又高？蒋学长的态度未免太过谦虚吧？

蒋哲洋看了下时间，一副赶时间的样子。钱希西拎起包，善解人意地说："我正好也要回去了，我和学长一起出门？"

蒋哲洋颔首，二人走下楼，不过他没有径自离开，而是请钱希西等他一下。他走向收银台,悄声与店员说了些什么,只见两名店员立即忙碌起来,他们把一块块精致的甜点装入包装盒,很快装出一大盒。

蒋哲洋提过点心盒递给钱希西,轻描淡写地说:"拿着。"

素来有便宜必占的钱希西,此刻却毫不犹豫地婉拒:"蒋学长千万不要和我这么客气,我能见到学长已经感到非常高兴。何况、何况你家甜品蛮贵的……"

"你叫我一声学长,不收就是跟学长见外。"他浅浅一笑。

钱希西的双颊泛起绯红,默默接过包装盒,鞠躬致谢。

"谢谢学长,那……那我改天请学长吃饭?"

提到请客的话题,蒋哲洋渐渐敛起笑容,表情变得有些复杂。

他的缄默使得钱希西惴惴不安,误以为自己的提议给学长造成困扰:"哦,学长刚上任肯定特别忙,我就是随口一说。那个,工作重要,学长先忙……"

"也没那么忙,我近期会联系你。"他笑着打断。

钱希西乖巧地点了一下头,内心则是锣鼓喧嚣、欢天喜地!

两人一同走出餐厅,蒋哲洋并不知道停泊在马路斜对面的奔驰在等钱希西,而他确实有点儿赶时间,于是绅士地帮她拉开出租车的车门。钱希西见学长亲自为她开车门,早已把眼巴巴傻等的司机大叔抛到九霄云外,她钻进后车厢,车轮滚动,她面朝蒋哲洋的方向,依依不舍地挥挥手,挥手,挥……

"姑娘,请问去哪儿啊?"出租车司机第三次询问。

"去……"钱希西羞答答地回过神,这才发现出租车已开出一公里,她顿时狂拍前车座,"师傅麻烦您靠边停车!"

然后,不允许再多花十块冤枉钱的钱希西,呼哧气喘地原路跑回。

8
DUJIA ZHUANCHONG

花痴的痴

晚八点,段燃回到家,一家人共进晚餐。

钱希西今日一反常态,只喝了一小碗汤,随后返回客厅,坐在沙发前,持续呈现花痴状态。

餐厅这边——

"今天希西带了很多甜点过来,这孩子真懂事儿。"段爸马上替钱希西大张旗鼓地宣传。

段燃冷哼:"确定没过期?"

段妈轻拍儿子的肩膀:"你这臭小子胡说什么?我和你爸都吃了,味道很不错,再说节俭是美德。"

"您还记得我上一次闹肚子的原因吗?她拿出过期半年的咖啡招待我,还是赠品。"段燃斜眼瞪钱希西,竟然发现她正望着吊灯笑眯眯。

"她吃了自己送来的糕点?"

段妈也有意八卦此事,附耳告知:"从进门就这样,时而捂脸时而微笑,我看哪,八成是谈恋爱了。"

"……"段燃再次望向客厅,怎么可能,上午她还在他的办公室里哭哭啼啼,下午直接由司机送到家中,恐怕没有这时间吧?

莫非?段燃举起水杯照向自己的脸庞,救她于水深火热……嗯,这

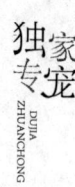

个倒是有可能。

段爸见儿子没有为此进行更深一层地八卦,悄声提醒:"希西昨天离开前还不是这样,难道是室内设计师?"

"什么设计师?哪儿来的?"段燃问。

段妈打个响指:"对对,按照希西的个性,宁可宅在家里也不会出门乱消费,你不是说希西的邻居正在装修吗?会不会机缘巧合,就看对眼了?"

房屋装修是段燃帮钱希西编造的借宿理由,他索性托起饭碗继续吃:"妈,钱希西住的是老式单元楼,所谓的装修也不过是请几个装修工人刷墙铺地。"

"那就奇怪了,到底是谁?"段妈托腮。

"她开心有很多原因,譬如,捡到钱包,彩票中十块,抢到便宜货。"

"不不不,妈妈是女人,我了解女人,这两种开心截然不同。"

"那您直接去问她。"段燃要疯了。

"妈这么大岁数喜欢听八卦会被晚辈笑话,你去问问呗?"段妈推搡儿子肩膀,"问问,我和你爸也好替希西把把关。"

段燃几乎被老妈从座椅推到地上,他一手支在桌边:"我又不是女的,这种事怎么问?"

就在一家三口磨磨叽叽之际,钱希西一蹦一跳地走入工作间,很快从里面取出一个大水壶。

"阿姨,我去浇花啦!"

"乖,去吧。"段妈朝老伴儿挤眉弄眼,"看见没?绝对不正常。话说你当年追求我的时候,我也是这样,动不动就浇花望天傻笑什么的。"

段爸立刻发现重点,犀利瞪眼:"那你还端着劲不同意交往是嘛意思?害我追了半年多。"

"那叫矜持,一追就让你追到手你能珍惜吗?"段妈得意一笑。

段燃夹在"情话绵绵"的二老之间很别扭,于是扒拉两口饭赶紧撤退。

来到花园，钱希西果然一副穷欢乐的状态，哼着小曲，俯身托起娇艳欲滴的玫瑰花，贴在鼻子边嗅了嗅，笑靥如花，沉醉其中。

段燃嘴角一抽，真做作。

钱希西感到身后多出一片阴影，急忙站直身体，笑盈盈地浇花。

"哇，这些花太美了。"她抒情道。

段燃不予理会，一转身坐上躺椅，佣人立刻奉上饮品。

钱希西放下水壶，坐到躺椅对面的秋千摇椅上，轻轻滑动秋千，腼腆一笑。

段燃盯着她看了好一阵子，她则是完全无视段燃的存在，做出抠指甲盖、摩挲衣角、抿嘴浅笑等不正常的举动。

"你是不是疯了？"段燃认真地问。

钱希西立刻捂脸，娇嗔地说："人家好开心嘛。"

"……"段燃立刻喝口热咖啡暖暖身，"敢说人话吗？"

钱希西羞答答地侧开头："讨厌，人家今天遇到蒋哲洋蒋学长了，嘻嘻。"

段燃怔了怔："蒋哲洋是谁？"

她一秒钟变悍妇，咆哮道："你这是什么破记性？我学长啊！我从初一就开始暗恋的那个会弹钢琴的帅学长啊！"

"所以？"

钱希西一秒钟恢复娇态，说："暂时还没有进一步发展，不过我们彼此留了电话。哦，我跟你说啊，缘分这东西真的很奇妙，我和他在甜点店偶遇，那家店是他给他母亲开的，我给叔叔阿姨带回来的甜点就是学长亲手送给我的，嘿嘿。学长又孝顺又帅又温柔又大方，还是音乐学院的校长，Oh！我的男神……"

这都什么乱七八糟的？段燃感到一阵恶寒。

"然后？"

"哎呀，不是跟你说了没有深谈吗，你长耳朵出气的？"她瞪了段燃一眼，又取出手机，确定信号满格之后，又恢复娇滴滴的模样，"不知道他什么时候会给我打电话，你说，我要不要主动给他打一个？"

提到蒋什么的，态度果然反差很大。

"他告诉你他现在单身？"

"你说到重点了，这也是我担心的问题，蒋学长的女人缘可好可好了。"钱希西双手合十，"相见即是未了缘，拜托老天爷一定要帮我把握这次机会啊！"

段燃嗤之以鼻，她当年就为那个叫蒋什么的哭天抹泪寻死觅活，时隔六年，她居然还像当年一样神经错乱，这情商都不带长的？

钱希西见他疾步远去，双手托腮，再次沉醉在想入非非之中。

男神，要打电话来哟，喔喔！

第二天清晨，钱希西的卧室里突然之间炸开了锅！

钱希西抱着手机满床打滚，蒋哲洋约她一起吃午饭，祈祷灵验了哈哈。

啊，穿什么去约会？

钱希西拉开背包翻个底朝天。

怎么办，全是些上不了台面的破衣烂衫。

对了，段阿姨给她买的裙子！

思及此，钱希西决定冒险回家取裙子，她抓起背包，脸没洗牙没刷，一路冲出段家大门。

她前脚跑远，段燃的车驶出别墅区，司机一眼便看到疯魔般的钱希西。

段燃眯眼望去，命司机减速按喇叭。

时间紧任务急，钱希西只是挥了下手："上班去呀？拜拜。"

段燃则打开车门叫住她。

"疯婆子似的，去哪儿？"

"蒋学长约我吃饭，哈哈！我回家去取阿姨送我的裙子，终于派上用场了！"

段燃停顿片刻，命她上车。

有车蹭当然更好，于是钱希西欢快地钻进车厢。

不过开出一段路，钱希西渐渐发现并非回家的路。

"不是送我回家？"

"我为什么要送你回家？"

"那你叫我上车做什么？"

段燃不予理会，钱希西则摇晃他肩膀要求停车。

片刻，车子停在一家高档的时尚店门前。

段燃从皮夹中取出一张卡给她："选好衣服，刷这张卡。"

钱希西犹豫几秒，接过卡片看了看："这是什么卡？"

司机帮忙解释："段总是这家店的VIP客户，积分可以直接选购新商品。"

"哦哦！"钱希西看向段燃严肃的侧脸，一个大熊抱扑过去，"你就是天使的化身！"

段燃嫌弃地甩开："你能不能换个词儿？"

如果没记错的话，只要让她占到便宜，在她心里都是天使，可见天使的数量跟春运一个阵容。

钱希西望天："嗯……你是恶魔中的天使！"

段燃"帮"她拉开车门，轰她下车，扬长而去。

钱希西捋了捋乱发，谨慎地推开店门，顿时被店内的装潢风格给镇住了。

衣帽鞋包一应俱全，装修高贵典雅，像一座欧式皇宫。

身着正装的销售小姐，提醒道："清洁人员请走偏门直接进入工作间。"

"……"不怪销售小姐看走眼，她确实邋遢得可以。

她从兜里取出VIP卡："请你帮我看一下，这张卡可以换购价值多少钱的商品。"

销售小姐蹙眉上前，不由得一怔，本店钻石卡？

销售小姐双手接过卡，态度一百八十度扭转："对不起，多有冒犯。我马上为您服务，请您提供持卡人姓名。"

"卡主叫段燃，段正淳的段，燃烧的燃。"

持有钻石卡的顾客至今未超过二十位，于是乎，其他几位销售小姐的目光，不约而同地集中在她身上。

钱希西真的是习以为常，从她们眼神中透露出来的讯息简单又粗暴——哎呀，逆天了！土包子是怎么攀上阔老板的？

"您好，可以使用金额为九万七千元。"

"呃？人民币？"钱希西惊得下巴差点儿掉下来。

"是的，本店商品一概无折扣，但是拥有钻石卡便可以累计金额，并给予一定优惠，消费一万返八百抵金券。"

钱希西在心里狂打小算盘，段燃这暴发户购物狂！居然买了一百多万的衣帽鞋包？

销售小姐见她脸色发白，礼貌询问："需要我陪同您前往女装部选购商品吗？"

"你说的那个抵金券，有没有时间限制？"

"没有此项限制，不过通过存档记录显示，段先生从未使用过该项福利。"

真嘚瑟！臭烧包！明明手中攥着大把抵金券却偏要全额购买。

钱希西沉了沉气，跟随销售小姐来到二层女装部。

她随便瞄了眼西服小外套的价格标签，不由得倒抽口气，索性站定，说："我去参加一场极其普通的约会，麻烦你帮我选一套……简单，很简单的就好。"

销售小姐大致明白她的意思，但是猜想她肯定走入某些误区，价格与剪裁是否简约没有直接关联，要看服装设计师是哪位。

最终，销售小姐帮她选了一套相对低调又符合她年纪的时装。

新款浅蓝色短袖衬衫搭配修身的白色短裙，脚穿白色尖头高跟鞋，再配个明黄色的坤包，不仅展现出浓厚的淑女气息，并且不失活泼俏丽。

钱希西穿戴整齐，站在镜子前，说实话，蓝色衬衫很了不起吗？白裙子很难找吗？地摊上随处可见好不好，可是，穿上就是非同寻常，横看竖看都有型,气质也跟着提升一大截。

咔!咔!从头到脚这一身刷走四万八。

钱希西颤颤巍巍地接回钻石卡,心在滴血、泪在流,等约会完毕,马上熨平叠好供起来!

时装昂贵到令人咂舌,钱希西哪敢用提的,捧着时装袋走出坑人的"黑店",首先拨通段燃的手机。

"喂……我有罪,你先答应我别生气。"

段燃:"快说,在忙。"

钱希西吞吞口水:"花了很多。"

段燃:"哦,所以你打算还给我?"

"不不不!你怎么可以有这种不成熟的想法?!"钱希西搓搓手,"你看吧,你工作也挺忙的,还要坚持自己打扫洗手间,我觉得这项脏乱差的工作交给我就可以了。"

段燃有严重的小空间洁癖症,比如衣柜、抽屉、洗手间等要求必须整洁如新。他又不喜欢外人触碰他的私人用品,所以通常自己整理。

段燃:"不必,我见识过你家的洗手间,简直不堪入目。"

"你也太夸张了吧!老房子管道生锈很正常啊,还有下水口不过挂着几根头发而已,至于被你嫌弃成这样吗?"

"随便,总之不要碰我的东西。"

"那我也不能白白花掉你五位数,我又没钱,理应补偿一下。"

"就当作我送你的生日礼物,别啰唆了,很忙。"

嘟嘟嘟,结束通话。

钱希西握着手机,长嘘一口气,能认识段燃这样的大好人真是她八辈子修来的福气。

与此同时,总监办公室里——

正向段燃汇报今日日程的执行秘书,发现小老板严重走神。

"段总,需要我重念吗?"

"嗯……好。"

段燃借助抿咖啡的动作,眉宇之间拧出一缕烦躁。

他会间接地给钱希西买衣服,只是想到她昨天的遭遇,想让她高兴高兴顺便压压惊,可是他这样做,似乎在无形当中帮衬了她的约会?

钢琴王子

上午十点,钱希西洗完澡化好妆,经过一番精心打扮,一咬牙一跺脚,乘坐出租车抵达蒋哲洋指定的碰面地点。

途中,她开始幻想学长会带她去哪里吃饭。话说她虽然是个大抠门儿,但这些年跟着段燃没少出入高级餐厅,所以关于就餐礼仪这方面她倒不怕露怯,就是担心自己的那张嘴,千万别一见学长变结巴。

半小时后,出租车停在梵睿私立音乐学院的门前。

这所学院弥漫着浓郁的欧式风情,校园中央矗立着古典音乐教父巴赫的铜像,放眼四周是大片的草坪,随处可见富有古典韵味的雕刻艺术品与喷泉。水声潺潺,花香四溢,整所学院宛若一座屹立在繁华都市中的古堡田园。

钱希西还是头一次步入音乐学府,莫名产生肃然起敬的感觉。许多时候,氛围可以影响一个人的言谈举止,她这会儿连走路姿势都变得淑女起来。

来到校长办公室的门前,钱希西不由得深吸N口气,刚要敲门,房门倏地敞开。

蒋哲洋身旁跟随一名女士,女士怀抱文件夹,两人显然正要出门?

蒋哲洋见到钱希西才发现已经到了相约的时间,他抱歉地说:"外

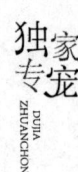

聘的钢琴系教授飞机晚点,我恐怕要去代一堂课。"

正值暑期,学生们特意赶往学院就是为了吸取更多的音乐养分,如果一直让学生们眼巴巴地干等,会影响学院的声誉。所幸,蒋哲洋在音乐方面的造诣不输于那位教授,所以他决定先过去顶一阵子。

"哦好,学长先忙,我可以等,不用管我。"钱希西径自坐上休息椅,像个言听计从的乖宝宝。

蒋哲洋疾步前行,突然又渐渐放慢脚步,驻足回眸:"这堂课在大教室,你有没有兴趣旁听?等上完课,我们直接去吃午饭。"

钱希西怔了怔,兴奋地点点头。

为了不影响蒋哲洋正常教学,钱希西跟随其他学生提前步入阶梯教室,然后自觉自愿地坐在角落的位置。

一架黑色钢琴摆在教学台前方,这场景不由得让钱希西想起高中学校的音乐教室。她曾经就读的学校,是初中与高中合二为一的公立重点学校。当她初次在开学典礼的舞台下方见到蒋哲洋的时候,当她发现这世间竟有一位小小少年也可像绅士一般弹奏钢琴的时候,她就料到自己会沦陷。

然而无奈的是,他不只是她心目中的钢琴王子,也是大多数女生眼中的男神。漂亮又有气质的女生实在太多,所以钱希西从不敢主动出击。她只会躲在学长看不到的地方,静悄悄地看他弹琴,又会等他离开琴房之后,偷偷擦拭学长固定使用的那架钢琴。

钱希西忆起那个痛并快乐的自己,依旧感到非常美好。

这时,一片惊喜的欢呼声拉回她的思绪。她闻声望去,果不其然,女生们的惊呼声正是因为见到步入教室的蒋哲洋。无论是上学期间,还是如今的一校之长,他俊朗的外形依旧是那样耀眼夺目,走到哪里都会在第一时间成为焦点。

蒋哲洋一眼便从学生中找到钱希西,不过他的视线只在她身上停留半秒,随后信步站上讲台。单单一个自我介绍,已然迎来雷鸣般的掌声。

蒋哲洋丝毫不见当校长的官架子,他莞尔一笑,不急不缓地讲解音乐史。

他富于磁性的声音牵动着学生们的注意力,至于对音乐一窍不通的钱希西,单看学长的颜值已然被迷得七荤八素。这间教室里只有她知道蒋哲洋属于赶鸭子上架,他却可以在毫无准备的情况下妙语连珠,简直不能更逆天!

钱希西盯着温文尔雅的学长,托腮傻笑,乐着乐着,她也不知道哪根筋不对劲,脑海中忽然浮现出段燃凶巴巴的模样。她不由得耷拉下眼皮,如果段燃也愿意走儒雅路线,她相信他的追求者绝不亚于蒋学长的粉丝。可惜段燃太过我行我素,嘴巴又毒又贱,如果不是她以蹭饭作为坚强的后盾,估计会被段燃气哭几百个来回。

课程进行到一半,外籍教授终于赶到学院。蒋哲洋与外籍教授交接得很流畅,不过当他离开教室的时候,还是引来女学生们一阵失落哀叹。

钱希西猫着腰沿着墙边钻出教室,哼着小曲走到停车场等待蒋哲洋。

片刻后,一辆白色奥迪 A8 停在她的身旁,蒋哲洋走下车帮她打开副驾驶的车门。她没想过有生之年可以坐上学长驾驶的车,激动得差点儿喷鼻血。

蒋哲洋终于抽空打量她今日的穿着,当他注意到她包上的 LOGO 时,笑容里带出一丝微妙的情绪。

"品位不错。"他温柔一笑。

"嗯……谢谢。"她胡乱致谢,根本不清楚穿在身上的这套时装属于小众奢侈品,简而言之,是真正的名媛、公子钟爱的品牌之一,彰显低调中的奢华。

"粤菜,可以吗?"他问。

"都好,学长喜欢就好,我都可以。"钱希西已经想好这顿饭她来请客,但是这种事绝对不能让段燃知道,否则他铁定会把她骂成猪狗不如的白眼儿狼。

衣着时尚靓丽的他们步入粤菜馆,精明的服务生立刻取来精品菜式菜单,热忱地介绍道:"要不要尝尝本店镇店之宝上汤伊面焗龙虾、麒麟鲈鱼、牡丹煎酿蛇脯和文昌鸡?"

粤菜属中国著名八大菜系之一,之所以价格在其他菜系中独占鳌头,正因为食谱绚丽多姿,烹调技法精良,以用料广博而杂著称。

就拿上汤伊面焗龙虾来说,本店标价:580元。

钱希西看着"人神共愤"的价格,手心呼呼冒汗!

"学长对海鲜……不过敏吧?"她希望他说不爱吃虾!

"我都可以。"

"哦,好的。"她又看向凶残的吸血鬼,不,杀人不见血的服务生,僵硬地笑了笑,"就按照你推荐的上。可以吗学长?有忌口吗?"

蒋哲洋从容地应了声,并无异议。

钱希西粗略一算,这顿饭至少要花费上千元,她默默地擦把冷汗,幸好现在早中晚三顿饭都可以在段家蹭,否则她这辈子都甭想回血。

就餐期间,氛围有些尴尬,或者说,蒋哲洋原本应该承担代入话题的角色,但不知是因为他们根本不熟,还是他工作太累无心多聊,总之这顿饭吃得有些低气压。

钱希西倒是有一肚子的话想对他说,不过她在学长面前担心的问题特别多:怕他嫌她聒噪,怕他嫌她做作,怕他聊起她完全不懂的音乐,怕他发现她是一个很普通的女学生。

终于,蒋哲洋舍得提问:"你主修什么专业?"

"贸易经济,公关、营销之类的。"她干巴巴地如实回答。

蒋哲洋笑着应声:"专业很适合你,我记得你上初中的时候就有经济头脑,常看见你在篮球场旁边出售冰镇饮料,个头小小的,嗓门却很洪亮。"

"……"钱希西的笑容越发不自然,"原来、原来学长注意到我了?"

蒋哲洋微微侧头看向她,表情也产生一些变化,那表情仿佛在说:

你的问题,会不会有些奇怪?

钱希西却看不懂他表达的意思,她迷惘地眨眨眼,借助喝水的动作垂下眸。

遥想过往,她与蒋学长之间几乎没有真正的交集,她就像个跟踪狂或者偷窥狂,总是躲在角落里偷瞄学长的背影和侧脸。万一不慎与蒋学长四目相对,她选择掉头就跑。所以当蒋学长叫出她的姓名时,她已然感到非常震惊。

蒋哲洋见她又开始专心致志地吃菜,犹豫片刻,又问:"你真的没有话……要对我说吗?"

"嗯?"她猛地抬起头,小心翼翼地说,"有的,但是我不知道学长喜欢哪一类的话题?"

"六年前,中秋节当晚,你在做什么?"

啥?她傻愣愣地眨巴眼,六年前的中秋节?谁还会记得?

"那个……虽然我不记得当晚在做什么,但是像中秋节这种重要的节日,我会在一个朋友的家中度过。"

那个朋友就是段燃,逢年过节她一准去段家,还有大红包拿哟!尤其春节,是钱希西决不能错过的节日,因为段燃什么都不喜欢唯独喜欢放烟花。到了春节,他会购买足够装下一货车的烟花,然后和司机一人开一辆车,把车开到海边,一家人坐在海边欣赏他放的烟花,钱希西每每都会开心得手舞足蹈。

蒋哲洋抿了抿唇,垂眸轻吐一口气,喃喃道:"也是,六年前的事,谁还会记得?不提了,吃吧。"

她笑盈盈地应了声,再次拿起筷子,手机铃声响起来。

专属来电铃音由段燃独家录制,内容令此刻的钱希西只想一死。

——臭财迷,快接本少爷的电话。无论你在干什么,立刻、马上接起电话,否则今晚让你喝凉水、吃白饭。

她手忙脚乱地挂断:"呵呵,我朋友,呵呵……喜欢开玩笑……"

话没说完,专属铃音再次响起来,她正要狠狠挂断,蒋哲洋却说:"或许你朋友有急事找你。"

钱希西目前一个标点符号都不想跟段燃说！于是果断挂断，并且关了机。

"这个朋友的行事作风我很了解，真有急事他反而不会找我，他是拆台王，如假包换的损友一枚。"她气得咕嘟咕嘟喝下一大杯水。

蒋哲洋不动声色地问："你说的这位朋友，是不是 Q.E 上任不久的段总监？"

"呃？学长你……认识段燃？"她再次惊呆。

蒋哲洋扯了下嘴角，平静地回："也不算认识，见过一次。"

"一次？在哪里？你们没有讲话吗？是一同参加商业活动吗？"她越听越糊涂，似乎大概好像……蒋学长对她的交际圈有些了解？这究竟是怎么回事？

然而，蒋哲洋却没有解惑的意思，两人也没有继续聊下去。

菜过三巡，他从皮夹中取出信用卡，交到服务生的手中。

"别别，说好我来请。"她拦住服务生，虽然心疼钱，但做人不能没有信誉。

"下次你请好了。"蒋哲洋总是那般风度翩翩。

下次？钱希西羞答答地点头。俗话说得好，一回生二回熟，吃着吃着就有话题聊了，噢耶！

二人走出餐厅，钱希西正琢磨如何才能在蒋学长身边多赖一会儿，没想到蒋学长会主动询问，要不要送她。

"如果学长方便的话，谢谢……"她的内心再次欢天喜地！

她按捺住喜悦的心情坐上车，直到蒋哲洋管她要地址，她才想起目前借住在段家。

段宅位于本市最有名的富人区，她如果报出段家地址，蒋哲洋会不会误会她与段燃的关系不正常？

思及此，她把自家的地址告诉蒋哲洋，等到了地方她再自己坐车回段家好了。

　　车厢里萦绕着悠扬温婉的钢琴曲，美妙的音乐确实有解压的作用，钱希西的情绪渐渐放松下来。

　　"蒋学长一定是个念旧的人。"

　　"为什么这样讲？"

　　"据我观察吧，学长喜欢一切与古典有关的东西，音乐、车里的挂饰、学长戴的复古手表，哦还有，学长上学时用的记事本啊、书封皮啊、笔什么的也都是复古印花的。"

　　蒋哲洋指尖一顿，神色颇显意外："你居然还记得这些？"

　　她笑着眯起眼："当然记得，学长是校园里非常出名的钢琴小王子，我可是学长的头号粉丝哟！学长参加钢琴比赛或者代表学校演出的时候，我都会跑去现场助威。不过台下黑漆漆的，学长肯定不会注意到我……"她羞红了脸，她也不知道自己当初为什么会害羞成那样，每每去给学长助威时，她都会等到舞台下方关灯了再进去。当一曲落定，她真的就像一个狂热的粉丝，卖力地为他一个人喝彩。

　　青春时期的暗恋就是这样简单，只要看着他便是幸福。

　　前方红灯，蒋哲洋缓缓地停下车，侧过头看向她，他深邃的眸中似乎沁着未解的疑问，却又总是话到嘴边，吞了回去。

　　"你连我记事本上的印花都记得，却不记得六年前的中秋节？"

　　钱希西从他眸中察觉到一丝忧郁，她敛起嘴角，虚心地请教："请问学长，那天出什么事儿了吗？我怎么一点儿印象都没有呢？"

　　绿灯显示，后方的车辆按喇叭催促，蒋哲洋欲言又止，踩油门加速。

　　钱希西歪头等待答案，蒋学长却选择沉默。不过这已经是蒋学长第二次提到中秋节，她还是回去翻翻日历回忆一下好了。

　　而后，气氛再一次变得凝重压抑，蒋哲洋也没有与她交谈，就连下车道别，他也只是礼貌性地点了下头。

　　她望向疾驰而去的白色车尾，完全是一头雾水，并且隐约察觉蒋学长的心情并不算太好,是她说错话了吗?还是哪里表现不好?蒋学长会不会就此不再与她联系?!

呜呜不要啊!

生日快乐

段燃刚一到家,段妈便拉着儿子说悄悄话。

"你快去看看希西,她自从回来就躲在房间里没出来,不会出什么事了吧?"

"她能有什么事,顶多是丢了钱包,您先让我吃饭。"段燃正好也要找她算账,敢挂他电话,还敢关机?纯属找死。

"不是呀,希西今天穿得很漂亮,看样子是去约会了。可是回来以后,她就闷闷不乐的。"段妈追过来。

段燃为此并未发表任何言论,脱掉西服,洗手吃饭。

吃完饭,父子俩移步书房谈工作,直到晚上十一点才结束商讨。

段燃揉了揉酸疼的脖子,路过钱希西的卧房门前时,发现她今天安静得确实有些古怪。段燃询问在一旁清洁的佣人,问她是否出入房间,佣人则给予否定答案。

他敲了两下房门,得不到回应,顺势压了下门把手,"吱呀"一声,门居然开了。

透过门的缝隙望向床边,床上空空如也,再看另一边,只见电脑屏幕上的画面始终定格在同一页面上,钱希西则是趴在写字台上,肩膀正起伏不定地抖动着。

莫非她在哭？段燃微蹙眉，谨慎地推开房门，蹑手蹑脚地靠近钱希西。

他在距离钱希西三米的位置停下来，命令道："喂，把头扭过来。"

钱希西保持原本的姿势一动不动，然后扬起一手，示意他噤声。

段燃想到老妈聊到她心情不好的问题，他真就站在一旁等她先行平复情绪。然而，他隐约察觉，钱希西压在鼠标上的手指，正在快速地按键？

他眯着眼走上前，侧头看向钱希西，这才发现她压根儿没哭，而是目不转睛地盯着网页界面。

再看界面所显示的内容——1元抢拍倒计时？

段燃深吸一口气，又缓缓吐出："你……"

"嘘！无线网很不稳定！不要影响网速！"钱希西看都不看便推搡一把，"还有一分钟，我今天抢到好多超值商品，你快起开！"

说话还能影响网速？

合着她整个下午躲在房间里就是在抢这些破玩意儿？

俄顷，钱希西伸出双臂大声欢呼。

"我是宇宙无敌快抢手！"

她转过身与段燃分享喜悦，却感觉他有想揍人的冲动。

"说，为什么挂我电话？"他双手环胸。

"你还好意思质问我？你给我设置的什么破铃声啊！什么臭财迷，什么本少爷不给饭吃的。蒋学长虽然表面没说什么，心里肯定感觉很奇怪，你就坑我吧你！"

听到这样的消息，段燃的面部线条稍有软化，反问道："你难道怕姓蒋的知道你是个视财如命的铁公鸡？"

"在不熟的情况下暴露属性肯定不好，当然我也相信蒋学长不会在乎我是穷是富。不过学长看上去很有钱，我虽然不懂车吧，但是学长开的那辆车你也有，我至少知道你的车没有低于百万的，唉，反正跟我预想的不一样……"她托腮发愁，其实她反倒希望蒋学长是一个正在奋斗中的有志青年，如果是那样的话，他们之间的距离可以缩短一点点，不料他却是个土豪。

段燃并不想与她讨论这些无聊的话题,旋身欲走,她又疾声唤住。

"你记性好,你帮我回忆一下,六年前,中秋节那天,有什么特别的事儿吗?"她翻过日历也在网上查找了当日的新闻,甚至翻看了记录支出的小账本。账本中花费最庞大的一笔就是给蒋学长买的生日礼物,但除了证明中秋节前后是蒋学长出国的前夕,没有其他收获。

礼物是施华洛世奇水晶钢琴摆件,价值 400 元,至今还完好无损地放在她的衣柜最底层。

段燃想都没想便走出房门,他和亲爹聊工作聊太久又有点儿饿了。

脚步声远去,钱希西垮下肩膀,看向抢购到的超特价商品,本想借助这份快乐排解约会的郁闷,可是心里还是很难过。

她抓起手机,拖着疲惫的身躯走出房门,手机就像欠费停机一样安静,约会之后不应该打个电话闲聊几句之类的吗?还是蒋学长仍在忙?

她迈着拖沓的步伐走进餐厅,发现段燃正在吃夜宵。段燃见她出现,立即命佣人把夜宵端去客厅。钱希西朝他的背影吐吐舌头,然后从果盘中抓出一个苹果,坐到餐椅上,没精打采地啃吃。

要不要主动给蒋哲洋发个短信?只说晚安应该不过分吧?

考虑许久,翻出蒋哲洋的电话,不矜持就不矜持吧,她真的不想就这样无疾而终。

于是乎,她发出问候短信。

五分钟后。

她竟然接到蒋哲洋打来的电话!

钱希西拍拍胸口调整呼吸,声音细如蚊蚋地问好。

蒋哲洋:"还没睡?"

他悦耳的声音使得钱希西心口怦怦跳,但她听不出学长的情绪是好是坏,她期期艾艾地回:"哦,过、过一会儿就睡,我是不是……打扰到学长休息?"

蒋哲洋:"有些工作还没处理完,有事吗?"

钱希西："没、没有，只是、只是想问、问……没事，记得多喝点儿水，别熬夜，那，学长忙吧，不打扰学长工作了。"

蒋哲洋："为什么吞吞吐吐的？想问我什么尽管问。"

钱希西紧张得快要窒息，紧攥着领口，说："我、我想、想问学长一个很私人的问题，如果……如果不方便回答也没关系……"

"嗯？"

她鼓足勇气，问出吃饭时没好意思询问的问题："学长现在、现在……有女、女朋友吗？"

蒋哲洋停下翻阅文件的动作，沉默良久，问："我的答案对你重要吗？"

当然重要！如果还是单身她就继续……暗恋外带一点点明恋！不过，他为什么不直接回答啊，搞得她意图如此明显。

"呵呵，我没别的意思，只是闲聊，想多了解一下学长的近况……"

蒋哲洋那端再次陷入沉默，他长嘘一口气："既然你想知道，我就告诉你好了……"

钱希西敛气屏息等待答案，然而就在这惊心动魄的时刻，段燃走入餐厅。

"钱希西，说过你多少次了，别把没吃完的水果放在餐桌上。"语毕，他从冰箱里取出一瓶矿泉水，边喝边离开。

周遭静谧，蒋哲洋可以通过话筒清晰听到段燃的声音。

钱希西险些晕厥过去，她就是为了避免误会，所以让学长把她送回自己家，可是段燃这浑蛋又把她给出卖了！

"学长，不是的，那个……"

蒋哲洋："早点儿休息，晚安。"

嘟嘟嘟，通话结束。

她揎拳捋袖冲入客厅，二话不说，甩掉拖鞋，狠踢段燃一脚！

"都怪你！都怪你！你没听见我在跟蒋学长通电话吗？蒋学长认识

你,肯定会误会咱俩的关系!"她气得恨不得咬碎他。

"喂,这是我家,餐厅又是公用场所,你要打电话回自己房间打。"

"我也没想到蒋学长会给我打过来啊!"钱希西气哼哼地坐到沙发上,见段燃丝毫没有悔过之意,又蹬他一脚。

"破坏我的大好姻缘,你难道不会感到内疚吗?"

"内疚你个头。"段燃慢条斯理地展开报纸,"你说姓蒋的认识我?"

"我说,你也太没礼貌了吧?人家有名有姓叫蒋、哲、洋!对,蒋学长知道你是Q.E的小老板,他说和你有过一面之缘,不过等我追问在哪儿见过面的时候,蒋学长又没回答。"她抓抓头发,一头栽倒在沙发上,哼哼唧唧。

他不屑冷笑:"你的暗恋对象似乎对我很了解,但也不奇怪,我在商界挺有名。至于他是哪根葱,我不清楚。"

钱希西抓起靠垫砍向他:"你如果再在言语上不尊重蒋学长我要生气了!"

段燃敏捷地抓住靠垫,然后舒舒服服地压在手肘下方:"你一直在咆哮,真应该让那姓蒋的瞧瞧你现在的疯样儿。"

钱希西长吁短叹,鼓足勇气询问蒋学长是否单身,却换来无言的结局,话说她的情路怎么就这么坎坷呢?

"哎呀怎么办呀段燃,你是很出名的大土豪,蒋学长会不会以为我贪你的钱,认为我是那种贪慕虚荣的女人?"

"当然会,你是守财奴、铁公鸡、吝啬鬼。"

"你够了,那是勤俭!我又不是抠着别人对自己大方。"

段燃最烦她的就是这一点,难得她心情不好,不如火上浇油。

"嗐,对别人抠不是罪,对自己抠才可悲。"

"我当然想潇洒过人生,但是你要知道这世界上不是人人都像你这样一生下来就含着金汤匙,水电煤气费、公交费、手机费、网费、学费,吃喝拉撒睡,一睁眼就欠好多机构钱。"

"你妈忘了给你寄生活费?"

"寄了，但是我妈嫁过去之后也不容易，虽然不用出去工作，但要照顾新丈夫的三个孩子，我都这么大了，哪好意思总伸手要钱。"

"我帮你交学费得了。"

"开什么玩笑？"钱希西拧起眉，"我在你家蹭吃蹭喝就够厚脸皮了，再让你帮我交学费我真成乞丐了。"

段燃无所谓地一笑："倔强给谁看？"

"你当我自尊心在作祟好了，我不想让别人戳着我脊梁骨骂我攀高枝。"钱希西对对手指，一番豪言壮语过后还要归于现实，"至于今天买的衣服，你说是送我的生日礼物，虽然还有几个月，我就收下了哦，谢谢。"

段燃不以为意地应了声："我下个月生日，你送我什么？"

钱希西双掌一击，歪头大笑："送祝福，唱生日歌给你听！或者从现在唱到你生日那天都可以，Happy birthday to you, Happy birthday to 段燃！开不开心呀？"

"……"能不开心吗？！这么有诚意！

钱希西感到一股杀气从他眼中迸发而出，她弹起身，一边唱着《生日快乐》歌，一边以迅雷不及掩耳之势跑回二楼卧室。

这时，段燃收到一条短消息。

——段总，事已办妥，明日晨报见。

段燃将手机丢在一旁，转身仰望钱希西的卧室门，没想到刚巧与躲在栏杆处的钱希西四目相对。

"偷窥我？"

钱希西翻个大白眼，举起手机晃了晃："你有什么好看的？这里信号强，万一蒋学长心情转好，又给我打电话接不到就麻烦了。"

段燃眯起狭眸："怎么不唱了，继续，你欠我四万八，唱一遍抵一块。"

"……"钱希西眼球凸了下，"我上小学生的时候可是鼓号队主力，加点儿呗……"

"九毛。"

钱希西伸出五根手指:"五块,成交吗?"

段燃严肃地点下头,见她扯开脖子刚要开吼,赶忙叫停。

"录下来我慢慢听。"

钱希西立马想到方便快捷拷贝的功能。

正窃喜,段燃又说:"我还没说完,每唱完一遍,说,我还欠段燃四万七千九百九十五元整。以此递减,OK?"

这简直是对她人格与肉体的双重蹂躏!

但是她能说不OK让他去死吗?!

不能!

因为……穷。

天罗地网

早八点半,钱希西洗漱完毕来到客厅,首先向已用过早餐的段家夫妻道早安,随后来到餐厅吃早点。

段爸抖开报纸,侧头问:"希西啊,你是不是感冒了?嗓子这么沙哑?"

钱希西此刻发不出太大声音,唯有面朝段爸微笑摆手,扭过身怒瞪段燃,应这位大少爷的要求,她唱了几个小时的《生日快乐》歌,不哑也吐了。

段燃接受各种鄙视,抿了口咖啡,若无其事地翻开晨报。

段妈端着茶杯来到餐厅,关切地问:"希西啊,阿姨叫管家给你拿润喉糖。"

"谢谢阿姨。"虽然钱希西笑容甜美,但嗓音像破锣。

段妈见儿子正在专心致志看晨报,无奈一叹,说:"你们看到今天的社会新闻了没?现在这社会也太乱了吧,居然连六旬老太也不放过。"

"看到了,大特写视频截图,受害人的描述真是精彩。"段燃竟然配合搭话。

哎哟?钱希西竖起耳朵,叼着面包凑到段燃的身旁,果然看到一个加粗加大的标题——中年男子猥亵六旬老太,监控录像拍下全过程。

她瞪大双眼扫看副标题:凌晨两点,年仅37岁的张某,承认在醉酒归家途中,非礼62岁的赵女士。赵女士向警方哭诉,张某虽然口含酒气,但可以确定张某神志清醒,因为当她报出真实年龄时,他非但不吃惊还说最喜欢老草,随后动手动脚仍旧企图与她发生关系。

"变态。"钱希西叨咕一句。

段妈应了声:"谁说不是呢,这种人就该拉出去枪毙,不过监控录像拍下他的五官,如今街头巷尾尽人皆知,看他以后还怎么做人。"

钱希西翘起大拇指完全赞同,看向变态色魔的容貌,登时一口面包渣喷出来。

"……"段燃感到无数"小星球"撞击头部,慢悠悠地扭过头,一脸仇视。

"对不起,对不起,"钱希西一边抽出纸巾帮他清理,一边指向变态色魔的脸部,激动地说,"他、他……他就是……"

"他怎么了,希西?"段妈问。

"呃……就是长了一张坏人的脸。"

"可不是,现在社会乱得很,天一黑你尽量不要在外面逗留。快吃饭吧,阿姨去浇花。"

"知道了阿姨,吃完饭我帮您。"

段妈前脚一走,钱希西顿时使劲地摇晃段燃肩膀:"就是他,那天在超市里搂我腰的臭流氓就是他!这禽兽,连老奶奶都不放过,果然该死。"

"哦。"

"给点儿更激烈的反应好吗?那天你来的时候这个人已经被保安请出去了,他的手下更可恶,一直用很难听的话骂我,当时把我给气得啊。"钱希西再次拿起报纸确认,"嗯嗯,就他,脑门儿有一道刀疤,肯定是同一个人没错。"

她鼓鼓掌,晨报发行量本市最大,再加上网络的传播力,这家伙必须臭名远扬!

段燃睨她一眼,他当然知道这男人是谁,不仅知道,甚至在猥亵案发生前就知道这条新闻会登上社会版头条。

还记得他带回办公室的那个 U 盘吗?

就是从超市监控录像带里拷贝出来的监控片段。

然后追查几人身份,首先锁定张某。

再雇用一名与张某不算太熟的朋友,相约喝酒,将其彻底灌醉。

六旬老太?自然也是段燃雇用的演员。段燃利用监控录像不清晰的弊端,让六旬老太抓着张某不放手,但看上去就像张某对老太太毛手毛脚。所谓的特写高清晰正面照,是私家侦探以举报人的名义寄到报社去的。许多事,就连酩酊大醉的张某自己都搞不清状况。

段燃扯了下嘴角,也不看看跟谁在打仗。对于一个男人最残忍的报复,就是让他声名狼藉、身败名裂。

还有那个酒水代理经理,未等他处理,此人已被注重品牌形象的酒商革职查办。

至于其他几个混混,他抖了下沾到面包渣的短发,在解决那几个人之前,要先去洗个头!

钱希西扯过晨报又认真地阅读一遍,最精彩的部分当属受害人六旬老太的口述内容。这位老人家很放得开,阐述被猥亵的各个细节。钱希西心想,但凡读到这段内容的人都得无限唾弃张某。

这人如果还要点儿脸皮的话,肯定会躲在家里不出来。

她双掌一击,这是不是预示着警报解除,她可以回家住了?

思及此,她跑上阶梯,敲响段燃的房门。

门里,段燃刚脱下衬衫正准备冲澡,又被这急促的敲门声拉住脚步。

他赤裸着上身打开门,站在门外的钱希西立刻捂脸。

"快关门,谁叫你这样出来的!"

段燃确定自己穿着裤子,所以不以为意。

"能不装了吗?有事快说。"

他俩在家中泳池相遇不止百八十次,谁没见过谁?

"……"钱希西垂下手臂,使用大哑嗓,娇羞地说,"今时不同往日,再熟也要注重性别问题,以免被蒋学长误会啦。"

"我还没说你拉低我的品味,你反倒来劲了?"

"你一直很嫌弃我啊好不好,说我气质差、智商低。"

"这是事实。"

钱希西嘟起嘴:"那你还亲我?!"

"谁想亲你了,我那是喝多了。"

钱希西气得嘴翘得老高,呸,起初她也以为他喝多了,但是谁喝多了又能在半小时内爬起来洗澡、换衣服、吃早点去上班?

段燃明显感到来自她眼神中的质疑。

于是,他扬起下巴,一副理直气壮的态度。

跟他讲理等同自取其辱,钱希西很快败下阵来。

"好吧好吧,说正事儿,既然坏人已落网,我还住在这里打搅二老不太好。"

"随你,这种事不用跟我商量。"

"不过我还有点儿怕,变态色魔的手下应该没空找我麻烦吧?"

"不会,谁还记得你是谁。至于那位酒代经理,因雇用非专业人士进行促销,并从中牟取私利已被公司开除。"

"等等,牟取私利是什么意思?"她的眼睛瞪得像铜铃。

"促销费是三百。"

噌的一下,钱希西火冒三丈、跳脚挠墙,居然敢从铁公鸡身上拔毛?!简直是丧、尽、天、良。

哼,诅咒他一辈子买袋装方便面没调料包,买桶装面没叉子!

攥紧拳头刚要发飙,忽然又想到更严重的问题,她颤声问:"因为雇用我被公司开除了?我的身份证复印件和手机号码都在他那里啊,他会不会找我麻烦?"

"如今找份高薪的工作不容易,谁知道。"

"……"钱希西额头渗出一滴冷汗,"我觉得我还是多住几天比较安全，你去洗澡吧。"

见钱希西蹭着墙边回到卧室，段燃利落地关上房门，不要太好对付呢。

吃过午饭，钱希西回到卧室打开电脑，登录阿里旺旺监控网店生意，同时寻思新的赚钱方案。既然出去打工风险多多，不如利用网络找点儿营生？如此一来，也不会影响到周末的化妆品销售工作。

网上能做什么？

她打开搜索引擎，输入"网络兼职"。

第一条就是——兼职客服人员，日薪五百。（无须抵押金，无须坐班，仅限18～26岁女性加盟。）

客服人员，解决产品纠纷吗？

她舔舔嘴唇，加上招聘方QQ号码。

吸金公主（钱希西的昵称）：你好，请问兼职做些什么？

日薪五百：替客户排解忧愁，视频打开，我先看看你长得怎样。

吸金公主：视频？对不起，我不太明白你的意思。

日薪五百：每个人都有空虚寂寞冷的时候，如果是你男朋友非常想念你，你只能通过网络安慰他，你该如何做？

吸金公主：我没有男朋友，如果有，我想我会给他讲一些开心的事逗他开心。

日薪五百：很好，如果他说，和你裸聊最开心，你会答应吗？

"……"钱希西盯着对方的问题足足看了一分钟，这什么玩意儿？！

吸金公主：你们不会是色情服务行业吧？

日薪五百：当然是！除了裸聊还有哪种工作可以让你一天赚五百到一千的？！

钱希西感到一阵恶寒，赶忙将对方拉黑。

继续寻找，什么成人用品销售员，什么网络打字员。

唉？打字员是做什么的，千字2元，万字20元，这个应该靠谱了吧？

于是，她又加了对方的QQ号。

吸金公主：请问打字员的工作性质是？

金银满盆：帮商家写好评，写得越详细、越出彩酬劳越高。

钱希西之前只知道网购刷评的现象十分严重，但不知道还可以靠这个赚钱。她想了想，这种欺骗消费者的工作还是算了，毕竟像她这种爱贪小便宜的消费者经常深受其害。

接着搜索，也是招聘网络打字员的工作，但明确标注：非刷评。

因此她按照网页上提供的网址登录进去。

招聘说明是这样介绍的：打字员要求，男女不限，有网购经验优先考虑，工作项目为：发布最新产品消息，录入手写文件等。

网站做得正规，没有杂七杂八的飘浮广告，看上去具有一定规模。

钱希西自顾自点头，越看越靠谱。

想成为打字员首先需要注册，于是她开始认真填写个人资料。

当然，为避免受骗上当，她填写的都是假信息，嘿嘿，万一是骗子也找不到自己。

注册成功之后，首先收到一封来自官方的私信。

如果需要交押金什么的，她立马退出！

很好，信的内容为兼职流程，无须支付任何押金，网站帮忙联系雇佣者，但抽出一定比例的佣金。总之非常详细。

嗯，收钱就对了，天下没有白吃的午餐。

看完流程，网站再次提示，需要下载专业录入软件。

钱希西按照提示按键下载软件，安装。

……

然而，就在点开软件的一刻，她忽然感到电脑变得巨慢，紧接着，自动重启。

"怎么回事？"

等再启动的时候，想登录QQ，系统提示：密码错误。

"啊？病毒吗？！"

钱希西擦了把汗，赶紧拨打段燃的手机，向他求救。

段燃夹着手机,一边忙乎自己的事儿,一边教她如何重装系统。

"段燃,我的账号不会丢吧……"

"一定会被盗,不用存在侥幸心理。"

"呜呜……你个讨厌鬼,就不能安慰我一下吗?"

他平静地动动唇:"为了帮你重装系统,我已经把签约时间向后推迟半小时,六百万的订单。安慰到没?"

"……?!安安安!你快去!电脑开始自动重装。"

结束通话,她不由得擦擦汗,真心想采访段燃一下,多少钱在他眼里才算大数?

折腾了一个多小时,开机,杀毒,找回QQ密码,随后钱希西惴惴不安地登录账号。

这一上线,好友一栏不断发出回复的消息。

果不其然,中招了!

高中同学A:希西,我已经帮你交了电话费,你为什么还是关机?

初中同学B:病得严重吗?!哪家医院我去看你。

大学同学C:你丫骗子吧,钱希西怎么可能会买价值八百元的运动鞋!滚!

辅导员:钱同学,如果你家里有困难,老师尽量帮你解决,等暑假结束来找我。

"……"钱希西跪地不起,苍天啊大地啊,摊上大事儿了!这该死的病毒不仅盗号还向她的同学、师长发出各种骗钱消息?!

说实话,她为了避免诸如此类的骗局已经够谨慎小心了,不加陌生人,不随便点击别人发来的网站链接,但是没想到还是在阴沟里翻了船!

她算整明白了,网上全是骗子,全是全是!

正伤心欲绝,一个八百年没联系的同学,竟然为她开启一道惊喜之门!

因祸得福

钱希西欲哭无泪地爬回电脑前,向受到坑蒙拐骗的亲朋好友逐一解释原因,又咬着后槽牙将已然被盗号者骗走的钱还给同学,虽然不算太多,但也是无端损失二百块啊!

并且这糟心事儿肯定还没有彻底平息,因为盗号者会通过一种群发软件,将她的 QQ 好友全部骚扰一遍,真是太下贱了!

这时,信息栏再次响起。

张佳云:钱希西?是你本人吗?你发给我的网址是什么?

钱希西:千万不要点!可能是带病毒的链接!

等发完这条信息,钱希西才发现与自己对话的人,是早已绝交的张佳云。

从上初中开始,她便与张佳云成为好闺密,后来因为一些矛盾,闹到分道扬镳。不过要说起来,是张佳云突然不肯搭理钱希西,钱希西起初并未意识到她是来真的,因此张佳云仍是待在她的好友一栏里。

钱希西沉了沉气,首先说明发送假消息的原委,随后礼貌性地询问对方过得如何。

张佳云:就那样,忙着学习,忙着谈恋爱,倒也充实。你呢?自从那件事之后,我们也有五六年没联系了。现在想想,还是年少时太容易

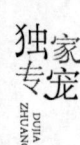

冲动,其实你也没什么错,是我想太多。

矛盾起始于一名篮球特长班的小亮学长,阳光帅气的小亮是张佳云的男朋友。钱希西那时候为了赚些零用钱,时常顶着大太阳,在篮球场附近兜售冰镇矿泉水。正因为钱希西是张佳云的闺密,所以小亮会热心肠地帮钱希西卖冰饮。一来二去,两人偶尔也会聊上几句,于是便开始有人传闲话。闲言碎语传到张佳云的耳朵里,她岂能置若罔闻?情窦初开的少女,既敏感又脆弱,认定钱希西第三者插足!而后,不管钱希西与小亮如何解释,张佳云皆持有怀疑态度,虽然没有撕破脸,但昔日的好朋友,就此渐行渐远。

钱希西:嗯,只怪我们那时候还太小,都不知道怎么处理感情问题。你也知道我喜欢的人是蒋学长,从初一开始就喜欢他,所以当你质问我是不是喜欢小亮学长时,我的态度也不好,感觉你在无理取闹。

张佳云:小女生嘛,缺乏安全感,爱吃醋,其实我现在也一样,昨天还因为现任多看了其他美女一眼差点儿闹分手。[流泪]

钱希西看出她心情不好,所以想都没想便开始陪她聊天。许多时候,好友之间的情感就是这么微妙,可以几年不说话,但只要话匣子一打开就收不住,并且不会产生尴尬的局面。

就这样,两人天南海北地足足聊了两个小时,相谈甚欢。

张佳云:对了希西,有一件事……原本我打算隐瞒一辈子,但是今天跟你聊完之后,我认为我必须告诉你,等我说完,任由你随便骂。

钱希西:哈哈,你忽然变得这么严肃我好怕怕呀,啥事说吧。

张佳云:其实……蒋学长在出国之前,曾拜托我把一封信交给你。但实际上,我没有告诉你,还偷偷撕了信。

钱希西愣住:什么信,蒋学长写了什么给我?!

张佳云:我不知道蒋学长从哪里得知,你出生在单亲家庭,父亲再娶,母亲又不在国内,所以蒋学长在信中说,他想陪你一起过中秋节。中秋当晚,他会在帝国广场的电视墙下面等你,等到你出现为止,他有话要对你说。我当时也欺骗了蒋学长，告诉他已经把信交到你的手中，对不起希西。

钱希西盯着对话框上的内容，很久，很久，一串热泪溢出眼眶。

这就是蒋学长欲言又止的原因吗？这就是他一遍遍问她六年前的中秋在做什么的原因吧？

当各家各户共度团圆之夜的时候，当她也在段家欢庆佳节的时候，蒋学长却孤零零地站在广场上，一直等她？

这一切的一切太不可思议，蒋学长究竟是什么时候注意到她的？

张佳云：希西，你现在一定非常生气吧？你狠狠地骂我好了，我明知道你暗恋蒋学长那么多年，还做出这么卑鄙的事，对不起，我真的很内疚。

钱希西擦擦眼泪，焦急地问：那后来呢？后来蒋学长又对你说过什么吗？

张佳云：没有，后来的事你就知道了，他一个星期没有到校，然后我们几乎是在同一时间得知，蒋学长被维也纳最著名的音乐学府录取。为此，我当时还松了一口气，对不起。

钱希西：好了佳云，至少你把真相告诉了我。其实冷静下来想想，就算我当时去见他，他还是会去维也纳，你一定不知道他有多热爱古典音乐，所以不可能为了一个16岁的女高中生放弃深造的机会。

钱希西垂下眸恢复理智……何况，他俩几乎是陌生人。所以也未必会讲出什么惊天动地的话，也有可能是蒋学长无意间听到关于她的身世，心生怜悯？

或许有些自尊心极强的孩子听到"怜悯"二字会产生受辱的感觉，但钱希西并不会为之气愤，一个充满爱心的社会才是良性的社会，她可以不接受帮助，但敬重那些无私奉献的人。

接下来，钱希西把蒋学长已回国的消息告诉了张佳云。

钱希西：还有更诡异的事，蒋学长认识段燃。

张佳云：段燃？那个宇宙第一傲娇的公子哥儿？我记得很清楚，他把咱们副校长逼得差点儿给他跪下，你们居然还混在一起？！

钱希西：还、还好吧。主要那件事……是副校长不对。

副校长是校方赞助商家的亲戚，那时正在学车不免想要多练习，无奈没有驾照不能上路，所以他灵机一动想到在学校的操场上练车。为了给他腾出练车的地方，全校同学只能在促狭的范围内进行活动。然而就这样让着他，他还不止一次冲进学生们的活动区域。

那几天钱希西持续发低烧，段妈放心不下，煲了汤让段燃送过去给她中午加菜，段燃见到副校长横行霸道的一幕，一通电话打出去，热门电视台的采访车立即出现。副校长面对企图曝光他恶行的记者，非但没有悔改之意，甚至气势汹汹地搬出赞助商和校长挡驾。一个小屁孩儿罢了，还治不了你？！但副校长有所不知的是，段燃的后台不知比他硬气多少倍。不服软办，段燃又是一通电话，不到半小时，校门外迎来各家媒体的采访车。互联网信息时代，不怕学校名誉扫地就陪你玩儿！校方从未见过如此阵仗，当场服软，勒令副校长给段燃赔礼道歉。三十好几的老爷们儿给个少年道歉已经够丢脸。可是道完歉，段燃还说不行，要求副校长必须写一份不低于一千字的书面检查，然后站在领操台上当众宣读，承诺日后绝不滥用职权私占场地。副校长朗读检查的画面笑坏了学生，更搞笑的是，段燃全程都拎着一壶煲汤，一看就是路过此地顺便削个人。

自此之后，段燃便成为钱希西所在学校的风云人物。虽然他一年也不见得出现在校园一次，但常居校园"恶势力"榜榜首。

张佳云：也是，咱们那时候年纪还小，也不懂得争取权益。总之，既然你和段大少爷还有来往，你还是多劝劝他吧，他的个性太极端，很容易得罪人。

钱希西的双手落在键盘上，本想说他近年收敛许多，但忽然想到晨报上的新闻——那个关于张某猥亵六旬老太的报道。她不由得望天，她前几日才被张某欺辱，此人后脚就成了过街老鼠，世间真有报应这一说吗？

张佳云：希西，蒋学长目前是单身吗？如果是的话，你打算继续追他吗？

钱希西：我想我首先应该把当年的事跟他解释清楚，至于其他事，我也只能顺其自然。哪天我们见面吃个饭吧，你坑了我这么多年，你请！

张佳云：没问题，请你吃十顿饭都应该，或者叫上蒋学长一起，我当面向他道歉。

两人互留联系方式。钱希西捧起手机，目不转睛地盯着蒋学长的电话号码犹豫很久，最终放弃电话交流，抓起包奔出段家。

钱希西出现在梵睿音乐学院的门前，她想见蒋学长，想当面与他解释那一段误会，就是此时此刻，迫不及待。

"你来找我？"蒋哲洋疑惑地问。

"我有话……急着要对学长说。"除了化解误会，她心中也存在诸多疑问，或者说这种感觉很奇妙。蒋哲洋在校园中是偶像级别的人物，粉丝关注偶像的一举一动很正常，但偶像怎么会关注一个小小的粉丝？甚至写信约她见面？那些年，她究竟错过了什么？

73

当局者迷

蒋哲洋与钱希西坐在咖啡厅里,他依旧很安静,望向玻璃窗外穿梭的行人。

钱希西正襟危坐,在他面前总会不自觉地拘谨起来,唯恐让学长发现她其实是个大大咧咧的女汉子。

"学长……关于中秋节,对不起。"

蒋哲洋悠悠地侧过头,不动声色地说:"你终于想起来了?"

她不知是该点头还是摇头:"今天在网上碰到张佳云,我才知道学长曾给我写过一封信,而那封信,并未交到我的手中。"

时过境迁,问责已无意义,蒋哲洋无奈一笑:"你想告诉我什么呢?不知道有这封信的存在,还是我的邀约对你造成困扰?"

"不不,当然不是困扰!"她焦急地摆摆手,"如果我知道学长约我,就是下冰雹我也会去。那一晚……学长等了很久吗?"

蒋哲洋缓慢地眨了下眼,脑海中浮现出那个站在电视墙下傻等的自己。当时广场上人很多,他生怕钱希西看不见,所以一直东张西望,从黄昏等到深夜,从人潮汹涌等到稀疏冷清,从繁星满天等到一轮曙光刺入疲惫的双眸,最终,他将整束玫瑰以及两张音乐会的入场券丢进垃圾桶。

"也没等多久,见你没来就回家了。"他淡淡地说。

钱希西长嘘一口气，俯首致歉："那还好，如果让学长等太久我会非常内疚。不过……我很好奇，我和学长并不熟，学长怎么会想到约我呢？"

蒋哲洋抿了抿唇，恍然发现当初很容易解释的问题，到了六年后的今天，却变得古怪尴尬。

至于何时注意到她，要追溯到他上高一的那年。有一天他练完琴离开，走到校门口发现乐谱没拿，于是返回音乐教室，无意间看到一个瘦小的女孩儿，正在琴房里打扫卫生。女孩儿身着本校初中生的校服，但显然不是音乐特长班的学生。他站在女孩儿看不见的位置，想弄清她的意图。女孩儿手脚很麻利，很快让音乐教室焕然一新，然后她从书包取出一支毛笔，小心翼翼地清理琴键。看到这里，蒋哲洋不免一怔，怪不得近一段时间，琴键缝隙里不见一丝灰尘，原来是她的功劳？

而后在接下来的日子里，每当他离开琴房不久，他又会悄然返回观察。而这个女孩儿，等到他离开便会出现，如果她当天不忙，会哼着小曲打扫整间教室；如果她还有其他事，就只帮他擦拭钢琴。久而久之，他开始关注这位女孩儿，并且跟踪女孩儿去到她的班级，得知她的姓名，她叫钱希西。

钱希西是个奇怪的女孩儿，当其他女生围绕在他身边叽叽喳喳的时候，永远看不到她的身影，然而每当他演出结束的时候，她又会躲在舞台下方的角落里，为他报以最热烈的掌声。他当时就在想，这女孩儿，真的好可爱。

不过那时的钱希西年仅14岁，他没有思考太多，只是会在有意无意间关注她：知道她的父母在她还没出生的时候便离婚、知道她的母亲定居海外、知道从来没有人给她开家长会、知道她最好的朋友叫张佳云、知道她很独立也很勤俭。就这样，他细数着她的经历，两年匆匆而逝，直到维也纳音乐学府的录取通知书摆在蒋哲洋的面前，他想与她分享喜悦的时候，才幡然醒悟，他们仍是陌生人。

怎么办？他即将出国，她却一无所知。因此，他为了表示对她的重视，写信相邀，希望借助佳节之日，正式与她结识，不要就此断了联系。

然而，他苦等一夜，她并未出现。

应该是自尊心在作祟，蒋哲洋义无反顾地踏上求学之路。

……

钱希西眼巴巴地看着蒋哲洋，却迟迟等不到答案，她沮丧地吐口气，得知真相的蒋学长如此平静，看来还真让她的乌鸦嘴猜对了，大抵就是觉得她可怜，想陪她过个中秋节。

呜……不要同情行不行。

"昨晚你问我的问题，我现在回答你，"蒋哲洋顿了顿，说，"我是单身。"

哇哦，五万响红鞭炮放起来！噼里啪啦、噼里啪啦！

"我也是呢……呃，嘿嘿……"她难为情地捋捋刘海儿，假惺惺地补充道，"我是说，我是单身很正常，没想到像学长这么优秀的人居然也是，呵呵。"

蒋哲洋微怔："你也是？昨晚与你讲话的那位是谁？"

"他、他是……"她擦擦汗，索性招了，"是段燃。不过事情是这样，我前几天找了一份在超市促销酒水的工作，不幸遭到男顾客骚扰，骚扰我的那个男人是地痞流氓。段燃怕那人找我麻烦，所以提议我先住到他家去，反正他家有的是空房间，段爸段妈虽然不知道实情，但是二老平时就对我特别照顾，也没多问。对不起蒋学长，我昨天没有跟你讲实话，主要是怕你误会我是那种随便的人……"

"这些年，都是段家在照顾你？"

"嗯，是的。段叔和我妈是大学同窗，段叔段姨知道我一个人生活，所以常叫我去家里吃饭。说实话，自从认识段叔段姨，我才感受到父爱母爱。"钱希西粲然一笑，这其实才是她一年到头去段家蹭饭的目的，坐在一起吃饭的感觉很温暖。

蒋哲洋的眸中染上一层惆怅的柔光，虽然她笑靥如花，他却在心疼她。

她又喟叹:"段燃这个人吧,别看嘴巴很毒,但在我遇到麻烦的时候,他会挺身而出,我也会习惯性地向他求救。"

蒋哲洋莞尔一笑:"既然段家二老这么疼你,你就没想过给他们做干女儿?"

"还真想过,段叔也提过几次,但是段燃极力反对,他说我已经从他爸妈身上瓜分走不少爱,再想名正言顺就太无耻了。"她扁扁嘴,"有时候吧,我感觉他看我特不顺眼,但碍于长辈之间的这层关系,他只能忍着。"

"哦?他直接用'无耻'骂你?"他微蹙眉。

"很严重吗?如果把他的毒舌指数分为五星,无耻顶多算一星。"

说曹操曹操来电话。

钱希西抿嘴一笑:"嘘,我开免提,让学长见识见识他的功力?"

蒋哲洋饶有兴趣地点下头。

段燃:"喂,昨天睡得晚没刷浴缸,去把浴缸给我刷干净,记住,别碰其他东西。"

钱希西悄声对蒋哲洋说:"他有小空间洁癖症,浴室通常自己清扫。"

段燃:"跟谁说话呢你?听见没有?"

钱希西:"啊?哦好,我在外面,回去马上刷。"

段燃:"嗯,费用等我回去算。"

交代完毕,段燃直接挂断电话。

钱希西不以为意地收起手机,发现蒋哲洋浓眉紧锁。

"怎么了学长?"

"他平时对你讲话都是这种口气?"蒋哲洋没有听出任何情感,只听到高高在上地命令。

钱希西倒没觉得哪里不正常,笑着应声:"对呀,他出钱雇我干活,套用一句网络语,有钱就是这么任性,嘻嘻。"

蒋哲洋一点儿也不认为好笑,通过短短一段对话来分析,基本没有尊重可言,看来是他误会了段燃和钱希西的关系?

思及此，他又不由得舒口气，如此再好不过。

"我很久没进电影院了，如果你下午有空的话，有没有兴趣一起去？"

钱希西喜不自胜，点头如小鸡啄米："真巧，我也好久没看电影啦！"

电影票不便宜，她才不舍得花那份钱，所以会等到电影在网上免费播放的时候才收看。

"这样好不好，学长请我看电影，我请学长吃晚饭？"她完全把刷浴缸的事抛到九霄云外。

蒋哲洋注视着她的脸庞，嘴角弯起一轮优雅的弧度。

午夜十二点，段燃微醺归家，从他消沉又低落的情绪上来看，一准又是参加饭局去了。他迈着疲惫的步伐走向卧室，本想泡个澡解解乏，却发现浴缸没刷？

咚咚咚！他砸响钱希西的房门。

俄顷，披头散发的钱希西，迷迷瞪瞪地打开门。

"干吗……"钱希西和蒋学长约会实在是太开心，兴奋得刚刚睡着。

段燃攥住她的手腕，把她从卧室拽到自己的浴室里。

"你出门捡到钱包了？有钱都不赚？"

钱希西哈欠连天，揉揉眼睛看向仅存一点点污渍的浴缸，半梦半醒地说："不好意思我给忘了，今天你改淋浴吧？明天我肯定刷，免费刷。"

"不行，现在刷。"

"哎呀，你个死洁癖症加强迫症，我困着呢，啊……"

段燃的衬衫衣领上弥漫着女人的香水味儿，本来就烦躁得可以，钱希西竟然还要跟他对着干？！

他怒步走向书桌，从抽屉里抓出一沓钞票拍在桌面上："限你在二十分钟之内刷干净，过时不候。"

这么多钱？！钱希西蓦地清醒八分，然后拎起两个睡衣衣角，微下蹲摆出贴心女仆的造型。

说干就干，浴室里传来她殷勤地问候："主人要听歌吗？噜啦啦噜啦啦，噜啦噜啦嘞，我爱洗澡皮肤好好！……"

"闭嘴。"

"遵命！"

段燃倚在沙发上，一只手扯开领带，而另一只手，用手背反复地蹭着嘴唇。他垂下涣散的双眸，抓起放在手边的威士忌酒瓶，"咕咚咕咚"倒满玻璃杯，大口大口灌入喉咙。

钱希西跪在浴盆里看到这一幕，登时丢下刷子冲出浴室。

她夺过酒杯，怒气冲冲地质问他："疯了吗？你想喝死吗？！"

段燃扬起失焦的双眼，摊开掌心："……拿来。"

在他敲她房门的时候，她就嗅到他身上的酒精味儿，在外面已经喝了一顿，回来再喝像话吗？不行，坚决不给他！

段燃此刻没力气跟她斗嘴，他跌跌撞撞地向卧室门口走去。钱希西猜想他要去楼下的酒柜拿酒，于是撂下威士忌，快他一步关上房门，然后双手大展，死死地挡住他的去路。

"咱别喝了行吗？你今年过完生日才 26 岁，身体不要了？"她好言相劝。

段燃仿佛在听她说，又仿佛什么都没听到，他依旧用手背反复地蹭着嘴唇，似乎嘴唇上沾到什么抹不去的脏东西？

"嘴唇都快让你蹭肿了，痒痒还是怎么的？把手放下来我看看。"她上前一步，顺势压低他的头部，仔仔细细地帮他查看。

彼此贴得那么近，段燃眨动着迷蒙的眼睛，头部前倾，盖上她的唇。

突如其来的压力导致她的脊背撞上门板，她急忙推拒闪避，忽然之间，他关掉照明灯的开关，屋中呈现漆黑一片。

急促的呼吸声萦绕在她的耳畔，不待她反应过味儿，他已用舌尖撬开她的齿贝，她的其他感官在一瞬间死亡，只感到舌与舌纠缠在一起。

钱希西吓得魂飞魄散，拼命捶打他的肩膀。

段燃不为所动，把她牢牢地压在门板前方，深入又深入地吻着她。

他刚才会不停地擦嘴，并不是沾染异物，而是在今天的饭局上，遭到某位高官夫人的强吻。虽然只是轻轻地触碰一下，却令他感到无比反胃。然而，每当他想发怒的时候，同行的长辈就会对他说：年轻人，看开点儿，如果你想让 Q.E 在市场上获得更大的发展，就必须学会忍耐。他是商人，不是牛郎！或许是他真的太年轻吧？所以他不理解自己为什么要承受这些，并且是一次又一次！

他讨厌酒精，但只有那东西足以让神经麻痹，否则他恐怕一天都熬不住。

"希西，我们结婚吧……"

他放开她的唇，把脸颊埋入她的肩窝，紧紧地拥住她的身体。

豪客临门

钱希西大口呼吸着新鲜空气,身体被他搂在怀中,她脸色苍白,脑中同样呈现空白,她蓦地恢复神志,铆足力气推开段燃,继而拽开房门羞愤而去。

……

段燃竟被她推倒在地,他晃了晃昏沉的头,本想爬起身去追她,但是双腿已经不听使唤,他原地躺倒,望向漆黑的天花板,心情无以复加的憋闷。

她这是,拒绝了吧……

翌日清晨,别墅花园。

"希西,这大清早的,你拎着手提袋要去哪里?"段妈停下修剪花草的动作。

钱希西拎着旅行袋,袋子里放着这些年留在段家的大部分衣物。昨晚,一夜无眠,她的眼底泛起倦怠。

"段姨,隔壁邻居打来电话,他家已经装修好了,这段时间麻烦您和叔叔了。"她面朝段妈深鞠躬,虽然很舍不得离开这两位和蔼的长辈,但是她真的受够了段燃。正如蒋学长作为旁观者看到的一样,段燃确实没有尊重她,想亲就亲,想搂就搂,这些都罢了,他昨晚竟然、竟然敢伸舌头?!

初吻只有一次,她真是吓蒙了,也伤透了心,居然没能留给她最爱的那个人。

所以她这一次下定决心要远离段燃这个目中无人的臭流氓!

段妈走上前,抚了抚她清瘦的小脸儿:"干吗这么急着回去?吃过早饭让段燃顺道给你带回去。"

她下意识地退后一步:"不、不用,谢谢阿姨,我忽然想起来有两门课需要复习,课本、课本没带过来。"

头一次听钱希西聊起功课,段妈粲然一笑:"段燃总唠叨你,逼你好好念书,看来你终于被那小子洗脑成功了哈哈,好吧,路上小心,不忙了来家里吃饭。"

不想听到谁的名字谁的名字便频繁出现,钱希西勉为其难地笑了笑,拎起大旅行袋走出段家。

她走出几步,回眸望向段燃的阳台,不由得挥空拳发泄,都怪他太轻浮!害得她不能开开心心地跟叔叔阿姨一起吃饭了!

钱希西憋着一肚子气回到自己的狗窝儿。说这里是狗窝儿一点儿也不为过,因为小小的一居室里堆积着衣帽鞋袜和纸箱子,走个路都跟玩障碍运动似的。

她蹭到沙发的位置,身子一歪,陷入一堆T恤当中。她不由得拍了拍层层叠叠的衣服山,想到夏季也没几个月了,赶紧打开淘宝观察行情。如果同类商品普遍比她的定价低,她也会适当地做调整,免得大批货物砸在手里。

不过刷淘宝不到 分钟,她便昏睡过去。

不知睡了多久,阿里旺旺发出"叮咚、叮咚"的消息提示音。

生意来了?!钱希西立刻从睡梦中清醒过来。

买家:你好,在吗?我想购买那种58元的T恤,请问有货吗?

美国×牌亚洲分部：亲亲好，58元的T恤有三十五种卡通图案，亲看上哪种？

买家：全部。

"全部"二字绝对自带闪亮特效 and 高频音效！钱希西登时双眼放光。

然而作为一个老奸巨猾的卖家，不能将似火的热情喷射而出，否则买家会产生一种常见的逆反心理——靠，这么殷勤肯定吃了超多差价！砍砍砍！对半砍！

钱希西警告自己一定要淡定，千万不能让买家看出她是一个见钱眼开的穷酸货。

美国×牌亚洲分部：哦，请问亲穿多大尺码？本店有S、M、L三种尺码可供选择，不过呢，近期购买这款T恤的买家比较多，我需要去库房帮亲查一下。

消息发出去不到一分钟，便收到买家短短几个字的回复，而那几个字，令她直接从沙发上滚到地板撒欢儿！

买家回复：各种尺码都要，如果齐全的话，每个尺码要五件。

计算器噼里啪啦按起来！

35种 ×3种尺码 ×5件 ×58元 =30450元？

钱希西跪地膜拜买家头像，哎呀！这是要大发啊？！

买家：在吗？现在可以拍吗？我急用。

美国×牌亚洲分部：亲我在、在、在，我刚查了一下库存，亲还真幸运呢！尺码、款式都有，亲……要直接拍吗？

一分不砍她也心虚，毕竟除去运费每一件还吃了15元的差价，好歹提出点儿要求吧！譬如白送两件什么的。

就在她等待买家提要求的时候，买家竟然已经拍！完！并！付！款！

一分不少，30450元人民币？

买家：好了，按照地址送，快递尽快发，急用。

美国×牌亚洲分部：好的亲！我看到地址了，我们同城，放心吧，我立刻打包叫快递，最迟明天到货。感谢光临！

钱希西跪着与买家结束交流，激动得两只手都在颤抖，不到五分钟的交谈，净赚 7875 元？！

对，叫快递，立刻。

一个小时后，快递小哥出现。

"嗨！这么一大箱？退回厂家吗？"快递小哥常收钱希西的快件，通常情况下不是一件 T 恤就是三双袜子，而每当到了付运费的关键时刻，钱希西为了少付一两块钱运费，必然会卖萌装可怜。

但今时不同往日，钱希西一副财大气粗的神态："别闹！这是卖出去的货！如果今天能送到的话，我就不跟你砍价了。"

"……"小哥垮下肩膀，本来也不能砍价，是她软磨硬泡非要减钱。

小哥从快递包里取出电子秤，分四次称完货物重量，说："92.5 公斤，老客户算你 90 公斤，5 块 1 公斤，请付 450 块谢谢。"

"啥？你这是看我势单力薄弱不禁风要抢钱呀！"钱希西跳脚咆哮。

小哥被她的吼声吓得倒退两步："……你也知道价格，同城官价 7 块，我平时给你算 6 块，看你得多直接给你算 5 块，真的不能再低了。"

钱希西双手环胸，在狭小的空间里转悠许久，然后当即做出一个不算艰难的决定，打个车自己送过去！才不给快递赚，哼！

不过这么重的货她怎么搬下楼？于是她一秒钟变萌妹子，央求小哥帮忙。

原本这个小区的住户，就有收、送快递时要求快递小哥帮忙倒垃圾的恶习，如今更没下限，遛他一趟不说还得当搬运工？不过看在她是一个小女生的份上，快递小哥汗流浃背地帮她把货物扛下楼。

钱希西也不是那种占便宜后一毛不拔的人，喏，给小哥买了一听冰镇可乐。

老实巴交的快递小哥感受到浓浓的善意，又自告奋勇帮她把货物塞进出租车。

钱希西坐上车,朝助人为乐的"小天使"挥挥手,随后取出地址报给出租车司机。

轻轻松松省下400块,她一路上都在感叹自己的聪明才智,同时对这位大买家兴趣颇多,因为她的商品也不是独家,买家完全可以找到更便宜的同类商品,所以究竟是什么原因让买家如此挥霍毛爷爷?

……

抵达目的地,她才发现这里不是住家,而是一家小型的自闭症儿童寄宿学校?

钱希西一怔,既然是学校,买家为什么不愿意直言相告?她一边想,一边拨打买家的手机。俄顷,一位身材丰腴的中年女性从学校里走出来。

中年女人没有关注钱希西是不是快递员,喊来两名男教师搬货。搬货期间,钱希西听到男教师称呼中年女人为李校长。

"李校长,请问这些T恤,是买给自闭症儿童的吗?哦,我没有别的意思,我其实就是卖家,如果您是买给自闭儿童,我必须给您打折。"她是爱钱,但不允许自己从善举中牟取暴利。

李校长拍拍她的手,笑着说:"你的好意心领了,但校方没有支付一分钱,是一位好心人士捐助给孩子们的,我正要打电话感谢他。"

钱希西怔怔地点下头,李校长已经拨通好心人的电话:"喂?您好,是蒋先生吗?……嗯,您好,我是自闭症学校的李校长,您送给孩子们的礼物已经送到了,是啊,我也没想到这么快,非常感谢您。哦对了,那位卖家小姐还亲自送货上门,她知道您是做善事,想给您打折,您要与她通话吗?……啊?哦好好,在忙呀?那就不打扰您了,我代表孩子们再次感谢您。"

李校长刚刚结束通话,钱希西已经举起手机,将蒋哲洋的手机号码呈现在校长的眼中:"你刚才打的是这个电话……没错吧?"

"对对!蒋先生是一位很杰出的钢琴家,原来你们认识呀?"

钱希西不清楚自己此刻是什么表情,她木讷地点点头,俯首离去。

很快,她的手机响了,来电者正是蒋哲洋。

钱希西接通手机,但并未出声。或者说,她不知道该说什么。

蒋哲洋已然察觉到她的异样,谨慎地说:"我没想到你会亲自送货上门,我……反正都要捐,在哪家买都是一样的。钱学妹,你在原地等我好吗?"

钱希西确实不喜欢他用这种方式替她贴补家用,但她喜欢蒋学长,所以不断安慰自己,蒋学长的做法就比段燃要贴心许多,段燃只会往她身上甩信用卡。

如果想要做朋友,地位必须对等。正因为钱希西深刻地明白这一点,所以她从不接受赤裸裸的金钱帮助。

她也坚信,金钱不是衡量友谊的标尺,她想与蒋学长平等,也想与段燃平等,但这些有钱人总是自以为是,把她推到一个难堪的境地。

提起段燃,她的情绪更糟糕,相处六年下来,多少应该有点儿感情吧?他怎么可以因为一时的意乱情迷便不顾她的感受?还是他自信地认为,穷人不敢放手的东西实在太多,吻她怎么了?只要他仍是富豪,她钱希西才不会傻到与他绝交?

钱希西喟叹,其实段燃会变得越发肆无忌惮,多少也是让她惯的,正因为他们太熟,平日里搂一下抱一下,她并未严厉地加以制止与呵斥,久而久之,难免给他造成误区,误以为她真的无所谓。

更郁闷的是,她本以为遇到扫货的冤大头,不曾想冤大头是蒋学长。

她坐在街边,捂住脸长吁短叹,空欢喜一场。

一道阴影遮住她眼前的阳光,她扒开手指缝儿,原本见到蒋学长是天大的喜事,但此刻她遵从了内心的感受,没好气地撇开视线。

蒋哲洋的神色略显尴尬,不自然地抿了抿唇,坐到她的身旁。

他是个不善言谈的人,更不知道怎么哄女生开心,唯有安安静静地坐在一旁,期盼她尽快消气。

钱希西捡起一片树叶,一边把玩叶片,一边冷冰冰地诘问道:"学长怎么会知道那家店是我开的？"

"哦……我们那天看完电影路过一条商业街，你看到一家小服饰店的店面叫'吸金公主'，你就随口说，跟你的网店店名一样。"他轻咳一声，"我就在网上搜了搜，店名一搜就有，点进去一看图片，试穿模特正是你，很容易找。"他又紧张地握紧双手，继续说，"我无意间看到李校长在微博上发布的一段话，她说，当健康的孩子们与父母欢度暑期时光的时候，许多自闭症儿童的家长都不愿意来学习看孩子一眼，不要以为自闭儿童就没有情绪没有情感，他们也会羡慕那些有糖果吃，有新衣服穿的孩子。"

钱希西一怔，悠悠地转过头："所以学长确实想送一些新衣服给孩子们？不是单单想让我赚一笔？"

他缓慢地点了点头："我浏览了你店里的T恤，多以色彩鲜艳的卡通图案为主，很适合青少年。我没有淘宝账号，所以请秘书联系你。一来，可以帮到自闭症儿童，二来……顺便照顾一下你的生意，"他看向钱希西，真诚地说，"钱学妹，对不起，我没想到我的举动会让你这么反感。"

钱希西倒抽一口气，焦急地摆手摇头："学长千万别这样说，我没有反感，只是觉得……被愚弄了。啊当然！听完学长的解释，我已经彻底不生气了……学长是在做好事，爱心一百分！"她伸出大拇指，盈盈一笑，"既然我已经知道了，就不能袖手旁观，这样吧，我按照批发价收钱，也让我为那些孩子出一份力！"

蒋哲洋欲言又止，试探性地问："真的不气了？"

"嗯嗯！我这人气来得快去得也快，很好相处的嘿嘿。"她眼皮一低，发现学长坐得离自己很近，不由得紧张起来。

他暗自吐口气，话说在来的途中，他非常担心钱希西不肯原谅他，所幸她是善解人意的女孩儿。

狭路相逢

华灯初上,蒋哲洋不仅请钱希西吃晚餐,还主动要求送她回家。

钱希西感觉一切都像在做梦,之前的烦闷情绪一扫而空,这其中当然也包括段燃对她造成的心灵伤害。

然而应了那句老话,白天不能念叨人,晚上不能念叨……段燃。

当蒋学长把她送到楼门前时,当钱希西沉浸在幸福当中各种娇羞时,惊见段燃像门神一般站在楼门口。段燃面无表情地看着他们,然后不等钱希西质问他出现的缘由,便径自走入楼门,向钱希西的住所走去。

段燃的举动让人摸不清头绪,更容易让人产生误会,仿佛他是一个忘记带钥匙的同居人?

钱希西又气又无奈,但无论如何也要等上了楼才能轰赶段燃,于是她尴尬地看向蒋哲洋,含糊其辞地说:"那个……学长,时间不早了,开车慢点儿。"

蒋哲洋敛起笑容,沉默数秒,说:"现在才八点多,请我上去喝杯茶,行吗?"

钱希西在学长面前根本讲不出"不"字,何况她原本就不舍得与学长分开,无奈段燃那个烦人精跑来搅局!

"行,当然行……不过我的屋里堆满货物非常乱,不是、不是很方便……"

"没关系,我没有洁癖。"

蒋哲洋显然就是要留下,他礼貌摊手,示意她带路。

钱希西唯有硬着头皮迈上阶梯。越靠近住所,她的心里越打鼓,担心段燃那个目中无人的家伙提及那一夜的吻。

各路神仙保佑,保佑段燃千万不要在学长面前胡说八道!

段燃倚在屋门边,他早已听到一轻一重两道脚步声。

钱希西取出门钥匙,又看向段燃,深吸一口气,没好气地说:"为什么不打声招呼就过来?"

段燃嗤之以鼻,钱希西会这样问显然是说给蒋哲洋听,由此撇清他们之间的关系。不就是个暗恋对象吗?至于这么谨小慎微?

"快开门,我从六点等到现在。"他命令道。

"我又没让你等。"钱希西白了他一眼,然后向另一边扭过头,柔声细语地叮嘱蒋学长,"家里真的很乱,学长小心脚下。"

蒋哲洋笑着颔首,走入这间果然杂乱无章的一居室。

他绕开满地的货物走向客厅。段燃的行为则是完全相反,踩着层层叠叠的衣裤大踏步前进,虽说衣裤外面都有包装袋,但是大伙儿给评评理,他讨不讨厌?!

钱希西碍于蒋学长也在,忍着没发作。她搬开放在沙发上的货物,给他们腾出一块不算宽敞的地方。

"地方实在是太小,你们……挤一挤……顺便互相介绍,我去泡茶。"钱希西一溜烟钻进厨房,说实话,除了段燃,她没有在家中招待过客人,尤其像蒋学长这样的贵客,她不知道当着段燃的面该说些什么。

所以说啊,挑选什么人当朋友真是门大学问,因为越熟悉越了解性格中有缺陷的一面,譬如暴躁、龟毛等。所谓真正的挚友,就是不管你本身具有多少缺点,在外人面前也要帮你维护良好的一面。简而言之,就是一本正经地睁眼说瞎话。

于是问题来了，段燃非常了解她的脾气秉性，但显然不是那个愿意帮她维护形象的挚友。

　　她……还是逃到厨房避一避吧！

　　厨房里发出翻箱倒柜的小躁动，至于客厅里，仅剩两个陌生的大男人面面相觑。

　　氛围凝结，总要有人打破僵局。

　　"你好，我叫蒋哲洋。"蒋哲洋自我介绍道。

　　段燃双手环胸，漫不经心地点下头："听希西说你知道我是谁，我就不重复了。"

　　蒋哲洋没想到他的态度会如此狂妄，于是索性不再搭话，随手拿起一本杂志翻阅。

　　段燃用余光瞄看他，发现他拿在手中的杂志正是 Q.E 的宣传手册，嗤笑着说："你对我公司的产品感兴趣？初次见面也没什么好送你的，尽管挑，挑好我代表希西送你一整箱。"

　　稍加力度的合书声显现着蒋哲洋的不满，他笑着回："这点儿小事何必麻烦段总监？我和希西认识至今有六七年，虽然我长她几届，但是上学那会儿几乎天天遇到，熟得很。"

　　段燃撇开头翻个白眼，又故作不以为意地耸下肩："听希西说，你见过我？请问在哪儿？抱歉，我对你毫无印象。"

　　蒋哲洋一笑带过，说："其实我对你的印象也是来自希西，根据她对你的描述，我想，我还是尽量保持沉默为妙。"

　　段燃磨磨后槽牙，钱希西这个没良心的小白眼儿狼，肯定在姓蒋的面前没说过他半句好话！他不算礼貌地打量蒋哲洋，小伙儿长得温文尔雅、一表人才，确实是钱希西欣赏的类型。

　　他不由得微微蹙眉，不过钱希西也太随便了，这才见过几次面就敢带回家来了？不知道有一个成语叫"衣冠禽兽"吗？

　　"时间不早了，你明天不用上班吗？"段燃装模作样地看了下手表。

蒋哲洋笑而不语，仿佛在反问段燃不离开的原因。

段燃摆出一副看不懂的样子，脱下西服外套，克制住对周遭卫生条件的批判，将外套搭在椅背上，像回到自己家一样，懒洋洋地仰靠在沙发上。

蒋哲洋初次登门，当然不能像段燃那样随便，他气馁地吐口气，可以看出段燃是一个脾气不好的公子哥儿，只要他继续激怒段燃，段燃或许会当场失了风度。但是蒋哲洋的脑海中忽然浮现出一幅画面，那幅画面里清清楚楚地记载了段燃与钱希西交情匪浅的证据。

遥想出国前的那个晚上，蒋哲洋因为钱希西的爽约，没有再踏入校门，自当他从未认识钱希西。可是几日下来，他一直在想她，思考她爽约的原因，他不断开导自己，或许她有不得已的理由，又或许她记错了地点？他明天就要离开中国，这一走至少三年以上，不管怎样，他应该与这位他足足关注了两年的女孩儿道个别。思及此，他坐到学校对面的咖啡厅里，满怀憧憬地等她放学。

等待了几个小时，终于等到放学的时间，蒋哲洋见钱希西抱着书包，深深低着头走出校门，他正要站起身追赶，一辆红色敞篷跑车停在校门前。驾驶者正是段燃，他走下车，迎上钱希西的步伐。

钱希西当时的站位刚巧背对蒋哲洋，所以他只能看到钱希西一头扎进段燃的怀里。这大庭广众的，不免引起其他同学的惊叹。而段燃一副习以为常的模样，顺势把她的书包拎在自己手中，揉了揉她的头，而后弯下身与她附耳交谈……

见状，蒋哲洋内心犹如翻江倒海。如此亲密的举动，还能骗得了自己吗？这一定就是钱希西爽约的原因，她何时有的男朋友？他竟一无所知。

就这样，蒋哲洋落寞地离开了。这一走，除了家人，他不曾与任何一位同学联系，说他逃避好了，他不想再听到有关钱希西的只言片语。时光荏苒，他忙着学习，忙着比赛，似乎一切都淡了。然而，当他在财经杂志的封面上再次见到段燃时，他才恍然发现，他对这个男人的印象有多深刻，同时知道了他是Q.E董事长的独生子，也是Q.E的现任总监。

"哐当"一声脆响从厨房传来，使得蒋哲洋抽回思绪。

不约而同地，蒋哲洋与段燃奔向厨房，发现一地的茶壶碎片。

段燃下意识地上前一步，钱希西却喝声制止："站住！你进来只会给我添乱。"

她烦躁地清理碎片，如果不是担心段燃在蒋学长面前拆她的台，也不会摔碎东西。

蒋哲洋从段燃的身旁挤过，一边从她手中取过笤帚，一边让她远离碎片："你穿拖鞋别扎着脚，我来收拾。"

一个西装笔挺的帅哥正在帮她扫地，这画面太美实在不够看，钱希西顿感心头一暖，太贴心了有没有？！

一声不和谐的讥笑从侧面灌入耳朵里，钱希西耷拉下眼皮，不耐烦地质问段燃："你明知道我不想见你，你为什么还不走？"

换作平时这样讲没啥，但这会儿不止他俩人在。段燃强压怒火，不悦地瞪视她，非要当着其他男人的面让他下不来台？！

段燃无意间一低头，看到几滴鲜血顺着她的手指滑落，他正欲抓起她的手查看。蒋哲洋的声音先发了出来，并且快一步托起她的手指，关切地问："你的手在流血，家里有创可贴吗？没有的话我现在去买。"

钱希西羞红了脸，腼腆地说："谢谢学长关心，我家有创可贴……"

段燃倚在墙边冷笑："嘀，你家有不过期的东西吗？小心伤口化脓。"

看吧看吧！好好的气氛就让段燃这个拆台王给毁了，是可忍孰不可忍！钱希西指向门口："这是我家，我不欢迎你！你给我走！走走走——"她愤愤地推向他的胸口。

"钱希西，你再给我说一次。"段燃的神色骤然冰冷。

"说一百次我也敢，你给我出去！我还没原谅你呢！"她气得涨红脸，农奴翻身的时候来临了，他一个做错事的人凭什么趾高气扬？！

段燃注视着她那张愤怒的小脸儿……对，他分明是来道歉的，却让她更不高兴。

另一边,钱希西摆好吵架的姿势,因为凭她对段燃的了解,让段燃丢面的人,不是被他弄个半死,就是被他骂个狗血淋头。

但始料未及的是,段燃什么都没说,默默地转身远去。

钱希西一脸提防,莫非段燃想找根棍子什么的揍她?

但她再一次猜错,段燃的脚步声消失在回廊的尽头,紧接着,楼底下传来引擎发动的声音。

她怔了怔,奔向阳台俯瞰,发现段燃驾车离开?

奇怪,他居然选择忍气吞声?

钱希西压根儿就没往他也会反省的反向去考虑,因此她不由得迷茫眨眼,是不是还要去应酬懒得跟她斗嘴?

这时,蒋哲洋递上创可贴。

"不好意思学长,让你看到我……泼辣的一面。不过!我一般不会这样……只是因为……"她犹豫须臾,坦白道,"昨天晚上,我和他闹了点儿矛盾。这都过去一整天了,他也没向我道歉,我心里确实憋着火,所以一时间没忍住就爆发了。"

皎洁的月光投射在蒋哲洋温柔的笑脸上,他不以为意地摇下头,说:"我问你一个问题,方便回答就回答,不方便也没关系。"

"我没有不可告人的秘密,学长尽管问。"

"你和段燃,曾是情侣?"

"呃?学长怎么会认为我和他是情侣?怎么可能,当然不是啊。"

蒋哲洋长嘘一口气:"可是六年前,我看到你们在校门口拥抱。"

"拥抱?在校门口……"钱希西抓抓头发努力回忆。

她站着想,蹲着想,踱步想,终于想起所谓的拥抱是怎么一回事。

彼时,她得知蒋学长一声不响地出国留学,不禁伤心欲绝。段妈见她终日魂不守舍,唯恐她出事儿,所以命段燃在她情绪恢复之前,必须接送她上下学。那日放学,段燃也是如期而至,她正萎靡不振地走向他,无意间听到某位学长对同行的人提及，蒋学长是明天的飞机。倏地，她的情绪大崩溃，于是顾不得旁人的眼光，一头扎进段燃的怀里号啕大哭。

段燃当时很给她面子，非但没有嫌弃地推开她，甚至任由她把鼻涕眼泪蹭在他一尘不染的白衬衫上。他一边抚着她的头，一边附耳安慰："别哭了希西，不管发生什么事，有我在，我帮你解决。"

思及此，钱希西不由自主地望向车轮远去的方向，街道上空荡荡的，段燃的车早已远去，她想到她刚才的态度，内心莫名地涌起一丝异样。

"想起来了吗？"他轻声呼唤。

她回过神，迅速整理面部表情，说："哦，那个呀！我不到16岁就认识段燃，他那人嘴巴很毒，所以我们之间难免打打闹闹……"她沉了沉气，直视蒋学长的双眼，刻意忽略段燃那一夜不负责任的"求婚"与亲吻，然后强颜欢笑道，"但是现在，我和他都长大了，分得清什么事不可以做。"

钱希西粲然一笑，对，或许段燃只是习惯了在她面前毫无底线地开玩笑，并没有意识到她真的到了可以嫁人的年纪。

16 奇葩女客
DUJIA ZHUANCHONG

周六一大早，钱希西来到 Q.E 的分店上班。今天店员们对她的态度很友善，毕竟她的身份已经暴露，那就是 Q.E 小老板的朋友。

说起段燃，自从他从她家离开，他们已经有一个多星期没有联系。期间段妈曾打电话叫她去家里喝汤，她当然也很想念段妈的煲汤，但是再想也不能去，除非段燃真诚道歉，并且保证日后不再对她毛手毛脚！

她垮下肩膀，以上只是想想罢了，段燃那家伙啥时候认为自己错过？

今日店中生意红火，还不到中午就卖出不少商品。钱希西正忙着给店员们打下手，一位自带"闪亮"光环的年轻女人步入店门。为啥说闪亮？因为这位女顾客一袭珠光宝气，就连手机壳都闪烁着璀璨的光芒。当然，那种闪亮并不庸俗，只是比较高调耀眼。

"欢迎光临！"钱希西笑脸相迎。

女顾客一头大波浪的长发，眼戴墨镜烈焰红唇，她漫不经心地环视四周，继而将镶有碎钻的太阳眼镜取下来，用眼镜腿儿指向钱希西，突然发问："你看我适合使用什么味道的香水？"

"呃……抱歉，请您稍等。"钱希西本想请资深店员上前介绍，但是女顾客却微蹙眉，不悦地质问道："你不也是这里的店员吗？难道你对自家的产品一无所知？啧，像 Q.E 这样的高档品牌，怎么会请你这种不专业的销售人员？"

见状，田店长上前解围："不好意思这位女士，Q.E 分工明确，我安排钱小姐迎宾带客，所以她才会为您引荐其他销售人员，并非不懂。"

女顾客不客气地睨了店长一眼，说："是吗？那就让这位钱销售帮我介绍产品好了，你去忙你的。"

田店长凭借丰富的销售经验，可以断定这位客人绝不是善茬儿，于是她朝钱希西使个眼色，暗示她小心"伺候"。

钱希西心领神会，引领女顾客步入香水专区。

"您需要购买在哪种场合使用的香水？我好为您推荐。"钱希西倒不怕客人询问，因为她已将各种香水的特性牢记于心。

女顾客踩着尖细的高跟鞋，在货架前迂回两圈，随手扫过几款男士香水，说："送朋友用的，26 岁，是一位仪表堂堂的商业精英。"

"哦，那我为您推荐这款适合夏季使用的淡香水，东方木质香调，配合雪松和佛手柑的味道，清爽之余尽显儒雅绅士。"

女顾客蹙眉相望："我什么时候说过要在夏天用了？你都不问清楚就瞎推荐呢。"

钱希西一怔："抱歉，请问您需要适用于哪个季节的香水？"

女顾客翻个白眼："你真是抓不住重点，我已经跟你说了是商业精英，谈生意要的是霸道果决，你选清爽的，分明是定位有误。"

听罢，众店员不由得替钱希西捏把冷汗。

"对不起，是我没听清楚。"钱希西俯首致歉，不敢再贸然介绍，于是取过两枚香片双手奉上，"这两款均可体现阳刚之气，请您试闻一下。"

女顾客皱眉上前两步，她目前站立的位置与钱希西几乎是肩并肩，她捏着两枚香片认真地对比味道，神态似乎很满意。

见状，田店长与众店员总算是松了口气。然而，就在大伙儿各自忙碌起来的时候，只听身后传来一声脆响，紧接着就是女顾客愤怒的惊呼声！

"呀！你的动作也太粗鲁了吧？！居然打掉我的手机！手机坏了倒没什么，可是这手机壳！这手机壳可是独家定制，全球仅此一个！"

钱希西一脸迷茫地摇摇头，她确定以及肯定，根本就没碰到这位女顾客啊！

田店长疾步前来，看到手机壳上的宝石被摔得七零八落，她一边道歉一边捡起手机，当她看到手机内壳的标志时，顿时心中一惊。

完蛋，这位客人不是讹诈，这款手机壳应该是货真价实的私人定制产品。

女顾客注意到田店长的表情，从她手中夺过残破的手机壳，举到钱希西面前，趾高气扬地说："这款手机壳是'U3'首席设计师夏小清亲自为我设计的！独一无二的生日礼物！你去网上随便搜搜就能搜到！市值至少一百万，现在你把它摔坏了，你说怎么办？"

钱希西冷汗狂冒："你不能诬陷我，我没有碰到你。店长你相信我……"

女顾客不屑一哼，转身看向店长："她只是店员我跟她说不清楚，你是店长对吗？如果你也解决不了，最好请贵公司的高层前来处理。"

损坏物品价格不菲，田店长自然无法解决，何况谁会故意摔坏如此珍贵的东西来陷害一个小店员？于是乎，为了避免客人在这里大呼小叫影响声誉，她唯有打电话向公司总部求助。

"希西，你也太不小心了……"其他店员真真儿地同情她。

"我、我没有，真没有！"钱希西心急如焚却百口莫辩，"店长，麻烦您调监控出来，我确实没有碰到这位客人。她、她冤枉我！"

"对呀，调监控出来看看，让所有人都看看你有多能诡辩！"女顾客讥笑腹诽，这蠢女人还真够蠢的，以为她从一进店门就东张西望看什么？当然是观察摄像头的方位啦！至于她俩当时的站姿，正好背对摄像头，呵呵，还监控呢！

田店长顿感头昏脑涨，绷起脸说："好了希西，该调查的我们自会调查清楚。这位女士，请您先到我的办公室稍作休息，总部马上派车接您过去解决问题。"

事件非同小可，众店员也不知道该如何安慰钱希西，只能轻声叹息，不过这其中也有人喜欢说风凉话儿的，譬如，反正 Q.E 的小老板是她的朋友，慌什么？

钱希西一定是出门没看皇历才会遇到这种倒霉事，她不由得心乱如麻，默默地走出店门，坐在店门外的长椅上，委屈的泪水悄然滑落。

一百万？一百万的手机壳是什么鬼？呜呜。

半小时后，一辆 Q.E 的专属商务车停泊在店门前，请上女顾客以及"犯罪嫌疑人"钱希西。

临走前，田店长直言不讳地对钱希西说：她刚才询问了女顾客的姓名，这位客人原来正是 U3 珠宝行董事长家的千金欧阳美瑄，实在不行就向段总监求助吧。

车轮疾驰，欧阳美瑄跷着腿在旁补妆，钱希西则是萎靡不振地贴在车窗前，对于 U3 千金的陷害行为百思不得其解。

不过，待到了段燃的办公室之后，她才明白这是一场商业阴谋。

或者，还有其他因素吧，反正欧阳美瑄早已盯上钱希西。

至于欧阳美瑄与钱希西之间的恩怨情仇，要从段燃送钱希西定制手链的那一年开始算起。

总监办公室里，摔坏的手机壳摆在段燃的办公桌前。他一边翻阅文件，一边等待坐在沙发上的两个女人开口。

欧阳美瑄一人独占多人沙发，优雅地品着咖啡。钱希西蔫头耷脑地坐在单人沙发上，到现在还没弄明白到底是怎么一回事。

段燃忙着在文件上签字，随口问："都不说话？"

欧阳美瑄放下咖啡杯，细语软绵地说："你的员工犯了错，自然让她说，我只管拿赔偿喽。"

"我再说一次，你的手机壳不是我摔坏的！你为什么要陷害我？"

"啧啧，刚才在店里唯唯诺诺的，这会儿有段燃给你撑腰了，口气果然不一样。"

钱希西愤然起身："我没在店里跟你理论，是不想影响到其他客人，现在关起门来说清楚，你的目的究竟是什么？"

不待欧阳美瑄开口，段燃没头没尾地说："竞标结果还没出来，你会不会操之过急了？老同学。"

老同学？钱希西顿时蒙圈儿。

欧阳美瑄装出一副听不懂的样子，眨动着迷惘的秀眸，娇滴滴地回："搞搞清楚段总监，是你的店员摔坏我的东西，当时店里客人很多，大家都看到啦，我是受害者好不好？"

段燃瞄了眼手机壳，说："不就是摔掉几颗宝石？我会找专业的修复师进行修复。"

"那怎么行？这个手机壳是我爸送给我的生日礼物，当时还上了奢侈品杂志封面，所以我现在很严肃地跟你说，明天我要参加一个重要的时装发布会，我作为特邀嘉宾，噱头之一就是展示独一无二的手机壳，媒体明天都等着拍照，你不能让我拿着一个摔掉宝石的破玩意儿去吧？还是你希望我对媒体说，Q.E 的店员笨手笨脚摔坏了它？"

听罢，钱希西的心悬起来，感觉摊上大事儿了？

段燃合起文件夹，正色道："我现在找人修复，保证连夜修好。"

"你少忽悠我，我家就是做珠宝的，修过的东西永远不可能跟新的一样，你想让我在记者面前丢脸吗？"

段燃双眉紧蹙："那你想怎么着？"

"手机壳明天肯定是不能拿出来秀了，所以只能麻烦 Q.E 的段总监陪我出席，只要让媒体有话题、有得拍就行了。"

段燃抿了口咖啡，斜唇一笑，说："我们一起出席发布会，就等同向各个珠宝设计行宣布，Q.E 与 U3 合作成功，你这如意算盘打得好。"

近期 Q.E 为创立三十周年，举行公开招标。招标内容如下：与珠宝行联合设计一批限量版香水瓶。一经采用，将建立长期合作关系。自招

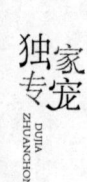

标以来,设计图如雪片一般送至 Q.E,目前进入遴选阶段。

Q.E 如今跻身国际,U3 作为国内知名珠宝定制品牌,自然不愿错失良机。

"你不要把我说得这么奸诈,和 U3 合作是 Q.E 最明智的选择。"欧阳美瑄在段燃面前丝毫不见嚣张跋扈,她俏皮一笑,"何况我们是同窗,亲上加亲一举两得。"

段燃缄默不语,良久,他拿起手机壳:"那这个还修不修了?"

欧阳美瑄才不会掉进段燃布下的陷阱,如果她说不用修,明显就是预谋陷害,于是她理所当然地说:"当然修呀,确实是你的员工摔坏了它,我看在你的面子上可以不让她照价赔偿,但是她得负责修复如初。至于你陪我出席发布会,那是精神损失费。"

钱希西知道段燃最痛恨被强迫,况且是为了她的事,她怎么可以装傻充愣。

"段燃,不想去就不去。我可以找人帮她修手机壳,但是请你相信我,她的手机确实不是我摔坏的。"

段燃微抬眼皮,终于舍得看钱希西一眼。

"我相信你有什么用?事件在店面发生,店长相信你吗?顾客相信你吗?"

钱希西哑口无言,许多时候,比起少数人相信的真相,杜绝舆论才是王道。

"那……那也不能这样欺负人啊……"钱希西怒视欧阳美瑄,"既然你们是同学,你为什么还要威胁他?"

"我的回答嘛,其实和段燃问你的问题是一样的,处于个人角度,我绝对不舍得让他为难,但是为了 U3 的发展,我需要借助 Q.E 的影响力扩大发展。"欧阳美瑄朝她眨下眼,"下次小心点儿,别再因为粗心大意损坏顾客的物品。"

段燃扬声制止:"欧阳美瑄,你最好给我适可而止。"

欧阳美瑄娇嗔地扁扁嘴,又狠狠地白了钱希西一眼。

钱希西差点儿气厥过去，害人在先，歪理还一套一套的？好吧好吧，你们都牛，就我是脑残行了吧。

钱希西愤懑地陷入沙发，忽然灵光一现，发现阴谋里的蹊跷！

"等等，Q.E这么多店员，你为什么会选择对我下手？你是什么时候知道我和段燃认识的？我怎么没听段燃提起过你？"

一句没提到过你，登时把欧阳美瑄的好心情弄得荡然无存。

真该死，她可没少在段燃口中听到关于这臭丫头的破事儿！

欧阳美瑄缓缓情绪，故作不以为意地说："上大学期间，段燃曾在我家的珠宝行给你定制一条生日手链。你还记得吗？"

说到手链，钱希西再也不敢看段燃的眼睛，灰溜溜地缩进沙发角。

"算了，没什么……当我没问。"

段燃嗤之以鼻："她怎么会记得，早就卖了换钱。"

"什么？这也太没品了吧？"欧阳美瑄难以置信。

"不是不是！真相不是你说的那样！我、我也是被人坑了。"钱希西一直没有将真相告诉段燃，也是怕被嘲笑。

手链是段燃送给她的18岁成人礼。说真的，从小到大她是初次收到异性赠送的首饰。她不知道手链是否名贵，只知道优雅生辉令她爱不释手。闺密张佳云与其他女生皆是赞不绝口。然而她显摆不到一星期，突然收到暖气费的缴费通知单。暖气费高达一千二百多元，而她手头仅剩五百多元生活费。她想到老妈的状况，又不好意思伸手要钱，但是暖气费不交怎么过冬？她正跟张佳云发牢骚，同班一名女生好心地说可以先借给她八百元，但前提是，钱希西要把手链押给女生。

钱希西感觉遇到救世主，当即取下手链作为交换，并承诺下月中旬把钱还给女生。中旬，她如期还款想赎回手链，女生却疑惑地反问，手链不是卖给她的吗？她戴着挺好的。钱希西与女生理论，女生却管她要凭证。通过这件事，她深刻地体会到"证据"的重要性。无论关系好坏，是借或卖都应该有个书面的字据。而后，当那名女生拿出手链炫耀时，钱希西才知道那条手链是知名品牌U3的铂金定制款，价值在五千元以上。

当时给钱希西气得呀！恨不得挠死那名女生！不过想归想，哑巴亏不吃也得吃，她更不敢告诉段燃，手链被坑走了。无奈纸里包不住火，段燃接她放学的时候，刚巧看到那名女生戴着手链。毕竟是他千挑万选的定制款，他岂能认错？于是他问女生手链打哪儿来，女生厚颜无耻地回答，钱希西卖给她的。一听这话把段燃给气得啊！也不领钱希西吃大餐了，开车走人。

往事不堪回首，钱希西正郁闷，只见段燃翻开支票夹，对欧阳美瑄说："我明天还有事儿没时间跟你扯皮，多少钱我赔给你。"

"不要你帮我！"

"不用你赔！"

钱希西与欧阳美瑄异口同声。

两人互看一眼，欧阳美瑄看向段燃，酸溜溜地说："啧啧，段总监果然是财大气粗呢，当你的女朋友不要太幸福哦。"

"我不是段燃的女朋友，就算是，我也不能让他当冤大头。"

"我给你当冤大头还少？"他见缝插针。

钱希西简直想撞墙，敢问这位兄台，拆台的时候能不能稍微区分一下阵营？！

果然拆台有效，欧阳美瑄讥笑道："其实段燃不说，我也知道他没少帮你，大男人最喜欢同情弱女子了，别人是遇到麻烦找警察，你是遇到问题找段燃，说句不好听的，你不就是仗着孤苦伶仃、无依无靠吗？"

钱希西的表情很受伤，她不解地看向段燃："你为什么要把我的身世告诉别人？！"

"我哪有闲工夫说你？"段燃重重地摔下签字笔，命令道，"欧阳美瑄，别在这儿挑事，出去！"

"你就敢对我凶巴巴的，出去就出去……"欧阳美瑄的目的已经达到，就是提醒钱希西别不知羞总缠着段燃。她戴上墨镜，走到门口，"明天我会派车来接你，你如果不去，我真会对媒体说，Q.E的员工素质差，摔坏顾客物品还狡辩。"

四年同窗,段燃了解欧阳美瑄的个性,确实说得出做得到。

"太强势的女人小心嫁不出去。"他磨磨后槽牙。

"嗯哼,能驾驭我的男人只有你,所以呢,你不让我幸福你也别想幸福。"她轻舔了一下红唇,仿佛一只小野猫。

办公室大门轻声关闭。

钱希西跟他无话可说,她走到他的办公桌前,抓起手机壳转身欲走。

"放着吧,我找人处理。"段燃抬起狭眸,"你不用有压力,她的目的是我,你只是 Q.E 员工中比较倒霉的一个罢了。"

"你还没回答我,她为什么对我这么了解?"

段燃不耐烦地说:"你没听见我和她的对话吗?她想借助 Q.E 炒作自家品牌,既然她迫切地想与我合作,必然会对我的社交圈进行调查,听懂了吗?把东西放下,你可以出去了。"

钱希西最受不了他这副高高在上的态度,何况欧阳美瑄说得没错,这些年她确实没少依赖段燃的帮助。

"不用!我自己可以找人修!还有,谢谢你这些年的照顾,以后我不会再麻烦你。"

"你给我站住!"

段燃愤然起身,疾步追上她,一把推上她身后的门!

钱希西贴在门板前,注视他那双冰若寒潭的眼睛,她气哼哼地撇开头。

他捏着她的下巴扳回原位:"怎么个意思,你想跟我划清界限?"

"对啊!不行吗?你们有钱人的世界我不懂!"她打掉他的手。话说关于今天的特大陷害案,她究竟招谁惹谁了?老老实实上个班却变成白富美的戏耍对象。

"就因为欧阳美瑄故意气你,你就非要把负面情绪释放给我?"

"她和你是同一种人好吗!仗着有钱狂得很啊!尤其是你,做错事从不道歉!"

"道什么歉？"

"你装什么傻？！"

段燃本来就因为钱希西护着蒋哲洋的事在憋气，一个多星期没见，她非但没有反省还要与他撇清关系？让他道歉？他就呵呵了！

"你拒绝我的求婚，我凭什么道歉？！"

"你可真能偷换概念！求婚是重点吗？在那之前你对我做过什么？"她指指嘴唇。

"求婚前的仪式，怎么了？"

"你妹啊段燃！走开！"她羞愤地拉开大门，又回眸指向段燃，"这一次我绝对绝对不会再惯着你！如果你不跟我道歉，我就当、就当绝交！哼！"

她捏着装有破损手机壳的塑料袋，大步流星地远去……

段燃烦躁地皱了皱眉头，蛮不讲理的臭丫头！他俩究竟是谁惯着谁？！

冤家路窄

钱希西走出Q.E的办公楼,跳上返回门店的公交车。生气归生气,饭还是要吃,薪水还是要赚的,当然更重要的是,她要向受到惊吓的田店长阐述原委,免得人家提心吊胆以为工作不保。

……

田店长得知这是一场蓄意事件,心有余悸之余,同时也对欧阳美瑄的行为深感愤懑。

"商业上的争斗咱们都不懂,既然你也是受害者,那就交给段总监处理好了,你估计也受到不小的惊吓,我做主给你放半天假,明天准时上班。"

"谢谢田店长,那我这就回去给这位大小姐粘手机壳上的宝石。"钱希西晃了晃手中的万能胶。

"啊?你等等,这可是价值百万的东西,你打算……自己黏?"

钱希西尴尬地抓抓头发,她刚才路过珠宝店的时候去问了价格,店员说,总共掉落十颗宝石,修复大抵需要一万的费用。一颗一千?她必然当场吓退,决定催眠自己,就当DIY手工一样进行修补吧? OK!

然而,理想很丰满,现实很残酷。

晚九点,钱希西揉揉酸疼的眼睛,捏着镊子,依旧趴在台灯下面……瞎折腾。

手机响起,她一看来电者是蒋学长,顿时精神抖擞!

"钱学妹,明天有空吗?"蒋哲洋柔声问。

"有有有……"她不假思索地回答,又及时反应过来,"不对,白天要打工,下班之后都有空。"

"好,我出差回来刚到家,给你买了几本你专业相关的书,明天我去你工作的地方接你,我们顺便吃晚餐?"

钱希西点头如捣蒜,乖巧地说:"嗯嗯,我一会儿把地址发给学长,学长早点儿休息,明天见。"

结束通话,钱希西一转身躺在床上,开心得各种翻滚。

蒋学长还给她买了礼物耶!

对了礼物,她翻身下床,蹲在衣柜前方,从柜子的角落取出一个精致的礼盒。礼盒里装着她六年前没来得及送给蒋学长的水晶钢琴摆件,正好明天送给他!哈哈。

她托着礼盒,清清喉咙,对着穿衣镜径自演起互送礼物的戏码:"咳咳……谢谢学长送我书。"她做出假装翻书的动作,惊喜捂住唇,"哇,这些书都是我想要的呢,太好啦……礼尚往来,我也有一份礼物送给学长,精挑细选的哟嘻嘻!"

演练完毕,她不由得指向镜中的自己鄙视加狂笑,作为一个雷打不动的学渣,台词假得不能再假。

不过,能见到蒋学长简直太棒了!

翌日清晨,她略施粉黛,早早出门。路过一家精品店,她不惜下血本重新给礼物打了雅致的包装,然后欢天喜地上班去也。

"早上好!"

"早,你今天的心情似乎特别好,难不成因为昨天的事……精神失常了?"同事杨莉关切地问。

钱希西"扑哧"一笑,换好工服与大伙儿一起擦拭货架上的灰尘。

店中萦绕着钱希西瞎哼哼的小调儿,杨莉凑到她身旁,伸出五指在她面前晃了晃:"真受刺激了?你确定还能正常工作吗?"

另一位同事接茬问:"我听在总部的同事说,那位刁蛮小姐正是U3家的千金,你们一到总部就进了段总监的办公室,最终怎么处理的?真要照价赔偿吗?"

钱希西不便在外人面前提及太多,她含糊其辞地回:"他们是同学,所以段总监叫我不要管了。"

这时,看钱希西不顺眼的那位同事,阴阳怪气地笑了:"啧啧,果然是干得好不如人脉好,如果换作我们当中的一个,肯定会被炒鱿鱼。"

这女的绝对是反社会人格!看别人开心她就搅局。钱希西笑容全无,耐着性子说:"本来就不是我摔坏她的手机壳,所以她的态度也不是很强硬。"

钱希西随意地扫视四周,当视线落在橱窗前时,无意间发现一个戴墨镜的男人,正用手机的摄像头直对她?

原本也不是什么值得大惊小怪的事儿,但是那男人的举动异常古怪,他赶忙收起手机扭头就走。

钱希西怔了怔,疾步走出店门。此刻广场空旷,却不见男人的踪影?

营业时间开始,她挠着头返回店中迎宾。

忙碌一天下来,不知是她过于敏感还是真有人在盯梢,反正总感觉有人在监视她的一举一动?

钱希西搓搓手臂胡思乱想……会不会是之前在超市遇到的那群流氓地痞,要对她进行打击报复?!

思及此,她取出手机给段燃拨电话,然而不等电话接通,她又火速挂断。

似乎遇到麻烦向段燃求救已经变成本能反应,钱希西对自己失望透顶,痛骂自己真是个没出息的尿货。

"喂喂,你们快过来看呀,咖啡厅那儿坐着个长腿欧巴!斯斯文文好帅啊!"杨莉像八爪鱼一样贴在玻璃门前。

店员皆是女性,平时的娱乐项目就是意淫或者吐槽路过广场的异性。此刻众色女一听有好货出现,不由得一拥而上,并且开启叽叽喳喳模式。

"皮肤真白，不会又是 gay 吧？"

"他似乎在等人，先看看来的是男是女。"

"管他是啥，养眼就得了，谁敢过去要个微信号？"

一说正题都废材，杨莉扭身看向钱希西："希西，杵在那儿想什么呢？快过来看啊，那边儿有个安静的美男子。"

钱希西意兴阑珊地凑过去，当她看清美男子的五官时，倏地奔出店门，直奔美男子而去。

"嚯，原来钱希西才是猛虎！"杨莉甘拜下风。

钱希西跑到露天咖啡厅，气喘吁吁地说："蒋学长，你来得……好早，我还有一小时才能下班。"

蒋哲洋悠悠地合起书页，笑着打量身着工服的她："我知道，这里环境不错，你去忙你的不用招呼我。"

他的笑容总能让钱希西感到安心，她无意识地用手指在咖啡桌上画着圈儿："我、我今天也给学长准备了一份礼物，小礼物。"

蒋哲洋的笑容越发迷人："好，等到吃饭的时候，我们互换礼物？"

她紧张又窃喜，羞赧地点下头："那、那我先回去工作了……"

蒋哲洋看向门店，发现 N 双关注的眼睛一哄而散。

"你的同事似乎很有趣，快去吧。"

"学长是大帅哥，爱美之心人皆有之嘛，那我先回啦。"钱希西刚才还是疑神疑鬼忐忑不安，此刻满心满眼都是粉红小泡儿。

待她回到店中，在众人的逼供下如实汇报那是她学长的时候，同事们对她实施新一轮的羡慕嫉妒恨。哎呀，这是虐死单身狗的节奏啊！身后有小老板段燃撑腰，下班有长腿欧巴护送，难道帅哥们的眼睛都瞎了？

钱希西任由众人叽叽歪歪，自顾自托腮做美梦，瞎了好，瞎了就能看上她。

下班后，蒋哲洋将钱希西领入一家格调浪漫的西式餐厅。

然而，钱希西还没坐稳，一对刚进门的俊男靓女顿时闪瞎她的眼！

"哟，这么巧？段燃，你看……"欧阳美瑄身着性感的旗袍，既古典又冶艳。

他俩刚刚参加完时装发布会，衣装自然是格外考究。尤其是段燃，无论是发型还是着装风格，都像大明星一样光彩夺目。

段燃垂下手臂，睨向欧阳美瑄："哪有这么巧的事，你要死要活拉着我来这儿吃饭，就是为了安排这一幕吧？"

欧阳美瑄抬起团扇掩唇一笑："是又怎样？在这儿吃还是换一家？我听你的。"

这时，蒋哲洋主动上前，首先向欧阳美瑄礼貌示好，随后似笑非笑地对段燃说："世界真小，段总监，我们又见面了。"

段燃爱答不理地应了声，正准备旋身离开，欧阳美瑄及时挽住他的臂弯，继而笑盈盈地对蒋哲洋说："段燃，我怎么看这位先生这么面熟呢？我好像听过这位先生的钢琴演奏？请问先生贵姓？"

"蒋哲洋，你好。"蒋哲洋俯首。

"真的是你？钢琴弹得好好呀！幸会幸会，我叫欧阳美瑄，方便坐下聊吗？嘿，希西，我们真有缘，昨天才认识今天又碰见了。"欧阳美瑄一边假惺惺地套近乎，一边强拖着段燃向餐桌移动。

钱希西暗自翻白眼，和你很熟吗？不要破坏别人的约会好吗！我谢谢你全家了！

欧阳美瑄大方得体地面朝钱希西俯首，完全是一副受过良好教育的态度。

双面人！钱希西的心头似有万马奔腾而过！

不知实情的蒋哲洋自然要以礼相待："既然是朋友，不如坐下来喝点儿东西？"

"如果不介意的话，一起就餐如何？听说这家餐厅的牛排不错，我也是特意请段燃过来试试。"

钱希西当然不希望和他们共进晚餐，于是笑着说："抱歉，我和学长还有一点儿私事要聊,所以可能……不太方便……"

一听这话,段燃可不爽了,他主动帮欧阳美瑄拉开座椅。欧阳美瑄致谢,优雅入座:"看来段燃喜欢热闹呢,不好意思蒋先生,不会让你感到太为难吧?"

"当然不。"

都坐下了还能怎样?钱希西憋着气,根本不想跟坐在对面的两个人进行交谈。

欧阳美瑄小时候学过钢琴,所以与蒋哲洋有些共同话题,氛围不错。钱希西与段燃则是谁都不搭理谁,默默吃着盘中的食物。

欧阳美瑄借助饮酒的动作观察段燃的表情。段燃蹙眉冷脸,显然对钱希西与其他男人约会之事感到不满。见他不开心,她也就安心了。

欧阳美瑄向来不打无把握之仗。别看她人在发布会现场,却一直远程遥控私家侦探跟踪钱希西。钱希西今日的一举一动,私家侦探会在第一时间向欧阳美瑄汇报。通过偷拍来的照片,不难看出钱希西喜欢的男人正是这位蒋先生,因此令欧阳美瑄难以置信的是,段燃对钱希西或许只是存在一定程度的好感,两人并未正式交往?至于蒋哲洋的背景,因为是名人极容易查找。他出身于音乐世家,其祖父在国内创办第一所音乐私立学院,蒋哲洋目前在该学院担任校长,可谓名利双收。

正因为段燃的情敌实力雄厚,所以欧阳美瑄才会煞费苦心地把段燃哄骗过来。同窗四年,她知道段燃属于自尊心极强的男人,只要让他看清事实的真相,他绝不会纠缠。

当然,欧阳美瑄早不行动晚不行动,突然之间对段燃发起猛攻也有不得已的原因。首先,她确实爱段燃爱了很多年,但是凭她对男人的了解,男人至少要过35岁才能定性,所以她原本打算先让段燃去放纵,等他看多了耍够了,自会归于平静。待到那时她再出手,基本可以直接步入婚姻的殿堂,但无奈的是,她的家里人不这样认为。就在前不久,她爸有一位开金矿的故交,希望两家亲上加亲共结连理。两位长辈各种撮合,欧阳美瑄迫于压力也跟金矿老板的儿子约会过两次,无奈那人就是个除了有钱啥都没有的土财主。土财主对她倒是很中意，约会时会用手机纪录她的每一个瞬间，然后自作主张公布在他的社交主页上，由此证明二人正在交往。欧阳美瑄勒令土财主删除她的照片。土财主竟然一把鼻涕一把泪地请她原谅，还说什么以后再也不敢惹女朋友生气。

她跟这种自作多情的神经病扯不清，并且碍于神经病是供货商的儿子，也不好把事情闹太僵，所以唯有提前几年向段燃下手。欧阳美瑄知道段燃目前喜欢的人不是她，因此她必须为自己创造各种展现优势的机会，否则段燃永远不知道他现在喜欢的女人有多差劲儿。

何况钱希西是真的糟啊，无背景、无学历，就是挣扎在社会底层的小人物，对于段燃的事业毫无推动力。

欧阳美瑄看到蒋哲洋放在手边的几本书，书上打着丝带，于是故作好奇地问："哦抱歉，这些书是要送给希西的礼物吗？看来我们果然是影响到你们了。"

蒋哲洋笑着摇头，将几本专业辅助教材推到钱希西的面前。

钱希西根本就不想在众目睽睽之下收礼物，因为不能像昨晚预演的那样，说这几本书都是她想看的。否则拆台王段燃一定会说：喊，学校发的书你还没看完。

"谢谢蒋学长。"钱希西默默收下书，欲哭无泪。

蒋哲洋记得钱希西说过，也有礼物送给他，但等了许久，她却只顾着喝汤。

原本他可以不追问，但刚巧段燃也在，他应该适当地宣布主权。

"钱学妹，你说有一份精挑细选的礼物要送给我，我很期待。"

钱希西嘴角一抽，非要当着段燃的面互换礼物吗？！她可啥都没给段燃买过，他一定会念叨她的！

但蒋学长主动提了，她只能从背包中取出精心包装的礼品盒，然后利用餐桌的高度挡住礼物，快速地塞进蒋哲洋的手中，说："就、就是一件小礼物，回家、回家再拆开看好了。"

"礼物要当面看才礼貌呀。"欧阳美瑄说。

而此刻再看段燃的脸色,已经黑成锅底灰。

蒋哲洋面朝钱希西莞尔一笑:"礼物是你送我的,我尊重你的意见。"

钱希西自然不想让气氛凝结,但更不想遭到段燃的奚落,正在她支支吾吾不知所措的时候,段燃终于舍得开口。然而,令钱希西没想到的是,段燃没有趁机攻击她,反而帮她解围。

"礼物属于私人物品,等我们离开以后再拆看也不迟。"段燃又睨向欧阳美瑄,"吃好没?我们打扰别人的约会太久了。"

"好,我把杯子里的酒喝完。"欧阳美瑄举起酒杯,"蒋先生,很高兴认识你,有机会我们再探讨古典音乐。"

蒋哲洋举杯致敬。此时餐饮过半,小提琴手走上前,询问客人是否需要奏乐助兴。

蒋哲洋见钱希西一晚上都没有笑容,于是说:"拉一首《爱之喜悦》。"他希望悠扬曼妙的乐曲可以让她的情绪得到舒缓。

小提琴手把小提琴夹在肩头,段燃蓦地发难,说:"我们这便离开,所以不如让我选一首?"

蒋哲洋摊手礼让,却没想到段燃会请小提手拉奏《G小调小提琴奏鸣曲》。这首曲子还有一个别名,叫作《魔鬼的颤音》,全曲仿佛作曲家在梦中与魔鬼对话。

"虽然'G小调'拥有惊世的曲调,但过于庄重深沉,恐怕不适合在就餐时欣赏。"蒋哲洋说。

"怎么不适合?"段燃晃晃酒杯,"这首曲子包含了一种至高无上的情调和意趣,会使得聆听者幸福到忘却寻找天堂的路。这不正符合你此刻的心情吗?"

火光四射,果然还是没能坚持到就餐离开,这两人再次杠上了!

"嗯,那就更应该欣赏《爱之喜悦》,因为这首曲子更像我对待异性的态度,前段情调浪漫,中段温厚亲切,后段两者交融。"

段燃似笑非笑地说:"如此说来你在追求异性方面经验颇丰啊?并

且整理出一套完整的讨好女人的方案？那我在这方面只能甘拜下风。"

"爱情原本就需要规划与经营，段先生不赞成我的观点吗？"

"不敢苟同，假设把爱情当作商品来经营，那代表呈献在伴侣眼中的自己必然经过后期包装，一旦商品出现瑕疵，伴侣就会像顾客一样，控诉对方是骗子。"

两个男人针锋相对，欧阳美瑄则是抱着看好戏的态度默不作声。钱希西唯恐事态越演越烈，于是扬声打断两人的对弈。

钱希西瞪视段燃，不悦地说："我站了一天的柜台，你就不能让我安安静静地吃顿饭？听我的吧，我选的曲子保证让每个人都身心愉悦，"她看向小提琴手，道，"《Twinkle Twinkle Little Star》，可以开始了。"

这是一首家喻户晓的世界名曲，中文译名为《小星星》。如果唱出来大家就更熟悉了，一闪一闪亮晶晶，满天都是小星星……

然而欢快的童谣只会让段燃的心情越发糟糕，他或许在言语上不会输，但每回都输在钱希西偏袒的对象不是自己。

欧阳美瑄幸灾乐祸地笑了，话说钱希西就是促成她和段燃的神助攻，预计过不了多久，段燃的情绪就会从郁闷转为失望。

走出餐厅，欧阳美瑄一个没看住，只见段燃已经走出十几米，她疾步紧追："喂，我可是坐你的车过来的，你不送我回家吗？"

段燃想到年轻女性的安全问题，命司机把车开过来。

欧阳美瑄首先坐上车，车门却在她眼前关闭。

"你去哪儿？"

"还有其他应酬。"

话音未落，他拦下一辆出租车，扬长而去。

欧阳美瑄沮丧地吐口气，不过无论怎样，今天这顿饭吃得太精彩了，不枉她连哄带骗把段燃弄过来。

加油吧钱希西，哦不，赶紧表白吧钢琴王子，祝你们早日比翼双飞啊。

18 突发事件

隔日凌晨五点,钱希西接到段妈打来的电话。

"什么?段燃胃出血住院了?!好好,您别着急,您别哭……我马上过去。"钱希西一秒钟清醒过来,无暇洗漱,换上衣服赶往医院。

……

半小时后,她气喘吁吁地奔进急诊室,很快看到段家的保姆、司机以及泪眼婆娑的段妈。

她搂紧段妈轻声安抚:"阿姨,段燃没事吧?"

"不知道,医生不让我进去……你叔叔又不在家,阿姨只能麻烦你过来陪陪我。"

"什么麻烦不麻烦的,我不陪您谁陪您?"钱希西搓了搓段妈的手臂。段妈一直以来被段爸保护得太好,段燃自小由保姆照料,也没让她操过心,所以当司机突然来电,说段燃被送进急诊室,她一下子变得六神无主。

"昨晚一起吃饭的时候他还好好的,您别着急,我过去问问。"钱希西不满16岁便独自一人生活,因此在处理紧急问题上,反倒比段妈冷静。她守在急诊室门口,询问段燃的病况。

医生说:"通过分析,基本断定是由烈酒刺激导致血管破裂,当然也要综合其他因素,譬如过度劳累、饮食不规律等。目前血是止住了,需要转入病房观察三天。"

"好，我去办理住院手续。"钱希西转身欲走，段妈将一张信用卡递给她，"希西，给我儿子订一间特护病房，家里的私人医生正在来的路上。"

"嗯，您别太担心，大夫说止血及时，段燃没大事。"她又抱了抱段妈，继而奔去缴费。

翌日中午，段燃浑浑噩噩地苏醒过来。

他的眼前是一片雪白，手背上插着针头，仪器在耳畔滴滴答答地响着。他抬起沉重的眼皮，首先看向坐在椅子上犯迷瞪的钱希西。

段燃的骨头就像散了架似的，回忆自己出现在病房的原因。

昨晚他去拜会一位来自马来西亚的拿督。拿督的权力不尽相同，他昨天宴请的拿督相当于中国一个省的省长。Q.E 的产品得以在马来地区销路畅通并且成绩斐然，这位拿督功不可没。贵客远道而来，段燃必然好生款待。马来人信奉伊斯兰教，拿督自是滴酒不沾，然而宴会进行到中途，拿督叫来几位女性友人，据说是在机场认识的新朋友。段燃一看几个女人的穿着打扮就不是良家妇女，她们进门就吵着要喝酒，段燃也不好让拿督为难，只能陪着那几个女人推杯换盏。几个小时下来，他也不记得自己喝了多少酒，总之当他强撑意识坐上车，顿感一股血腥味儿冲入口腔，接下来就在病床上躺着了。

幸好没一口血喷在酒店门口，否则别人还以为凶杀案呢。

"你醒了？感觉好点儿没？"钱希西揉揉眼皮。

"你在这儿干什么？"

不待钱希西回话，段妈手捧一盘水果从洗漱间里走出来："你爸不在家，昨晚多亏有希西帮忙，妈妈才不至于手忙脚乱。你这孩子，差点儿把妈妈吓死。"段妈走到病床前，抚了抚儿子的额头，心疼地说，"瞧这脸色，跟白纸一样。"

"妈我没事儿,您脸色也不好,昨晚没睡?"

"躺在沙发上睡了会儿,希西怕我担心,一直坐在病床前守着你,她最辛苦。"段妈捋了捋钱希西的长发,感慨道,"阿姨真喜欢你,给阿姨当干女儿吧?"

段燃强行分开二人:"我就不明白了,她有什么好的?合着习惯性骗吃骗喝的人反倒招人喜欢?"

"嘿,你这臭小子,都躺在病床上了还是嘴巴不饶人?妈就喜欢给希西做吃的,就喜欢给她买花裙子,你都多大了,还是这么能吃醋?"段妈爽朗一笑。

"谁吃醋了?您想认多少干女儿我都不干涉,反正她不行,看她就烦。"

这一下段妈的脸儿可挂不住了,正要让儿子道歉,钱希西立即站起身挡在二人之间:"阿姨别说段燃了,段燃还在生病,其实他是在跟您撒娇。如果这边没什么事的话,我先回去了……"

钱希西看向段燃:"你好好休息,我明天再来看你。"

"没这个必要,快走。"

通过他们的对话,段妈发现端倪……平时这俩孩子也经常吵吵闹闹,但多半是钱希西占上风,而段燃通常选择忍气吞声。可是今天怎么回事,段燃句句如刀?再回想钱希西离开段家的那个清晨,几乎是落荒而逃?

"希西你先回来,老实告诉阿姨,你们是不是吵架了?"

钱希西沉了沉气,违心地回:"没有,我们一直都是这样,好着呢。"

"不可能,阿姨与你相处六年,你的性格一向活泼开朗,如果你们之间没矛盾,你能由着我儿子一直欺负你?段燃,你说。唉?你个臭小子别下床呀!"

段燃拔掉输液管,捂着胃疾步走出病房。

"阿姨我们真没事,他更没有欺负我,我去追他回来,您放心。"

钱希西追出住院楼,在花园里找到段燃。

段燃坐在长椅上，望着眼前的湖，微风吹拂着他苍白冰冷的脸颊，仿佛一座无知无觉的石膏像。

"你别跟小孩子似的行吗？阿姨会担心的。"她将一件外衣披在他的肩头。

段燃随手扯下外衣丢在座椅旁，当他第一眼看到钱希西的时候，心里是暖的，但是想到她的关怀也不是出于真心，他又觉得很讽刺。

难道只有他住进医院，她才愿意主动出现吗？

钱希西不能让他在这儿吹风，她挽起他的手臂："别拿自己的身体开玩笑，你先跟我回去，把你送回去我马上走。"

"别烦我，让我自己待会儿。"段燃甩开她的拉扯，这一甩力道有些大，导致钱希西跟跄退后。

"就算你是病人，也不能这么任性，好像错的人是我？"

段燃不耐烦地撇开视线，吃力地支起身前行。

钱希西发现他行走的路线与住院楼相反，于是加快步伐挡住去路："不管我们以后会不会变成陌路，但是现在你先回病房休息，算我求你。"

"陌路？你说陌路？"段燃不自觉地握紧五指，只见一丝鲜血溢出针孔。

"我记得我跟你说过，如果你不愿意向我道歉，我就当你意图绝交，"钱希西垂下眸，难过地说，"其实，我一直在期待你的道歉，只要你道歉，我想我们一定可以回到过去，可是你今天的态度……很明确了。"

"想回到从前的人只有你，你想继续享受我爸妈的宠爱，你希望我还会像以前那样对你有求必应。钱希西，你真的很自私。"

钱希西的双眼忽然被泪水模糊了，她用发帘遮住眼睛，默默地垂下双臂："我们相处六年，我在你眼里就这么不堪吗？"

"很不堪。"

话音未落，段燃旋身而去。

她居然还好意思在他面前提时间，她的魂儿都让刚回来的学长勾走了。

钱希西红着眼眶,直到他走进住院楼才收回视线。

她蹭了蹭眼泪,迈着孤寂的步伐离开医院。

一路上,她都在掉泪,但她并不想哭,眼泪却莫名其妙地流淌。

回到家,她洗了米放上锅,准备给段燃熬点粥。

手机铃声响起来,她以为是段燃,于是兴冲冲地跑出厨房接听。

"希西,我是张佳云,我在你家附近,你在家吗?"

"……在,你来吧。"

多年未见,张佳云一个大拥抱扑过来,却发现钱希西情绪不对。

"你怎么哭了?谁欺负你了?"

"还能有谁,段燃呗……"虽然她们之间曾出现隔阂,但当误会解除,仿佛瞬间回到无话不说的状态。

"我还以为多大事儿呢,原来又是那个毒舌大少爷,他气你还不是家常便饭的事儿,但我相信他是有口无心,否则他也不会一次次地帮你。"闺密就是倾诉对象,上学那会儿钱希西没少在张佳云面前吐槽段燃,说他是超级大毒舌,哪句话能捅死人他就说哪句。

"我知道,但是他今天骂我的态度很认真,我心里挺难受的……"钱希西返回厨房,一边熬粥一边蹭眼泪,她当然记得段燃的好,更不想失去这段深厚的友谊,但是她不能接受强吻这件事,她只想要一个道歉而已。"对不起"三个字有这么难以启齿吗?还是段燃根本不想挽回?

"哎哟,你家怎么跟仓库似的?"张佳云挤进厨房找水喝,"这大热天的你别熬粥了,我们好几年没见,出去吃,边吃边聊。"

"给段燃熬的,他胃出血住院了,我想给他送过去。"

张佳云"扑哧"一笑:"其实你俩的个性还真像,嘴硬心软。"

"你又不认识他,他是嘴硬心更硬。"

"我是不认识他,但是常听你提起他啊,你都忘了你是怎么说的了吧?你说,他骂你是铁公鸡、讨厌鬼、米虫什么的,一旦察觉你火了,他立马带你去吃大餐，如果赶上周末，他还会带你去游乐场、海洋馆，各种馆。你说说你，随便挤几滴眼泪，不仅吃喝玩乐全程免费，还有大帅哥开车接送。仇恨值 +100！"

钱希西指尖一顿，仔细想来，她的整个少女时期都和段燃搅和在一起。

住院楼外，钱希西将保温壶递给张佳云。

"段燃现在不想看见我，我其实也不想搭理他！所以麻烦你帮我把粥送进去，交给护士就行，谢谢。"

张佳云无奈地摇摇头，她在步入电梯之前，说："关心他就要告诉他，你们都这样犟着有劲儿吗？"

钱希西怔怔地看着关闭的电梯门，她似乎从没认真考虑过这个问题，还是她真的吝啬到连情感都不愿意表现出来？又或者，唯恐那些真诚的嘘寒问暖，被段燃误会成巴结的新手段？

说一千道一万，似乎还是自卑吧。

另一边，张佳云顺利地将保温壶交到前台护士手中，笑着说："麻烦你告诉段燃，这是钱希西给他熬的白粥。"

张佳云叮嘱护士的同时，刚巧被正在回廊间打电话的段燃听了去。

"拿走，吝啬鬼的东西我不要，喝了只能加重病情。"

张佳云猛地转过身，不客气地打量段燃。虽然多年未见，段燃此刻又病恹恹的，但那股嚣张跋扈的气势只增不减。

"你应该认得我，我是钱希西的闺密张佳云。咱们就不客套了，直接说说你的态度，你的态度也太次了吧？！我知道你又骂希西了，她哭着给你熬粥，熬好了立刻叫我送上来给你喝，现在都下午两点了，我们为了你午饭还没吃，不管你想不想喝，你也不能说她熬的粥不干净吧？！"

张佳云根本不知道他们之间究竟发生了什么，段燃也懒得解释，索性返回病房。

张佳云气得七窍生烟，追进病房，接着数落他。

"我说你个大男人气量怎么就这么小啊？是，希西是抠门了点儿，但她也不是抠着别人对自己大方，她爸在她没出生的时候就跟她妈离了婚，她不满16岁她妈远嫁，我就问你，你有过迟交学费被班主任三催四催的尴尬经历吗？你有过没人帮你开家长会，被同学嘲笑的痛苦回忆吗？她虽然看上去很乐观，其实她心里明白，她就是被父母抛弃的孩子。"

段燃的内心咯噔一响，不过很快，他的情绪从伤怀中抽离开来……她在钱方面遇到麻烦为什么不来找他？这如果不是自讨苦吃，又是什么？

所幸，张佳云接下来的控诉，帮他解了惑。

"希西常在我面前提起你的父母，她说段家夫妇是这世上最好的人，还有你段燃，虽然常骂她，可是你对她好也是真的，她很怕失去这份来之不易的亲情，所以总是小心翼翼地对待段家的每一个人，唯恐你们讨厌她。她当然可以朝你伸手要钱花，我相信你也会给她，但你仔细想想，她有没有这样做过？我知道你不理解钱希西的心理，但我能理解她，因为我的家庭也不富裕，我们什么都没有，就剩下那么一点儿骨气，如果为了生存连骨气都要舍弃，那我们跟乞丐又有什么区别？"

她缓了缓情绪，又说："对不起，我今天的情绪确实有点儿激动，因为我也误会过希西，导致我们几年都不联系。我知道她除了我也交不到其他朋友，毕竟大部分友谊也是要靠金钱来维系的。所以我可以断定，段家人是她唯一的精神支柱，我拜托你不要再跟她怄气，她这一下午眼睛都快哭瞎了。"

段燃悠悠地垂下眸，缄默不语。他没有受过穷，他拥有父母的疼爱，所以就像张佳云说的，他不理解钱希西想要什么，他只是想着，她要什么买给她就是了，却没想过她内心深处最渴望的是亲情。恍然之间，他醒悟了，想明白她非要他道歉的原因。她或许固执地认为，只有他郑重道歉，才能证明她在他心中不是可有可无的人，才能证明他们的关系是平等的，是朋友。

但问题是，她真的不明白，他们之间除了做朋友，还有另一种情感？

傻不傻？！

张佳云见他取出手机按号码，欣喜地问："你要给希西打电话和好吗？"

"不，我给你们订了一餐日式料理，你们先过去吃饭。把你的手机号码给我，结账时出示号码即可。对了，不要说是我请客，就说你有套餐券之类的。"

张佳云长嘘一口气："唉，跟你说这么多都白说啦！不过谢谢请客哈，号码是13××××××××……"

段燃顺手加了张佳云的微信，抿了抿唇，沉默良久，说："麻烦转告希西，我会把粥喝完，还有……保温壶也不会扔，让她有空来取。"

"……"张佳云嘴角狂抽，段燃真是个别扭的傲娇，明说想见希西就这么难？

顶级日料餐厅的包间里。

钱希西听服务生说她们点了12道怀石料理，真想拉起张佳云就逃跑。

"你疯啦？这一顿饭没有三四千吃不下来。"

张佳云显然也吓了一跳，她故作镇定地说："哎呀怕什么，我网购抽到的抵金券，免费，全免费！"

"……你要不要再看看抵金券？会不会看错了？"钱希西吞吞口水，为什么她每次抽奖都是"谢谢参与"？

"确定，快坐下。"张佳云托腮一笑，转移话题道，"趁着菜还没上，说说你跟蒋学长进展到哪一步了？"

提到蒋学长，钱希西才发现从昨晚段燃住院，到目前为止都没时间想念他。

她满心忏悔，又沮丧地说："没什么进展，学长刚上任比较忙，他说近期恐怕没时间见面。"

"怎么？你暗恋他这么多年，如今终于有机会接触，你居然还没表白？"

钱希西咂咂嘴:"……告白这种事儿吧,小时候还可以,现在让我去表白,我还真不敢,万一被拒绝,连朋友都做不成,何况蒋学长对我太彬彬有礼了,甚至一口一个'钱学妹'地叫我,我也看不出他到底想不想跟我进一步。"

"那就顺其自然吧,毕竟人家现在是大钢琴家、大校长。哇……菜来了,开动!"

"嗯嗯!耶,果然是怀石料理,来来先喝汤,料理需要现做现吃,所以要稍微等一会儿才上主菜。"钱希西做了个感恩的手势。

"你懂得真多,一看傲娇大少爷就没少带你吃大餐。"

"我也不是白吃白喝呀,还要帮他应付那些劝酒的商人。"钱希西忽然发现自己很有用,"对对,有我陪着他的时候,他什么时候喝吐过血?哼,我明明是大功臣,他还老说我蹭吃蹭喝,是不是很讨厌?"

张佳云旁敲侧击地问:"世上又不止你一个女人,他完全可以带别人出席社交场合,可他却没有,这说明什么?"

张佳云想表达的意思是,说明段燃把你当成值得信赖的人。

钱希西饮了口汤,脱口而出道:"说明我好操控啊,你要知道不是每顿饭都能吃饱吃好,有时候他一个眼神儿射过来,我就得放下筷子装头疼、胃疼,由此协助他顺理成章地逃离饭局。换作别人早抽他了!"

"……当我没问。"张佳云喟叹,智商是硬伤。

"味道太鲜美了,32个赞!喂……"钱希西朝她挑挑眉,"快告诉我在哪儿抽的抵金券?下次抽到我也请你。"

"……"果然不机灵。

钱希西托着汤碗满足一笑,下个月的生活费过几天妈妈才会打过来,她正愁月底这几天只能吃泡面,张佳云真是救苦救难的天使!

至于坏蛋段燃,不让她去医院,她不去总行了吧。

19 白云孤飞

今天是段燃出院的日子,钱希西捏着手机犹豫不决,话说那家伙也真够冷酷无情的,她不打电话找他,他居然也不主动联系。最终,她决定给段妈打电话,问问需不需要帮忙。

段妈:"没事希西,医生说段燃恢复得很好,我们正在回家的路上,你叔叔也回来了,你今晚要不要来家里吃饭?"

钱希西:"哦,没事就好,先让段燃好好休息,我最近要看的书比较多,过一阵子再去看您和叔叔。"

愉快地结束通话,钱希西手机还没放下,一通陌生来电打进来。钱希西猜想不是广告推销就是诈骗电话,索性直接挂断。

不曾想陌生电话挺执着,挂了就打。

钱希西不耐烦地接起来:"说。"

欧阳美瑄:"嘀,好大的架子,我的手机壳呢?"

钱希西一怔:"你怎么知道我的号码?"

欧阳美瑄:"当然是你们的店长给我的。她一听你还拿着我的手机壳,恨不得把你的家庭住址都给我呢。行了,我没时间跟你扯皮,手机壳修好没?"

钱希西走到书桌旁,看向修复完毕的手机壳,为了粘好掉落的宝石,她熬了几个通宵，使用了不下十种方法，终于让宝石牢牢地粘回原位。

钱希西："修好了，我们在哪里见面？"

欧阳美瑄："送到我家来，我要好好验收。"

钱希西收到地址，疲惫地吐口气，装好手机壳赶往指定地点。

欧阳美瑄的家，毫无疑问也是别墅，或许是家里做珠宝的缘故，装潢风格足以用璀璨夺目来形容，估计晚上就算不开灯也黑不到哪儿去。

佣人引领钱希西走上二楼，步伐停在衣帽间的门前。

"小姐，送东西的人来了。"

"你下去吧，让她进来。"衣帽间内传出慵懒的声音。

佣人见钱希西按下门把手，立即协助她打开衣帽间的大门，仿佛怕她这个土老帽不懂得如何开门似的。

紧闭的大门打开，展现在钱希西眼前的竟是一望无际的宽阔。墙壁两侧镶嵌着无数面穿衣镜，与其说这里是衣帽间，还不如说是一家云集各大奢侈品的精品店，单高跟鞋这一项，估计不会少于上千双。

钱希西暗自吐口气，就一副身板穿得过来吗？

欧阳美瑄伫立在穿衣镜前，试戴几顶帽子："手机壳呢？"

毕竟是几个晚上的劳动成果，钱希西拉开书包，谨慎地从中取出一个纸盒，又缓慢地打开盒盖拿出手机壳，双手奉还。

欧阳美瑄的动作可就没那么温柔了，她用指尖捏过手机壳，随手晃了晃。

"喂轻点儿，你平时使用也不会这么摇晃吧？"

"不使劲儿摇晃，我怎么知道你是不是在糊弄我？"

"你是不是忘了一件事，手机壳是你故意摔坏的，为此段燃也陪你去参加了发布会，你最好不要太过分。"

"我说你也太天真了，你以为我用这种方法真能胁迫段燃吗？"欧阳美瑄微微扬起高傲的下颌，"实话告诉你，我是先知道竞标结果，才去邀段燃的。唉，说了你也不懂，你年纪还小，还是多读点儿书吧。"

"你是说,你事先买通了 Q.E 的高层?"

"啧啧,干吗把话说得这么难听?不管我从谁口中打探到消息,但最终拍板定案的人还是段燃,对方只是做个顺水人情,提前几天把结果告诉我而已。做生意做的就是人脉,你学的不是贸易经济吗?连这点儿浅显的道理都不懂?"

不待钱希西反驳,欧阳美瑄又说:"哦对了,你就读的那所学校的校长,也是我父亲的一位朋友,据说师资力量不够,四处拉赞助,非常糟糕的大学。"

三两句就把钱希西的学校贬得一文不值,钱希西沉了沉气:"物归原主,我走了。"

钱希西旋身欲走,只听身后传来一声脆响,闻声望去,只见手机壳躺在冰冷的地板上,镶嵌其上的宝石再次散落一地。

钱希西错愕不已,疾步返回捡起破损的手机壳,又愤怒地看向她:"这是我辛辛苦苦粘的!你为什么又要摔坏它?!"

"你激动什么?这似乎是属于我的东西吧?而我向来没有使用破东西的习惯,修修补补恶心死了,麻烦你离开的时候帮我扔进垃圾桶。"

说实话,钱希西的眼泪都快掉下来了,为了帮手机壳完美复原,她不仅购买了一堆专业的修补工具,花费更多的则是心力。看着手机壳在她手中逐步恢复如初,换谁都会产生喜悦和成就感。但是此刻,她的努力非但没有收获任何褒奖,甚至成为别人眼中的垃圾。

"你就为了耍我,拿你父亲送你的生日礼物摔着玩儿?!"钱希西的父母如果送她礼物,无论贵贱,她都会视如珍宝!

"这话又不对了,修复是你的义务,至于要不要,是我的权利。"欧阳美瑄环起双臂,"你是想说价格不菲吧?是,我确实喜欢过它,因为它只有我能拥有,但是制造出来的东西毕竟不是人,我想要另一个独一无二就让设计师再制作喽?你要是想要就拿去吧,就算是残品,卖个十几万应该不成问题。"

钱希西算是听明白了,欧阳美瑄就是变着法子嘲笑她。

"不可理喻！你现在吃的穿的用的是你赚来的吗？"

"我花我亲生父母的钱，他们愿意宠我惯我，你不服吗？哦，这要说起来，你还不如我呢，赖在段家好几年，段家二老和段燃没少给你补贴吧？"

钱希西攥紧拳头，"啪"的一声，把手机壳拍在桌面上，继而转身离开。

"无言以对就想跑？你如果真有骨气就别去骚扰段家人。还是你想赖到出嫁的日子？好让段家二老给你当娘家，顺便再给你准备彩礼？"

她有自己的爸妈！钱希西的胸口剧烈地起伏着，她咬紧下唇，奔出欧阳家。

空荡荡的公交车上，钱希西贴在窗边，目光空洞。

这时，她收到一条银行发来的进账短信。

钱希西一怔，距妈妈打生活费的日子还有六天，在通常情况下，老妈不是准时打来就是延后两三天打过来，而这次不仅早打款，还多给她打了2000？

她提前下了车，从手机中翻出老妈的联系号码，那是一个既熟悉又陌生的电话。说这个号码熟悉，在母亲刚出国的那段日子里，她因为孤单害怕时常会拨打。每每拨打越洋电话，电话那端都会传来孩子们鸡飞狗跳的吵闹声。妈妈要照顾现任丈夫的三个孩子，所以总会匆匆挂断，有时忙得晕头转向，还会教训钱希西不懂事儿。

久而久之，钱希西学会等待，等到妈妈心情好了或者不忙了，应该就会主动打给她。然而，母女俩的通话次数越来越少，就算妈妈打来，也是问她收到钱没有，然后又去照顾别人家的小孩儿。

她摩挲着妈妈的电话号码，鼓足勇气，拨通电话。

电话没响两声，对方已接听。

接起电话的人刚巧是母亲，钱希西克制着呼之欲出的眼泪，几不可闻地问："妈妈……您现在忙吗？"这样的问话，已经成为她与母亲交流的开场白。

钱妈:"不忙,希西,收到钱了吗?最近过得还好吗?"

母亲一句不忙,惹得钱希西欣喜若狂:"我很好,您呢?身体怎么样?"

钱妈:"挺好的,不用为妈妈担心,你是不是想问妈妈为什么会给你多打钱?妈妈最近在教一个法国孩子学中文,那家人非常通情达理,每周把孩子送到妈妈这里来学习三天,所以妈妈也有了收入,这样也可以让你过得好点儿。"

原来妈妈还是关心她的,谁说她是没人疼的野孩子了?钱希西蹲在道旁,泪如雨下:"妈妈,我好想您,做梦都想……"

钱妈的声音也染上一片哽咽:"希西,妈妈对不起你,妈妈知道你一个人在国内不容易,对不起。"

钱希西:"您别这么说,别这么说,我知道妈妈也很辛苦,我快大学毕业了,等我参加工作您就不要再给我寄钱了,我可以自己养活自己。妈妈……我能去看看您吗?我自己买飞机票,我待几天就走。"

钱妈:"这……家里的地方不算大,三个孩子又特别吵,你也快开学了,不如再等几年?哦,妈妈不是不想让你过来,妈妈的意思是,等这几个孩子长大点儿,你过来妈妈也可以多陪陪你。"

钱希西垂下失落的泪眸,故作不以为意地说:"……嗯,我明白,我其实就是想出去走走,真让我一个人飞去波尔多我还真怕,随便说说的,呵呵……"

这时,熊孩子的吵闹声又炸开了锅。

钱希西唯有依依不舍地结束通话,她把脸颊埋在双膝间,心口像堵了一块石头,咽不下吐不出,感觉快要窒息了。

与此同时,段燃接到钱妈打来的电话。

钱妈:"小燃,你打到我户头的钱,我会每月按时打给希西。等我带大身边的三个孩子,我会出去工作,到时候我会把这笔钱还给你。谢谢你对我女儿的关照。"

钱妈在三天前接到段燃的电话，段燃言简意赅地对钱妈说："物价飞涨，您打给钱希西的生活费，已经不足以支撑她的生活，所以我想与您做一个秘密交易，由此改善钱希西的生活质量。"

段燃："那些都不重要。我想冒昧地问一句，你撇下希西远嫁国外，真的幸福吗？"

钱妈："怎么说呢，在我看来，热爱法语的人，都是浪漫主义者，虽然带这三个孩子也时常让我感到焦头烂额，但好在现任丈夫是一位会制造浪漫的绅士，说实话，我感到很幸福。当然，我承认我是个自私的母亲，让女儿独自生活我也心疼，但看到她，我的心会更疼，因为希西与她的生父长得越发神似。我的前夫，以及我和前夫共同生活过的城市，都带给我无法磨灭的伤痛。"

段燃："这样的答案，我希望您是第一次也是最后一次讲，您是长辈我不想指责您，总之，您不管她，我管她。"

钱妈的声音变得有些颤抖，她长嘘一口气，说："希西刚才跟我说，她想出去走走，如果你有时间的话，麻烦你带她出去散散心。"

段燃沉闷地应了声，结束通话。

他用指尖敲打着桌面，思忖良久，拨通田店长的电话。

周五晚上，晚九点。

钱希西突然接到田店长发来的公干通知。

"现在？店长，您让我现在去机场？"钱希西蒙圈了。

"对，情况紧急，原定公干人员临时请假，你代替她公干三天，工资翻倍，马上出发，到了机场会有人举牌接你，接你的人会把详情告诉你。别忘了带身份证。"

"哦，是，好……那我收拾两件衣服马上去机场。"

刻不容缓，钱希西跳下床，拉开旅行袋一通塞：工服、工作鞋、工牌……

啊！田店长也没说去哪里公干？算了，看在工资翻倍的份上，去哪儿都行!

钱希西风风火火地赶到机场,刚走进大厅,一名女士急匆匆地将她拦下来"希西,你怎么来这么迟啊?赶紧,身份证给我,先去换登机牌。"

"啊,好。原来是秘书姐姐跟我一起公干呀?那我就放心啦哈哈!"钱希西取出证件,眼前这位女士是段燃的执行秘书,一来二去也算熟悉。

秘书小姐不予回应,换好登机牌又把她带到安检口,然后轻推钱希西的脊背:"快进去,与你同行的人在里面等你。"

"啊?男的女的?我认识吗?"她身后还有排队的人,唯有边走边问。

"认识,公干的原因他会告诉你。再见希西,一路顺风。"

"……"钱希西晕晕乎乎,怎么弄得跟逃难似的?

钱希西来到候机室,根本不需要东张西望,便看到"鹤立鸡群"的段燃。

段燃今日并非西装革履,而是身着复古牛仔裤与简约的休闲白衬衫,他颀长的身材以及出众的外表,引起不少女乘客的关注。钱希西怔怔地望着段燃,已经记不得他有多久没有穿过休闲装,但她认为他更适合这一类的穿衣风格,因为比较符合他本人的气质,慵懒颓废的外表下潜伏着一缕暗涌的暴戾,谁惹他、他咬谁。

段燃朝她勾勾手指,仿佛在说,看啥呢?快滚过来。

人生地不熟,钱希西只能乖乖地坐到他的身旁,嘟囔道:"和我一起去公干的同事,不会是你吧?"

段燃目视前方,随手将一个文件袋丢给她。

钱希西从文件袋里抽出几张 A4 纸,首页标题为——地区性市场调研报告。纸上打印着空白的表格,表格前方对应着需要填写的内容,譬如:20～25 岁女性使用哪类化妆品。

"哦,原来是做市场调查,这种小事儿需要你亲自跑?"

"我正好去那边参加个研讨会,到了地方我们分开行动,届时会有当地的同事和你一起走街串巷。"

"哦哦,好的。"这样就说得通了,钱希西收好文件,故作轻描淡写地问,"你的病……好了没?"

段燃严肃地说:"什么你你的?我们是去工作不是玩。我是老板,你是员工。所以最好不要跟我提道不道歉的问题,我也是迫不得已才跟你同乘一班飞机。"

"……"钱希西翻个白眼,索性不再搭理这个没事找事的大傲娇。

不过她心里还有一个小小的疑问,那就是——丽江不是久负盛名的古城吗?对于彩妆市场来说,那里会有不同凡响的购买力吗?

想完正经事,钱希西的眼睛又偷偷笑成月牙,常听人说丽江风景美如画,趁着公干一定要好好地欣赏一下吼吼!

跟老板出门就是爽,钱希西顺利蹭入头等舱。

段燃上了飞机就准备睡,钱希西则是在一旁叽叽喳喳地选餐:"要橙汁、沙拉、三杯鸡,饭后餐点要奶酪提子蛋糕,谢谢!"

"……"段燃用手指顶起帽檐,斜眼问,"你没吃晚饭?"

"你要明白,有时候吃不吃与饿不饿并没有直接联系。说白了就是馋了,想尝尝!再者说,不吃也没人退你钱啊,当然要吃!"她双掌一击,十分期待!

"瞧你那没出息的劲儿,我还少带你吃好的了?"段燃也纳闷了,一心想把她培养成懂得享受生活的女文青,她却在屌丝的路上执迷不悔。

"提起这事我更火大,明明是穷命,嘴巴却越来越刁,幸亏我还没穷到上街要饭,否则得捧着破碗问路人,有刚做好的鲍鱼吗?打发点儿咯!"

"我家有,你来吃。"

钱希西挑起半边眉毛:"干吗?段总监是在求和吗?"

段燃倏地压低帽檐:"爱来不来,求着你了?"

她瞪他的帽子一眼,摆正餐盘,大快朵颐。

四个多小时的路程在睡梦中度过,下了飞机还要坐一个小时的大巴。

窗外一片漆黑，两人索性接着犯迷瞪，然而，当一轮曙光冲破山顶，钱希西一下子就兴奋了！一边指向窗外美景，一边拉扯段燃的衣袖。

"段燃段燃！快起来看风景！美爆了！"

四周山峦叠起，云雾缭绕，湛蓝的湖水宛若通透的镜面，镜面映衬着拱形石桥，郁郁葱葱的树木，以及古色古香的屋舍，一景一物伴随晨曦复苏，它们是那样的悠然自得。湖面上还有头戴斗笠的渔民在泛舟，感觉穿越了一般！

钱希西喜出望外，拼命地摇晃段燃的肩膀，因为用力过猛，把他的衬衫扣子扯开两颗都不知道。

旭日东升，光芒越发刺眼，段燃眯眼望向窗外，发现钱希西完全不顾眼睛受不受得了，瞪大眼睛左顾右盼。他从脸上取下墨镜，径自架在她的鼻梁上："满脸眼屎，丑死了。"

"才没有！讨厌！"毕竟是男士墨镜，钱希西扶着眼镜腿儿，贴在车窗前尽情享受丽江带给她的震撼力。

"你好，你也是第一次来丽江玩吗？"坐在钱希西身后的女孩儿问。

"嗯啊，不过我不是来旅游的，我来出差。"钱希西立即与女孩儿攀谈起来。

"这样呀？我看你的同伴背着单反，还以为你们也是来采风的。"女孩儿晃了晃手中的相机，"那误会了，本想和你们搭伴儿进山，看来只能自己去喽。"

"单反？"钱希西抬起段燃的胳膊，发现真有一个长镜头的相机被他塞在座位的角落里。

"喂，你不是来开会的吗？有时间照相吗？"

段燃顺势把相机塞给她："当然没时间，所以你要拍好风景给我看。"

钱希西双手接住沉甸甸的相机，悄声问他："段总监，所以拍摄风景也算是工作之一吧？"

"废话，拍不好扣工资。"段燃一本正经地回答。话说他也真够累的，为了让她毫无负担地游山玩水，为了让她无所顾忌地与美景合影，他这

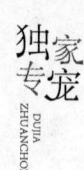

一路上基本是大谎言套小谎言。

他看了下时间,还有一个给钱希西安排的假同事,应该已经在酒店等他们了。

至于这位假同事的真正身份,是当地的资深导游,导游会按照段燃的雇佣指示,以同事的身份,带领钱希西前往最值得一去的景点,品尝最地道的美食。

"段燃!我们去住客栈吧!我听别人说,来丽江住客栈才能感受到真正的风土人情,还可以吃客栈主人做的早餐,感觉棒棒的!"

"你真当自己是来旅游的?"

"……"钱希西扁扁嘴,老老实实坐好,终于安静了。

段燃打开手机,偷偷给秘书发短信:订一家客栈,明天用,有早餐的那种。

秘书速回:抱歉段总监,我没听明白,什么样的早餐?最高标准的吗?

段燃哪知道钱希西指的是什么早餐,他默默地放下手机,干咳一声,问:"喂,酒店里不是也有早餐吗?有什么区别?"

"我也不太清楚,好像是自家做的米线面条什么的,不是自助餐。"

段燃若有似无地应了声,短信秘书:土著房东亲自下厨。

秘书:报告段总监,因为您订得比较急,条件好一点儿的已经客满,目前只有背包客常住的家庭客栈,您住得惯吗?

段燃:行,订。

秘书:是,一间房80元,有WiFi,可洗衣服可做饭,公用浴室。

"……"条件果然很恶劣。

结束交流,段燃睨向钱希西,她把嘴巴翘得老高,闷闷不乐。

看吧,一点儿不顺着她,她就甩脸子,还敢说她惯着他?

"不就是客栈,住住住,住到死也没人管你。"

钱希西微微弯起嘴角,挤眉弄眼地问:"算在公费里吗?"

段燃戳她脑门儿:"你是不是傻?酒店价格是客栈的五十倍都不止。"

"啥?!"她瞠目结舌一秒,又搓搓手鬼祟地商量道,"那我们去住客栈的话,省下来的钱能不能……"

"滚。"

"……"钱希西耷拉下眼皮,吃差价吃习惯了,忘了"同事"是老板。

抵达超豪华的别墅酒店,钱希西再次受到震撼,哇!简直像皇宫一样!

这时,一位穿装入时的年轻女人迎上前。

"段总您好,我是Q.E云南分部的销售部组长。我叫董甜。"她看着段燃不由得眼前一亮,哎呀,小鲜肉级别的!

段燃礼貌地打量这位导游小姐,不错,像模像样有那么点儿意思。

钱希西竖起耳朵探听,也就是说,接下来的日子她要与董甜一起工作。于是她走上前怒刷存在感:"董小姐你好,我是Q.E总部的销售人员,我叫钱希西。"

董甜四十五度鞠躬致敬,话说霸道总裁真会玩儿,追求女人还要借助工作之由,所以说,不管有钱没钱,真正的爱情一点儿也不简单粗暴。

既然是别墅,那么他们三个人就会住在一起。

"二楼以上是我的,你们在一层活动。"

语毕,段燃拎着笔记本回房。

段燃这一走,钱希西顿时尽情地玩了起来!

她举起相机,奔到别墅外,拍拍拍!

与此同时,段燃站在二楼阳台,俯瞰欢蹦乱跳的钱希西,微微扬起嘴角,看这傻丫头这么开心,也不枉他大费周章。

接下来,他真的要开始工作了,Q.E那边还有一大堆工作等着他远程决策。

董甜的任务就是全程照顾钱希西,她笑着跟来:"我学过摄影,我帮你照。"

"你真是大好人！不过，你千万别告诉段总监我跟别墅合影的事儿，否则他一定会说我拉低他的档次，给他丢人现眼。"说着，她站在别墅的正前方，微笑并且摆出胜利的手势。

"好的，你和段总监很熟吗？"

钱希西奔到复古风格的私人游泳池前，弓身又傻兮兮地摆出一个胜利的手势，答道："他说工作期间我只能把他当成老板，而我主要是来做市场调查的，哦对了，我们一会儿去哪儿调查？"

"现在才早上七点多，等吃过早饭再说。嘘，我告诉你，我是土生土长的丽江人，我先带你去好玩的地方逛逛？"

"真的？好好好！"

"哟你看！这相机的画质真棒，你难得来一次丽江，我一定要帮你多拍些美照。"

"常听人说丽江人热情好客，这回我可真信了！谢谢！"

"那是必须的，来者是客嘛，对了，我们这里有很多美食，好吃还不贵，我们就当吃工作餐了，怎样？"董甜完全按照段燃的"剧本"推动剧情发展，同时，从兜里取出一张信用卡，指了指屋里的"冤大头"，故意贼贼一笑。

新同事竟然跟她臭味相投？！钱希西点头如捣蒜，简直是完美！

哦，如果蒋学长能和她一起来就更更更完美了！

想到蒋学长，钱希西娇羞地笑了笑，自拍一张照片发上朋友圈，然后没羞没臊地借诗抒发情感：玲珑骰子安红豆，入骨相思知不知？

消息还没发出三分钟，蒋学长这个有眼力见儿的优秀青年竟然单敲她。

蒋哲洋：你出去旅游了？

钱希西：不算，出差，不过刚巧赶上来丽江出差，感觉好幸运呀！

蒋哲洋：哦，几位同事？安全吗？

钱希西：安全安全，我和一名外地的女同事一起工作，段燃正好来这边开研讨会,他财大气粗订了超豪华的别墅酒店,我和女同事蹭住。哈哈!

  蒋哲洋不知是去忙了还是没收到新消息,总之直到钱希西出门都没回复。

  钱希西不好意思打扰蒋学长,唯有静心等待。

  嗯,她要开心地玩,认真地玩,这样才能把丽江的美景记录下来与学长分享!

疑点重重

董甜带着钱希西一路吃喝玩乐,还去了万古楼等名胜古迹。董甜非常贴心,钱希西刚觉得有点儿口渴,董甜便买来饮料;她刚想与古迹合个影,董甜已经帮她选好最佳的拍摄地点;她想了解一下古迹的背景,董甜便滔滔不绝地讲解开来。钱希西体会到贵宾级的待遇,真不知道如何感谢董甜才是。

"甜姐,我请你吃饭吧!"

"不用不用,咱们来这些地方花不了多少钱,从公费里扣除就好。"

"可是你没义务带我吃喝玩乐呀,我心里过意不去。"

董甜笑着摇头,正欲开解,他们身旁路过一个手举小红旗的导游先生。导游先生拍了董甜肩膀一下:"行啊小甜,一对一服务?"

董甜的笑容顿时一僵,没有理会导游先生,拉起钱希西向下一个景点走去。

钱希西回眸凝睇,发现导游先生正朝她们这边挥手。

"甜姐跟那位导游认识?"

"哦,我常有朋友来丽江玩,一来二去也跟几个带团的导游混了个半熟脸,别理刚才那人,对我动手动脚很讨厌。"董甜自圆其说道。

钱希西起初也没多想,可是越往旅游景点的方向移动,认识董甜的人越多，那些人有导游、餐馆老板和商店的销售员，她隐隐感觉董甜是职业导游。

其实董甜兼职做导游也没关系，只要不影响本职工作就行，但是Q.E的管理制度非常严格，何况董甜自称销售部组长，根本不可能有这么多假期。钱希西的心里开始犯嘀咕，话说董甜对她的照顾确实过了点儿，不会是想……贿赂她吧？避免她在段燃面前打小报告，告董甜忙着赚外快从而玩忽职守？

如果真是这样的话，她可不能被小恩小惠迷惑，不能让段燃真当冤大头！

趁着董甜去卫生间的空当，钱希西左顾右盼，很快找到一位曾与董甜打过招呼的女导游。钱希西笑眯眯地走上前，旁敲侧击道："请问你接一对一的导游工作吗？"

女导游知道钱希西是董甜的客人，行有行规，所以她谨慎地问："接，按天算按小时算都可以，不过你不是有导游了吗？"

果然让钱希西猜中了，董甜果然是导游！

"是我一个朋友过几天要来，董小姐又不是专职做导游，恐怕没时间。"

"她不是专职？她干这行都十年了！你要说她活儿多得接不过来倒有可能，这样吧，我给你留一张名片，如果小甜没时间你再找我。"

钱希西耐着性子接过名片，然后怒气冲冲地去找董甜理论！

"你胆子也太大了吧？连Q.E的老板都敢骗？说！你究竟是谁？！Q.E真正的销售组长又在哪儿？！"钱希西把董甜堵在洗手间里，举起手机威胁道，"你如果不说实话，我就报警了！"

"别别别！我不是坏人！"董甜见钱希西已经开始拨打110，她焦急地喊道，"我是段老板专门给你雇的导游！他想带你出来旅游又怕你会有负担，所以让我谎称是Q.E的员工！"

"你说什么？"钱希西错愕相望。

/ 153

董甜长嘘一口气,一屁股坐在马桶盖上,坦然道:"我也知道快露馅儿了,一路上都有人跟我打招呼。其实我也欺骗了段老板的秘书,为了争取这个肥差,我告诉秘书小姐,我一直做私人导游,其实我是带团的导游。对不起钱小姐,我更对不起段老板,浪费了他的一片苦心。"

　　钱希西并未仔细听她在讲什么,回忆着这一路上与段燃相处的点点滴滴,仔细想来确实疑点重重。她没有察觉,倒真不是迟钝,只是她万万没想到他会为了带她出来散散心,便放下手头的工作,千里迢迢奔赴丽江。

　　钱希西感到五味杂陈,或者说在看待段燃这个人的性格问题上,她有了翻天覆地的改观。相识六年,她一直认为段燃是狂妄自大、不留口德的公子哥儿,如果不是发生这件事,打死她一百次也不会相信,他居然会是这般细心的男人。

　　他用他独特的方式帮她捍卫自尊心,扪心自问,他的道歉还重要吗?
　　不,再也不重要了。

　　董甜行事败露,打算主动拨打段燃的手机领罪。
　　钱希西却平静地说:"谢谢甜姐帮我介绍名胜古迹,你刚才说有个地方可以欣赏古城的全景,我现在想去。"
　　董甜一怔:"我欺骗了你,你不生气吗?"
　　"你骗我什么了?我怎么不知道?"钱希西歪头浅笑。
　　董甜心领神会,拉起钱希西的手,粲然一笑,扬声道:"出发!甜姐会使出浑身解数,让你嗨翻天!"
　　钱希西应了声:"嗯!还要多拍些美丽的风景照给段燃看,这是他作为老板提出的要求。"
　　两人会心一笑,手拉手奔向下一个景点。
　　途中,她们达成协议,为段燃的好意保守秘密。

　　华灯初上,玩疯的她们终于返回酒店别墅,钱希西还给段燃带了一份丽江的特色小吃。

她拎着小吃,鬼鬼祟祟地走上二楼。她见段燃的房门虚掩,一边敲门一边探进半个脑瓜儿:"段总监,我能进去吗?"

"你不是已经进来了。"段燃对着笔记本敲敲打打,完全没时间欣赏窗外美景。

钱希西迈着猫步溜进来,将小吃放在他的面前:"看!丽江粑粑!这是甜粑粑,这是咸粑粑!美味的!"

"……"段燃推远粑粑,"你们吃过晚饭了没?"

钱希西本想说品尝各种小吃目前很撑,但是从段燃的工作状态来看,他似乎还没吃?

"啊?我特意赶回来和你一起吃晚饭,你吃过了?"

段燃合上笔记本:"没,客厅有菜单,你去点菜。"

"我们出去吃吧?"

不待段燃拒绝,钱希西拉起他向屋外拖拽,可怜巴巴地说:"甜姐说要洗洗睡了,我又不敢一个人在外面乱闯,我们去吃正宗的钰洁腊排骨火锅。"

她不想让段燃把时间都浪费在酒店里,也想让他出去放松放松。

"未必每家都正宗,"段燃甩开她的手,"等一下,我叫秘书先订位。"

其实像这样的小细节,钱希西之前都不会注意,不过她现在已经知道段燃是个心思细腻的人,所以他的举动在她眼里变得特别温暖。

钱希西怔怔地望着他,他则是吩咐远在总部的秘书,立即搜找最正宗的腊排骨店。

似乎好像大概……他并不冷血,也不讨厌她。

秘书的办事能力极强,很快在酒店附近寻到一家老字号的腊排骨店,并且为他们订好了位子。

"当你的秘书还真是惨,24小时被你遥控。"

"没有几个老板会给执行秘书开到一月两万的薪水,午夜梦回都在笑。"段燃微扬下巴,理所当然地说。

"……"钱希西翻个白眼,段燃最大的问题就是态度,太欠揍了。

晚风拂面,他们走在古韵十足的街道间,客栈层楼叠榭,道旁垂柳依依,火红的灯笼从街头延至街尾,处处弥漫着浓郁的诗情画意。

环境可以改变人的心境,段燃不再步伐匆匆,他逐渐放慢脚步,体会这一份在繁华都市中无法感受到的恬静。

钱希西斜眼瞄他,见他紧蹙的双眉舒展开来,暗自夸奖自己的决定。她想,段燃的情绪就是绷得太紧,所以才会时常靠喝酒来解压。

"以后有什么不开心的事……跟我说说。"

段燃顿了顿,齿冷道:"无事献殷勤非奸即盗,今天肯定没少挥霍公款。"

按照以往的聊天走向,钱希西肯定会回:被你发现了,不吃白不吃!

然而,她今天却没有趁机承认"罪行",而是一本正经地说:"这里太美好了,我回去之后会努力工作,好好报答你。"

段燃敛起嘴角,故作反感地说:"报答个鬼,你原本就是来工作的,别墅也不是给你订的,是我要住才让你侥幸占到便宜,少在那儿自作多情。"

钱希西幡然醒悟,他真是一个口是心非的大傲娇。

"反正我是赚到了!这样吧,为了防止你又叨叨我,我帮你刷浴缸!"

"我已经刷过了。"

"啊?那我帮你熨衬衫?"

"服务员已经帮我熨好。"

"擦皮鞋?"

"鞋不脏。"

钱希西挡住他的去路:"那你给我安排一个活儿,否则我睡不踏实。"

段燃单手插兜,嘟囔一句"受虐狂",继而跨开一步从她肩头绕过。

钱希西朝他背影龇牙,拢手喊道:"要不这样,我原谅你!我们还是好朋友!"

他驻足，不自觉地弯起嘴角，背对她没好气地回："虽然我不认为我哪里有错，不过凭你的笨脑瓜儿能想通也不错。快点儿，那家店就在前面。"

语毕，他加快步伐拐入一家腊排骨店。

钱希西"扑哧"一笑，小跑步追去。

一进门，满屋飘香诱人至极，钱希西显然低估了自己的食量，胃口大开。

"嗯，要一大锅！四人份的那种！"她眼巴巴地看着服务员。

"……"段燃瞥她一眼，"吃这么多肉，不怕消化不良？"

"不怕，等吃完饭我们溜溜弯再回去。"

段燃挑起眉："你确定你要跟我一起散步？单纯散步？"

"嗯啊，怎么了？"

"没什么，吃你的吧。"

段燃低头抿了口茶，看来钱希西真的开心到忘乎所以了，她曾不止一次控诉，除了吃喝玩乐的部分，跟他出行太无聊。

而他与她的感受完全相反，因为她总是叽叽喳喳地说个不停，虽然她讲话基本没有重点且毫无营养，但足以让他从繁重的脑力工作中抽离片刻。这一点与他接触到的其他异性截然相反，他感觉别的女人都把他当成阎罗殿里的判官，因此她们在讲话的时候都要字斟句酌，仿佛一旦说错就会被他打入地狱似的。

接触到的人越是谨小慎微，他越要反复推敲其中的深意，无形当中形成一个烧脑的怪圈，能不累心吗？

"哇，太好吃了！别摆造型了快动筷子！"钱希西呼呼热气。

段燃放下茶杯，夹起一块腊排骨，尝了尝，果然味道不错。

"好吃吧？是不是特鲜美？"

段燃见她高兴得摇头晃脑，嘴角掠过若有似无的浅笑。

"可惜蒋学长吃不到，好可惜呀！"

他绷起脸，不咸不淡地说："反正这一大锅也吃不完，你可以给他快递过去。"

钱希西怒视："你不要总拿学长开玩笑行不行？人家可没开过你的玩笑。"

他索性撂下筷子："嘴长在我身上，不爱听你可以走。"

气氛瞬间凝滞，钱希西也放下筷子，无奈地说："你知不知道，你随便讲一句话，就可以把人逼到绝境？还是你希望我掉头就走？"

当然不是，段燃故作没听懂："怎么了你？我们平时不都是这样聊天吗？"

"是这样聊，但都是些杂七杂八的东西，没有牵扯蒋学长。你也知道我暗恋他很多年，他是我的男神，所以算我求你了，不要总是一副轻蔑的口气。"

段燃握紧五指，不动声色地凝视着她，良久，他缓缓地展开手指，拿起筷子："不说了，吃饭。"

钱希西抻长脖子凑近他："自当你答应了？"

"你喜欢的人，不代表我也要欣赏，不妨换位思考一下，你喜欢欧阳美瑄吗？"

"不喜欢。你喜欢？"

"我并不讨厌她，并且在未来很长的一段日子里，我和她要进行密切的商业合作，可是在你面前，我对这个人只字不提。现在你明白什么是高情商的表现了没？"

"……"钱希西咬着筷子尖，似懂非懂地点点头。

砂锅中的热气蒸腾，气氛也渐渐升温。

钱希西正在天南海北地瞎扯，段燃的手机在桌上振动起来。

电话是客栈店主打来的，因为段燃支付的订金从今晚开始计算，所以热情地询问他何时入住。

段燃想到钱希西提议的餐后散步,对店主说"今天太晚了,钱你照算,明天晚上过去。嗯,再见。"

"你在跟谁讲电话?明晚去哪儿?"

惊喜早爆出来就不算惊喜了,于是他顾左右而言他:"这里太吵,吃饱没?"

"嗯,快要撑死了。"

月光皎洁,波光粼粼,树叶摩擦着绿色的身体沙沙吟唱,一对对小情侣随意坐落,他们漫步在湖畔,耳旁时而传来窃窃的欢笑声。

钱希西羡慕向往,这才叫花前月下,如果她和学长也可以……真是浪漫。

因为过于专注情侣们互动,她没有察觉段燃停下脚步,导致脑门儿撞上他的手臂。

她刚欲发牢骚,发现段燃面前站着一个卖花的小女孩儿。女孩儿瘦瘦小小只有七八岁的样子,她从花篮中取出一枝玫瑰,笑盈盈地问:"叔叔,买枝花吗?"

"不。"

段燃面上无多余表情,他侧开一步,小女孩儿再次拦截,用稚嫩的声音卖力吆喝:"叔叔买一枝嘛!女朋友这么漂亮!"

"不需要,她不是我女友。"

小女孩儿语塞,正不知道说些什么,钱希西戳了段燃一下,指责道:"你怎么忍心对小孩子摆臭脸,再者说你怎么抓不到重点呢?漂亮才是重点好吗?"她把他挤到一边,弯身从花篮中取出一枝玫瑰,从兜里摸出十块钱递给女孩儿,柔声说,"我难得大方一回,拿好钱。"

小女孩儿抓抓头:"姐姐,钱不够,二十块一枝……"

钱希西一秒变臭脸,果断地把花放回花篮:"啥?我说小妹妹不带你这么坐地起价啊?你知不知道这种玫瑰在花市的批发价是一块钱!"

小女孩儿摇摇头倒退一步,感觉这位姐姐比较可怕。

"来来,我跟你说,我是看你可爱才买的,但你不能这么吃差价。"

钱希西的声音有点儿大,一位提着花篮的妇女跑过来,小女孩儿赶紧藏到妈妈身后避难。

"小孩子是不是说错话了?你真想要十块也行。"

"孩子没事,我就是觉得定价不合理,又不是情人节。"

妇女粲然一笑:"看你年纪也不大,八成还没谈过恋爱没收过花吧?都是这个价,没管你多要!"

哎哟,她在讨论买卖的合理性,卖家却在戳她的痛点,呜呜!

这时,几张毛爷爷丢入花篮。

"她不是没收过花,是不屑收花,我们家里有玫瑰观赏园,她看都看腻了。"段燃看向钱希西,颐指气使道,"就拿你刚才挑的那一朵。"

"……"钱希西扶额,最初买花的目的是为了献爱心,怎么掰扯掰扯成了炫富。

钱希西恨不得双手捧着这一枝玫瑰:"有钱也不是你这么任性的,好几百块买一朵破花啊?"

段燃不予理会,悠哉漫步。

钱希西越想越心疼,气得捶他肩头一下:"钱多也不能糟蹋,何况那对母女也不是真缺钱啊。"

"你已经唠叨一路了,还有完没完?"

"没完,我原本就生气,你不买还好,买了我更生气,凭什么要让奸商坑?"

"有多生气?"

"肺快气炸了,越想越亏!"

"你需要多久才能消气?"

钱希西懊恼地说:"估计这辈子都忘不掉。"

段燃故作不以为意地说:"挺好,这样你就会记得第一个送你花的人是谁。"

钱希西眯起眼，愤恨地说："你这什么破记性，本来第一个送我花的人就是你，还是一大束。"

"嗯？什么时候？"

"前年的情人节，那天的雪特别大，我卖完花已经打不着车，只能叫你来接我，你到了之后给我一顿臭骂。然后你为了达到气死我的目的，抢走我辛辛苦苦赚到的卖花钱，拿去给我买了一束巨大的玫！瑰！"钱希西捂住心口，她当时捧着那一大束玫瑰，坐在他车上哇哇大哭。

伴随她愤怒地表述，段燃有了些印象。当他赶过去接她的时候，她一个人站在冰天雪地的广场上，双手冻得紫红紫红的，真给他气炸了。惩罚守财奴的最好办法就是花光她刚赚到的钱，不过听到她嗷嗷哭，他心一软又把钱还给她。

"没人不让你自力更生，可你是要钱不要命。不治你治谁？"

钱希西朝他背影吐吐舌头，其实她也明白段燃发火的原因，只是他的手段能不能别那么凶残，当她看到真金白银又变成玫瑰，吓死宝宝了！

河上飘过一盏盏闪烁的河灯唤回他们的思绪。

"段燃！你看莲花灯……"

"你想放吗？"

"嗯啊。"

钱希西点燃莲花灯，小心翼翼地送入水中，双手相握叠在唇边，默默许愿。

放河灯是一种流传已久的祈福方式。精巧多彩的河灯承载着美好的愿望，小小的烛光犹如闪烁的星光，点亮漆黑的大地，何尝不是一种别样的浪漫。

"段燃，你也放一盏，虔诚一点儿。"

段燃意兴阑珊，随手将一盏河灯推远。

当河灯飘远，他看向钱希西的侧脸，发现她口中念念有词，似乎许下很多愿望。

"喂，你个贪心鬼，不要许关于钱的愿望。"

"我没有，我在祝妈妈、爸爸，段叔、段姨平安康乐。"她睁开双眸，笑靥如花。

烛光映红了她的双腮，照耀得大大的眼睛是那样清澈。段燃抚了抚她的头顶，她最可爱之处就在于，无论她的父母如何冷落她，她的心底始终没有恨，一个不懂得记恨的人，一定会收获更多的爱。

此时此刻，真想亲她……

情不自禁地，段燃靠近她的唇。

钱希西则是完全没有察觉他情绪上的变化，她掸掸双手，蓦地站起身："大功告成，回去睡觉咯！"

语毕，她旋身就走。

"你还在那儿磨蹭什么呢段燃，快点儿走，好困。"

"……"

他们步行返回酒店，钱希西哈欠连天地迈上台阶，一道高挑身影，令她呆若木鸡，登时清醒十二分！

"学……蒋学长？你怎么会在这里？"

情侣关系

钱希西看到蒋哲洋的这一秒,将段燃送她的玫瑰花藏在身后。这一个不假思索的动作,段燃看得一清二楚。段燃没有去看蒋哲洋的表情,也没有力气与钱希西说些什么,径直返回客房。

然而,段燃的率先退场,也没能顺利躲开这对异地相逢的男女。

钱希西把蒋哲洋带到别墅酒店的院子里,她跑回屋给他取来一瓶饮料,然后双双坐在游泳池旁边的藤椅上,聆听着大自然赋予的低吟浅唱。

"学长……你刚才说,你是特意来找我的?"她到现在还没回过神。

"嗯,其实我下午就到了,但你提供的线索仅限别墅酒店,我只能根据你拍的照片背景,一家家寻找。"蒋哲洋望向星空,"你一定会问我,为什么不直接问你就好,其实我也不知道自己究竟想怎么样,也许是在害怕吧,怕你不让我来找你。"

悠悠地,他看向钱希西,又垂下眸,轻声地说:"可是我不能不来,每当想到你和段燃在一起,我便坐立不安,我想,我确实是在吃醋。"

心声落定,他取出一个首饰盒,打开盒盖,盒子里躺着一条铂金项链,项链的坠饰由几枚音符组成,精致不失活泼。

"这条项链,我原本打算在上次晚餐的时候送给你,但没想到的是,会遇到段燃和他的朋友,所以想说的话也没讲成……"他注视钱希西的

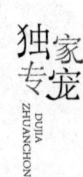

双眼,神情略显腼腆,"希西,你或许不喜欢音乐,但我希望,你喜欢这个热爱音乐的我。做我的女朋友,好吗?"

月光、项链、朝思暮想的学长以及梦寐以求的告白,一时间统统撞入钱希西的心房,她幸福得快要喘不过气来了。

蒋哲洋见她紧握着双手不予回应,他不由得感到焦虑。

"希西,是不是我的表达方式……太突兀了?如果吓到你,非常抱歉。"

"不不!不要道歉!"她焦急地摇头摆手,语无伦次地说,"我、学长,我真的没想到、没想到你会向我告白……今天、今天不是愚人节吧?"

她眨巴着一双迷惘的大眼睛,仿佛受到惊吓的白兔。蒋哲洋嗤笑,从首饰盒里取出项链,挂在指尖,谨慎地问:"我可以帮你戴上吗?"

"呃……嗯。"钱希西侧转过身,撩起长发。俄顷,一丝带着柔情的清凉垂落锁骨,她的心扑通扑通地狂跳着,指尖摩挲着音符形状的吊坠,悠悠地回过身,对上蒋学长那双含情脉脉的眼眸,她不禁羞涩地笑起来。

"项链,真的很适合你。"蒋哲洋托起她的手背,俯身轻轻地落下一吻。

钱希西紧张得浑身颤抖,她倏地捂住脸,唯恐被学长看到失控的表情。

蒋哲洋向她的身旁移动一格,笑着拨动她盖住脸颊的手指。钱希西却耍起调皮,绷着手指不让他拉下来,就在嬉闹之间,蒋哲洋无意间一抬头,看到站在别墅阳台上的段燃。

四目相对,段燃捏着一杯威士忌,面色冰冷,目光没有闪躲,注视着他们的一举一动,仿佛一只随时会发起进攻的猎豹。

蒋哲洋自然不怕段燃,甚至在笑容中带出一缕挑衅的意味。蒋哲洋放低视线,注视着用手指盖住脸颊的钱希西,揽过她的头,大胆地亲吻她的额头。

钱希西的心情真是一波未平一波又起,她把脸颊捂得更严,笨拙地表决心:"我会做个称职的女朋友,不让、不让学长失望……"

柔情蜜意的笑声弥漫在静谧的别墅花园里,段燃凝视着钱希西的身影，她始终没有抬起头，始终没有避讳任何人，脸上洋溢着幸福的笑容，似乎想与这个世界分享此刻的喜悦。

段燃倒退数步，眼底掠过无力的惆怅。

显然他为她预订的土著客栈，已经不需要了。

翌日清晨。

钱希西早早起身并且叫了三人份的早餐，因为再过一小时，蒋学长约她在酒店大堂见面！

"段燃，段大总监，段大少爷，起来吃早餐咯！"她站在楼梯口欢快地呼唤。

董甜迷迷糊糊地走出房间："别喊了钱小姐，段总已经离开酒店。"

"啥？！什么时候走的？不可能吧！"钱希西一路小跑奔上二楼客房。果不其然，他的房间门大敞四开，屋内空空如也。

董甜啃着面包片，说："刚才我接到段总秘书的电话，她说段总有要事必须马上赶回总公司，哦对了，段总离开前付了三天的房费，你接着住你的没问题。至于我的费用也已经提前结清，其中包括你的机票钱和接下来两天的导游费，啧啧，段总对你真是没话说，羡慕嫉妒恨啊。"

钱希西惊诧不已，匆匆拨打段燃的手机，但回应她的是"关机"。

"甜姐，段燃几点离开酒店的你知道吗？"

"不知道，可以问问前台，反正最早一班飞机在凌晨五点左右，"董甜看了下时间，"段总目前应该在飞机上。"

董甜看她一副惶惶不安的模样，拨打服务台电话询问段燃离开的时间，服务人员查到的时间是凌晨2点45分。听罢，钱希西笑容全无，她心神不宁地坐在楼梯上……不管事件有多紧急，他也应该打声招呼再回去。她想到他一个人孤零零地坐在候机室等飞机的画面，心里有种说不出的滋味。

因为段燃突然离开，钱希西高涨的情绪也被拉低不少。她原本打算吃完早饭好好打扮一下再与蒋学长见面，此刻连化个口红的心情都没了，她坐在酒店大堂的沙发上，一边等待蒋学长，一边不停拨打段燃的手机。

片刻后，一大束玫瑰花呈现在钱希西的眼中，浓郁的花香唤醒她的感官，她望向温柔的蒋学长，羞答答地接过花。

"我们出去逛逛？"蒋哲洋摊开掌心。

钱希西用笑容掩饰郁闷的心情，把手搭在他的手中。

他们十指相扣，漫步在薄雾缭绕的街道间。清新的草香洗涤着繁杂的心境，钱希西逐渐恢复常态，笑着指向一间客栈："这种小客栈看上去很赞啊，我本来想住这个，感受当地的风土人情，可惜段燃有洁癖，尤其像洗手间那种地方必须一尘不染，所以他根本不考虑住客栈。"

"你想住吗？我陪你住？"

"啊？我和学长？"钱希西怔住，满脑子都是同一间房，会不会太快了？！

蒋哲洋看出她理解错误，解释道："我是说，开两间房。"

"……哦，算了还是不要麻烦了，何况段燃在离开前付了住宿费。"

"离开？回去了？"

"嗯，公司有事，他必须马上返回去，今天凌晨就走了，可能是遇到棘手的事了，否则他不会连声招呼都不打就离开。"

蒋哲洋若有所思地应了声，想到昨晚他与段燃对视的一幕，蒋哲洋以为段燃会如往常一般与他针锋相对，但是段燃并没有给出任何反应，这是不是代表，段燃终于承认出局了？

正思忖，只见钱希西奔到一个贩售纪念品的摊位前。

她笑盈盈地托起一个七彩鱼布艺挂件，然后习惯性地喊道："段燃，你快过来看，这个好漂亮！"

话音未落，她已经意识到叫错人名。她尴尬得恨不得找个地缝儿钻进去："对不起蒋学长，我……"

蒋哲洋故作不以为意，走上前，笑着说："喜欢就多选几个，送给你的朋友们。"

钱希西暗自舒口气,赶忙低头挑选布艺纪念品。

挑选期间,摊主为钱希西介绍了布艺上描绘的文字,这种文字叫作东巴文。东巴文甚至比甲骨文还要原始,西藏东部以及云南北部的少数民族仍在使用该种文字,因此东巴文又被称为"目前世界上唯一活着的象形文字"。

东巴文的神秘与珍贵使得钱希西连连赞叹,她当即买下一大堆绘有东巴文的布艺商品。

很快到了吃午饭的时间,他们路过一家腊排骨店,蒋哲洋驻足,问她想不想吃。

"好呀,我昨晚和段燃吃的就是这个。因为太美味,我当时就在想,如果学长也能吃到这种美食该有多好,没想到今天就梦想成真了,嘿嘿。走吧学长……"

她牵着他走向迎宾门,却发现没能拉动学长?她回眸凝睇:"怎么了?"

"哦,既然你昨天刚吃过,我们先尝尝别的,反正美食不止一样。"

钱希西内心小鹿乱撞,学长真贴心。

丽江的牦牛火锅也是相当出名,于是他们选了一家客人较少的餐厅。等待上菜的工夫,钱希西低头摆弄刚刚买来的挂件。

"希西,你在笑什么?"蒋哲洋好奇地问。

"啊?我在幻想朋友收到礼物的样子,收到礼物的人如果高兴,我也会很高兴。"

"哦?你都要送给谁?说来听听?"

"好,不过学长不要嫌我贫哦。"她一手拎起一个大号挂件,解说道,"这个写着'富贵荣华'的挂件送给段姨,希望段姨开开心心、衣食无忧;写着'寿比南山'的挂件送给段叔,刚巧段叔快过生日啦,我觉得这样礼物很有意义!"她又从塑料袋中取出一个样式独特的彩鱼小号挂件,"这个'出行平安'送给段燃,他因为工作原因常要出去应酬,应酬就得喝酒,段姨对他的安全问题十分担忧,担心他喝完酒自己开车,更担心他喝完酒跟人发生口角,唉,要说起来,他的脾气真的很火爆,但也不能全怪他,还不是让我们给惯的。哦,还有这个,是送给我的好闺密张佳云的……学长?你不舒服吗?"钱希西把挂件放回袋中,关切地注视着蒋哲洋,学长的脸色似乎有些阴郁。

蒋哲洋缓慢地摇下头,沉默良久,缓缓情绪,说:"希西,你的口气,会让我误以为你是段家的一分子。"

他们独处几小时,钱希西不管看到什么好东西,吃到什么美食,都会提及段家人,尤其当她提到段燃的时候,竟是滔滔不绝。

钱希西显然没听出弦外之音,她笃定地应了声:"是的,段家二老待我像亲生女儿,不管我日后会去哪里,只要二老想我了,我会马上回去见他们。"

"那段燃呢?你把他当成什么?哥哥吗?"

钱希西怔了怔:"他虽然大我几岁,但没有一点儿兄长的样子,任性起来也就三岁大,我想我和他……算是好朋友吧!"

段燃做过的最任性的事,就是不让段姨认她当干女儿,仿佛谁要跟他争夺母爱似的,就差急得满地打滚了。

提到段燃,钱希西取出手机继续拨打他的号码。

蒋哲洋看在眼里,欲言又止,故作若无其事地帮她夹菜。

他安慰自己,慢慢来吧,毕竟在她最无助的时候,是段家人给了她温暖,因此,他要做的不是让她远离这一家人,而是要付出更多的关怀,从而让她踏实放心地把自己交给他来照顾。

两天后,钱希西圆满结束丽江之旅,与蒋学长甜甜蜜蜜地坐上返回的飞机。

飞机即将起飞,空姐见钱希西仍在拨电话,立即上前提醒中断。

蒋哲洋握了握她的手,宽慰道:"别太担心,段燃是成年人,他可以照顾自己。等下了飞机,我先送你去段家,嗯?"

钱希西默默地应了声,自段燃离开已经过去整整两天,她居然死活打不通他的电话。她越想越害怕,于是又把电话打向段宅。段姨的回答总算让她稍感安心,但段姨也没见到段燃的影子,说他这几天都留在公司总部忙项目。钱希西又把电话打到总部,秘书小姐则是告诉她,段总监在开会没空接电话。钱希西拜托秘书小姐告诉段燃,让他忙完给自己拨个电话,然而等了又等,却是毫无音讯。

段燃在搞什么,真忙得一分钟不得闲?

经过四个多小时的煎熬,终于在晚上九点前赶到段家。

蒋哲洋的意思是在门外等她,再送她回家。

"学长,我好久没见到段叔段姨了,可能会聊到很晚,你也坐了几个小时飞机肯定累坏了,你先回家休息,我们晚一点儿通电话?"钱希西说。

蒋哲洋虽不情愿,但不想给她太大压力,于是接受她的提议,先行驾车离开。

钱希西站在道旁目送蒋学长离开,嘿嘿不对,是男朋友。

她揣着给段家二老买的礼物,欢蹦乱跳地走入段家。

一进门,发现二老坐在沙发上唉声叹气。

"叔叔阿姨,你们怎么愁眉苦脸的?"她放下旅行袋。

"哟!希西,你来得正好,段燃那孩子快要气死我了,这才刚出院没多久啊!"段妈无暇寒暄,把段燃的"罪行"一股脑儿倒出来。公司与家之间的车程不到一小时,可是段燃三天没回家。段妈特意给他煲汤,他却只是淡淡地说,让司机把换洗衣裤送到公司。

其实一个大小伙子隔三岔五不回家也不稀奇,但诡异的是,段燃的态度,好似不想见亲爹亲妈似的。

段爸抿了口浓茶,说:"哎呀,你这老太婆先让希西坐下歇会儿,儿子虽然没回家住,但也没做什么坏事吧?我那时候忙项目也常住在办

/ 169

公室啊，怎么就没见你这么担心我？"

"这能一样吗？你不回家但是天天给我打电话，儿子是连个电话都不打，我打过去还叫他的秘书给截了！不行，我明天得去公司看看他，别是出什么事了。"

"呸呸呸，你就不能盼咱儿子一点儿好？我警告你，你可别去，这叫别的股东瞅见你风风火火跑去公司只为看儿子一眼，肯定会有不安好心的人说段燃没断奶！"

"什么话，我生的儿子我去看看怎么了？！"

"我跟你说了没事，新研发的婴儿护肤品即将投入市场，他不把关谁把关？你就别瞎操心了哎哟。"

不待段妈反驳，钱希西倏地站起身："叔叔阿姨，我是Q.E的员工，我现在去公司找段燃，等我消息。"

话音落定，不容二老客套，她疾步奔出段家。

段燃的行为果然不寻常，今晚必须见到他！

晚十点，钱希西气喘吁吁地出现在Q.E总监办公室的门前。

办公室外围漆黑一片，只有段燃的办公室里泛起昏黄的微光。

她深吸了口气，拧动门把手，所幸房门没锁，她顺利进入办公室。

平日整洁的办公室，如今竟是混杂一片。办公桌上堆积着高高矮矮的婴儿护肤品，茶几上摆放着没动几口的盒饭，再看段燃，穿着西服和皮鞋窝在沙发上睡觉。钱希西蹑手蹑脚地靠近他，发现那么注重仪容仪表的他，居然胡楂满腮？

见状，钱希西颇感震撼，真有这么忙？忙到连刮胡子的时间都没有？

不过，只要他安然无恙，她也就放心了。

周遭静谧，她听到滴水的声音，闻声走去，推开私人盥洗室的玻璃门，只见水龙头滴滴答答地流着水。她走上前拧紧水龙头，发现盥洗池里泡着袜子和领带？

……这两样东西泡在一起洗真的科学吗？！

还有，他什么时候自己洗过这些东西？这是打算在办公室长期奋战怎么的？

钱希西无奈地吹了下刘海儿，挽起袖口，然后关上盥洗室的玻璃门。

钱希西在盥洗室里忙乎一小时，走出来的时候抖开一个垃圾袋，轻手轻脚地收拾空啤酒罐和吃剩下的盒饭。

这时，摆在桌上的手机突然振动开来。屏幕一闪，钱希西看到他手机屏保的图案，她不由得愣怔，没错，屏保图片，居然是她的照片！

段燃双眼紧闭，轻车熟路地抓起手机接听。当他结束简短的通话，正欲翻个身接着睡的时候，惊见钱希西就在他的对面。

他瞬间惊醒，猛地坐起身，诘问道"你是鬼啊？！什么时候进来的？"

钱希西盯着他的手机，干咳一声回过神："刚刚，我打你的电话一直关机，下了飞机我去你家找你，段姨也说你成了不回家的野孩子，为了避免段姨担心，我过来看看你死了没。"

段燃掐了掐昏沉的头，不耐烦地说"现在看见了？我好得很，赶紧走，别在这儿影响我工作。"

钱希西默不作声，继续收拾垃圾。

段燃踢了下茶几："我说你怎么这么难缠？把你拉入黑名单还追到这儿来了？"

钱希西脊背一僵，匆匆取出手机拨打他的电话，果然他的手机毫无反应。

她重重摔下垃圾袋，愤懑地吼道："你倒说说我怎么你了？！你居然为了不接电话把我拉入黑名单？你知道我这几天给你打过多少通电话吗？！你怕我影响你的工作完全可以直说，我宁可听你说'滚远点儿'，也不想彻底失去联系，段燃你个浑蛋！为什么非要采取这种方式让我担心啊？！"

原来她的担忧全部是多余的，他的目的只是不想被她烦？！

段燃烦躁地撇开头，他没想过她会不会担心自己，只是不想听她喋

/ 171

喋不休地分享她和另一个男人的爱情故事。

钱希西抓起一双卫生筷砍向他:"你这次真的太过分了!好!你不想理我是吧?我还不想理你呢!你就一个人窝在办公室等着发霉好了!"

语毕,她悻悻离去。

钱希西一路奔出 Q.E 大楼,一边疾走,一边擦泪。

然而走出没多远,一辆跑车超越她的步伐,车轮在她的正前方戛然而止。

钱希西见段燃从车上走下来,她立即掉转方向疾行。

段燃一把拉住她的手腕:"太晚了,我先送你回家。"

"滚滚滚!用不着你假好心!"她愤愤地甩着手腕,无奈她的力量无法与段燃抗衡,她被动前行,被他生拉硬拽拖上车。

车轮疾驰在宽敞的路上,她撇向窗外,任由泪水无声流淌。

段燃一手握方向盘,一手从手机的黑名单里将她的号码拉出来。

"你看,已经解除封锁,这几天确实太忙。"他把手机递到她的眼前。

钱希西用力地拍开他的手机:"随便你,反正我以后也不会主动给你打电话。"

"干吗把话说这么绝?你没看到我忙得连胡子都没刮?"

见她不予理会,段燃趁着等红灯的工夫,戳她后脑勺儿:"我承认,是我的做法有点儿问题,气一会儿得了?"

钱希西扒拉开他的手指:"别碰我!讨厌鬼!"

"行,我讨厌,那你怎么着才能消气?"

"你给段姨打个电话,别让她担心。"

"行。"

"行什么行?现在打啊!"

"……"段燃戴上蓝牙耳机,拨通家里的电话,"妈,是我,嗯,我和希西在一起……嗯,我很好,就是忙,嗯,我明天回家。哦……稍等……"

他把耳机摘下来，径自戴在她的耳朵上："我妈要跟你说话。"

钱希西白了他一眼，擦擦眼泪，缓缓情绪，使用甜美的声音与段妈交谈。

"阿姨，嗯，段燃挺好的，经过观察，他确实是忙没有其他原因。嗯，他正送我回家，哦，是吗？叔叔很喜欢我送的彩鱼挂件吗？嘻嘻，喜欢就好，我挑了好久哦，嗯，阿姨早点儿休息，晚安。"

她笑盈盈地结束通话，只见段燃摊开一手摆在她的眼前。

"我有礼物吗？"

"还有自己伸手讨礼物的？不知羞。"她怒瞪一眼，从兜里取出一个小挂件，放在他的掌心。

一个小小的鱼形布艺挂件躺在他的手心，他不由得嗤之以鼻："就这破玩意儿？"

"我特意给你选的'出入平安'，挂在车上多可爱啊，是一份心意，不要拉倒！"她伸手去抓，段燃则是握紧五指，专注驾车。

"喂，消气了没？"

"没！"钱希西双手环胸，怒哼一声，"想想我这些天为你提心吊胆，就觉得特别不值，我决定了！一个月都不理你！"

"说得跟真的一样，你摸着良心问问自己，每天担心我的时间超过3分钟吗？"

"段燃！你一声不响地离开，打你电话又是关机，就算是认识几天的人都会担心吧？何况我们认识六年，你不会以为我是见色忘友的那种人吧？！"

"见色忘友"四个字明确地定位了他们三人的关系。蒋哲洋是她的男朋友，而他段燃只是她的普通朋友。

一脚急刹车，车子停在路旁。

"下车，我还有事要赶回公司。"

再往前开一千米就是钱希西的住所，她解下安全带，拉开车门刚要下车，段燃又说："我尊重你的决定，一个月不要联系。"

钱希西搞不清他又在犯什么轴，不过这样也好，他确实需要吃点儿药治治日趋严重的"更年期"综合征！

车门咚的一声摔阖在他的耳畔，他疲惫地倚在椅背上，顺手打开远光灯，为她照亮返家的小巷。

不知在车里坐了多久，似乎，曙光亮起来了，鸟儿叫了，来来往往的车辆从他的余光里穿行而过，他悠悠地抬起手指，将鱼形小挂件挂在后视镜前，又坐直身体，仔仔细细地摆正挂件。他看着鱼儿垂在镜前轻盈摇曳，就那样盯着看了一小时，脑袋是空的，心情是乱的。

扪心自问，能不能大度地面对她的恋情，能不能？

段燃顿感头疼欲裂，他晃了晃嗡嗡作响的头，踩大油门开回公司。

回到办公室，他一边走向盥洗室，一边脱去西服，准备冲个澡继续工作。他打开盥洗室的门，发现里面挂着一排洗干净的白袜子。

显然，这些袜子不是保洁员清洗的，因为他不允许陌生人进入他的私人盥洗室；显然，这些袜子也不是他在睡梦中清洗的。

显然，是钱希西的劳动成果。

可他在几个小时前，气哭了她，又对她说一个月不见。

段燃站在盥洗池的前方，从裤兜里掏出手机，指尖摩挲着她的电话号码……不是不敢打，是不知道该说些什么，毕竟那个阴晴不定的人一直都是他。

他无意间微抬双眸，看到镜中的自己。三天来，他没有离开办公室半步，一切事务皆用电话遥控，他用所谓的忙碌压迫着自己，没时间照镜子，无暇刮胡子，甚至连头发都懒得梳理，颓废得像个野人。

但，真有那么忙吗？他知道没有，只是不想让脑子停留在工作以外的事情上。

段燃指向镜中的自己，磨磨后槽牙，反感地说："瞧你那样儿，人不像人鬼不像鬼，难怪希西讨厌你！"

22 不同体验

钱希西盯着账本唉声叹气，近期因为常与蒋学长见面，收入几乎等于零，就算在约会的行程中不用她花一毛钱，但难免影响到网店生意。毕竟她还没跟蒋学长熟到无所顾忌的地步，所以不好意思在约会途中立即与买家进行交流，而买家可没闲工夫等你回到家再聊，一个店小二不理你，还有千千万万个店小二翘首以盼。

敲门声响起，钱希西会心一笑，蹦蹦跳跳地上前打开门。

张佳云应邀而来，两人见面先是一个大熊抱。

"怎么样，在丽江玩得开心吗？"张佳云问。

"开心，景色太美了，这是送你的小礼物，你先歇一会儿，我先订餐，想吃啥？"钱希西送给闺密一条布艺手链。

"谢谢，蛮好看的嘛。"张佳云戴在手腕上展示，说，"我们出去吃吧，顺便看看能不能找份兼职做做，马上要开学了。"

果然是惺惺相惜的好朋友，钱希西愁眉苦脸地说："我最近也是穷得想哭，得为开学攒点儿钱。"

"你不是在Q.E上班吗？"张佳云挑眉坏笑，"还是为了和学长约会，豁出老本儿买了很多衣服？"

提到蒋学长，钱希西甜蜜傻笑："衣服多多少少也要买一些，还有饰品鞋子什么的，总穿那么几件总归不好。"

张佳云挤到她身边："喂，你跟蒋学长发展到哪步了？"

"牵手。"

"嘛玩意儿？！正式交往半个月了，仅限牵手？kiss都没有？"

钱希西戳她额头："交往半个月很久吗？你不要把男女朋友搞得跟快餐一样好不好，而且kiss这种事也要看气氛，我和学长通常是白天见面，看看电影吃吃饭，学长的个性又比较腼腆，牵手都不是很常发生。"

张佳云难以置信地咂咂嘴："那我认识的男生为什么都那么直接？恨不得先kiss完才问要不要交往，看来我还是喜欢这种，不喜欢你那种慢节奏的，说心里话，你着不着急？"

钱希西一笑置之，张佳云问："最近怎么没听你聊起段家大少爷？你们不是一起去的丽江吗？不会还没和好吧？"

钱希西龇牙："他就是个神经病！别提他了，本来心情好好的。"

自从那晚匆匆分别，他俩一直没有联系，段妈倒是给她打过电话，告诉她段燃每天都会按时回家吃饭，也叫她过去吃饭。钱希西当然想见段爸段妈，可是见到段燃又会尴尬，他真是她追求亲情路上的绊脚石。

……

她们吃完麻辣烫，沿着商业街瞎溜达，找找哪家需要聘请短期工。

然而，从街头找到街尾，也没有合适她俩的工作。正沮丧，张佳云的手机收到一则面试通知。

张佳云惊喜一笑，狂拍钱希西的肩膀："没想到这个招聘广告居然是真的？我原本瞎投一份简历没抱希望来着，走走，咱俩一起面试去！"

"什么工作让你这么兴奋？"

张佳云笑得故作神秘："你还怕我卖了你啊？反正跟我走就对了，保证刺激！"

语毕，她拉起钱希西跳上公交车。

下了车，张佳云带着钱希西七拐八拐才找到面试的门店。这家小店从外观上看酷似一间酒吧，走进去也是灯光昏暗，放眼四周，可以看到一个个类似桑拿箱的隔断小房间，房间里隐约飘出女性的哭声或者笑声。

"这是什么鬼地方？"钱希西一边跟随张佳云走上狭窄的楼梯，一边搓搓手臂，心里毛毛的。

抵达二层阁楼，灯光豁然明亮，明显是办公地点。

墙壁上挂着一条横幅——欢迎来到"伴侣体验"中心。

见到这几个明晃晃的大字，钱希西拔腿想跑，却不幸被张佳云拽住："不是你想的那样！一点儿都不限制级！"

"都伴侣体验了！你确定不是色情服务吗？"

"废话！要是那种玩意儿我也不会来，这家店的老板在等我们了，走吧。"

张佳云拽着钱希西推门而入，很快见到一位女老板。女老板三十出头的年纪，邋遢的造型有点儿像包租婆。

女老板叼着烟卷，懒洋洋地朝她们打招呼："随便坐，冰箱里有饮料，要喝什么自己拿，你俩都是来面试的？"

"是的，我朋友刚巧也有空，所以我带她一起来试试。"张佳云的态度落落大方。

女老板似乎看出钱希西在提防，嘬口烟笑着说："你别看我这样，其实我三观好正好正的，其实说白了，这就是一份陪客人聊天的工作，没任何肢体触碰，如果谁敢动你一根指头，我砍他全家！"

"……"钱希西打个冷战，"请问，工作的性质是？"

女老板掐灭烟蒂，开始正式介绍工作内容。有一句老话，家家有本难念的经。不管是丈夫还是妻子，都会因为各种各样的原因发生矛盾。在离婚率、出轨率持续增高的现今社会，许多人会选择网聊发泄情绪，也就是所谓的红颜或者蓝颜知己，但是单纯的聊天很容易变质，最终导致家庭破裂。所以女老板想到一种新型的解压方式，就是让客人体验一下与自己伴侣截然不同的伴侣。无论男女，都属于猎奇类的动物，如果丈夫娶到温柔腼腆的妻子，会幻想泼辣或者逗比的女性会是怎样一种体验；如果妻子嫁给循规蹈矩的丈夫，会幻想与痞味十足或者幽默的男性聊天会是怎样一种感受。简而言之，就是角色扮演。客人需要你扮演成什么类型的角色，你照着老板娘提供的剧本演绎就行。人生百态，体验一下不同种类的异性，未尝不是一种有趣的体验。客人可以自由选择露脸或者戴面具、或是用变声器改变声音，也可以对着角色扮演者咆哮或者哭诉，但不管怎样，绝不能做出越轨之举。

钱希西听是听懂了，但感觉实际行动起来仍有诸多问题，她问："如果客人要求我讲笑话逗笑他，但他一直觉得不好笑怎么办？"

女老板爽朗一笑："你想太多了，其实大部分客人不需要你讲话。"

"啊？嘛意思？"

女老板又点起一根烟，吐了个烟圈，解释道："现在的男性从小受到的教育是家里男人说了算，你们这些未婚的小女生不要以为婚姻生活会像韩剧里演的那样，长腿欧巴样样行，实际情况是常会因为钱而争吵。买车买房养孩子，说白了就是说丈夫撑不起一个家，在外没本事，在家还想指点江山，自然不可能称心如意，说啥都是错能不伤自尊吗？于是他们宁可在外面喝闷酒也不愿意早回家，这人若是压抑久了能不出事儿吗？假设，现在有一个年轻漂亮的女人，以妻子的身份，安静地聆听他的心声，是不是可以大大地缓解心理压力？"

钱希西与张佳云面面相觑，貌似有点儿道理。

"换句话说，就是被客人骂？"

"未必是骂，也有吹牛啦，发牢骚啦，什么类型都有，客人说什么你都说对，并且回以崇拜的眼神，让客人重拾男性自信就行。这样吧，距离下一个客人的预约时间还有半小时，这个客人的要求比较有趣，需要你把他当成国民老公王×聪。你俩谁是他的狂热粉丝？"

钱希西连国民老公是谁都不知道，只见张佳云自告奋勇："我熟，我来！但是我想先知道，您能付我多少钱？"

"就是单次结账,如果客人没有投诉你的话,就跟招聘广告上写的一样,一小时一百。有活的时候会提前通知,没活儿的时候也不用在这儿待着。"

哇!钱希西立刻露出星星眼,太好赚了!

钱希西走下楼,趴在张佳云进去的那间隔断门前偷听。

男:"我们公司有个老娘们儿打我小报告。"

张佳云:"老公别爱她!她是故意的!就是为了引起你的注意!"(王×聪微博评论区出现率极高的不理智内容之一)

男:"不是吧?我长得很一般啊。"

张佳云:"胡说!除了我聪!其他人都是屌丝脸残怪!"(不理智之二)

男:"喂,我不就是有点儿钱吗?你稍微冷静点儿,ok?"

张佳云:"胡闹!我爱的是你的人!让我养你!跪求!"(不理智之三)

"……"钱希西的鸡皮疙瘩掉了一地,节操在哪里。

二十分钟后,一个把帽檐压得很低的中年男子率先进入"桑拿箱"。待他准备就绪,钱希西壮着胆子走了进去。

一进门,她只能看到大叔下撇的嘴角。

"您好……"

猝不及防,大叔拍得桌子哐哐作响!

"我让你说话了吗你就说?!给我坐下——"大叔厉声咆哮。

"……"钱希西缩缩肩膀坐到男人的正对面。

大叔估计是气疯了,瞬间进入角色,简直就把钱希西当成他家的母老虎。

"我昨晚不就是晚回家半小时吗?你至于跟疯狗似的吼个不停吗?!我跟你说,我忍你很久了,如果你再用苍蝇拍打我的脸!我、我

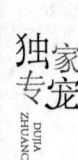

就跟你离婚!"

"……"钱希西低头玩着手指头,嘀咕道,"苍蝇拍打起来……还好吧……"

"是电蚊拍好吗?!闭嘴,我叫你给我闭嘴你是不是聋了?!"男人气得上气不接下气,索性站起来嚷嚷,他仿佛像机关枪扫射一样,把他妻子的恶行逐一列举。

钱希西表面配合着点头认错,内心吧,还真有点儿同情这位大叔,他老婆也怪狠的,对大叔的心灵和肉体造成一万点暴击伤害:拿脚踹、皮带抽、扫把打等。大叔情绪异常激动,撩起衬衫展示背部的伤痕。钱希西龇牙咧嘴神经疼,大叔的后背青一块紫一块的,什么仇什么怨啊?

大叔整整倾诉两个小时,钱希西基本负责聆听,并且做到聚精会神地聆听,大叔感受到许久未体会到的尊重,情绪逐渐稳定,满足离去。

女老板从抽屉里取出四百元,两百给张佳云,两百给钱希西。

"今天表现都不错,两位客人给了你们五星好评加 32 个赞,再接再厉!"

张佳云充当狂热粉丝,喊得嗓子都哑了,不过这会儿看到红艳艳的毛爷爷,顿时腰不酸嗓子也不疼了!钱希西同样如此,甩着两百元欢蹦乱跳,太棒!

"老板老板,什么时候还有工作?"钱希西主动问。

张佳云嗤笑:"让你跟我来的时候你还不肯来!这会儿看出谁对你最好了吧?!来来,咱俩跟老板合个影,纪念一下今天的丰功伟绩啊。"她取出手机,钱希西与她挤到女老板身边,三人头挨头贴在一起,她俩举着赚到的钱,咔嚓合影!

……

"哎呀走路别玩手机。"钱希西提醒道。

"马上,我发个朋友圈。"张佳云把刚刚拍的三人合影发至微信朋友圈,附赠一句——姐妹花好厉害!大餐我们来喽!

与此同时，段燃捏着手机，目不转睛地盯着张佳云发在朋友圈的合照。

那个叼着烟的女人是谁？钱希西的手里又为什么捏着钱？

他不由得蹙紧双眉，幸好上次在医院加了张佳云的微信，否则还没渠道知道钱希西近期又在瞎鼓捣什么。

等等，这死丫头是不是为了赚钱，干起歪门邪道的勾当来了？！

23 抓现行

晚九点,钱希西接到女老板紧急呼叫的电话。

"客人预约明天下午?需要我骂他?可是我……不擅长教训别人,尤其是一个大男人。要不我问问张佳云有没有空?……哦,您给她打过了呀?她明天没时间吗?……嗯,老板明天见。"

钱希西与女老板愉快地结束通话。然后给张佳云发微信,问她为啥有钱不赚?

张佳云:我明天要和我男朋友出去玩儿,你要是感觉勉强……就别去了。

钱希西看着刚赚到的两百元,思忖片刻还是决定试试,但愿客人的要求不要太高。

翌日下午,钱希西准时抵达小门店。

女老板坐在吧台喝酒,朝她指指里面,示意客人已经到了。

"您看到客人的长相了吗?多大年纪?凶不凶?"

女老板摇摇头:"他进门的时候就戴着帽子、口罩和墨镜,不过听说话声应该不超过三十岁,总之一句话,他想让你怎么损他你就怎么损,千万别留面子。"

钱希西点点头,话说这年头的奇葩还真多,花钱找骂也是醉了。

她站在门前调整呼吸,谨慎地敲门走入。

男人裹得很严实,就跟动漫里的狗仔一个打扮。他一袭黑衣,双手环胸,双腿叠摞,虽然看不到五官,但不由得让钱希西隐隐感到压迫的气场。

这哥们儿真是来找骂的吗?怎么横看竖看都像是来骂人的?

"先生您好,请问需要我在哪方面对您进行……人身攻击?"

男人戴的墨镜为纯黑色,他微扬下颌,将店里准备的变声器抵在口罩前方,低沉地说:"你有憎恨的人吗?"

钱希西木讷摇头:"憎恨别人就是惩罚自己,如果我觉得那个人特别可恨,我最多是不再来往。"

男人应了声,又问:"你应该有男友吧?你们平时怎么吵架?"

想到蒋学长,她不由得羞涩一笑:"有的,不过我男友很斯文,我们目前还没吵过架,也不希望日后会吵架。要不这样吧先生……您给我一个方向,告诉我您想听我批判您哪方面的问题,比如懒惰、乱花钱、花心还是脾气暴躁什么的?"

"你别告诉我,你长这么大就没和别人拌过嘴?"

客人的口吻变得有些不耐烦,她当然也想赚这笔钱,于是很直观地想到一个男人——段燃。

"有是有,也确实是男性友人,不过我通常是气疯了才会骂那个人几句,他……"

男人扬手打断:"行,你就把对那个人的不满发泄在我身上,实话告诉你,我的脾气确实不太好,尤其听不得女人叽叽歪歪,我来这儿,就是为了练习忍耐力,你可以开始了,尽量骂,不要紧张。"

"……"钱希西应了声,坐到男人的对面,拧开矿泉水先润了润喉,然后悠悠地抬起头,直视男人墨黑的眼镜片儿,眼角一横,小试牛刀。

"你成天拽得跟二五八万似的给谁看?我穷就得看你的脸色吗?每次去你家,你就说我守财奴、铁公鸡!你考虑过我的感受吗你?你个死毒舌臭傲娇！你一个大老爷们儿，能不能有点儿风度？！就你这样的，能找到女朋友才怪！我呸！"

男客人的承受力果然不高，他渐渐握紧拳头，已然有些不淡定。

见状，钱希西赶忙俯首致歉："对、对不起先生，是不是我一上来太猛了？要不要降低攻击值？"

男人明显地调整了一下呼吸，良久，缓缓摇头，摊手示意她继续。

"嗯，骂得好，我很满意，非常满意。"

"……"她怯生生地点下头，又喝几口水，一抹嘴继续！

"是，你有钱，你可以任性，但任性也要有个限度！我不是你的出气筒更不是你的谁！我也有脾气，你想骂就骂想让我滚我就得滚，你当你是无法无天的齐天大圣吗？真是笑话啦！就算你是齐天大圣，还有如来佛祖镇着你个泼猴儿！你最好别把我的容忍当成你蹬鼻子上脸的资本！我告诉你，我一点儿都不喜欢你，甚至早就受够你了！要不是看在你父母的面子上，我早就！早就不搭理你了！"

"啪"的一声，男人甩掉变声器，拍案而起！

"我父母的面子用你兜着？！"

钱希西缩紧双肩，这道化成灰儿她也不会搞错的声音，分明来自段燃本人！

男人双手支在桌上，身子前探，停在她的眼前。

钱希西吞吞口水，鼓足勇气取下男人戴的口罩，当薄而性感的嘴唇显露出来，啊呀！果然是段燃没跑儿！

"你你你……"

段燃扯下墨镜，磨磨后槽牙，一字一句地问："刚才那番话，都是你的真心话？"

他的眼睛犹如会喷火的发射器，钱希西尿包一个，赶忙摇头摆手："当、当、当然不是啊，怎么可能……我、我、我就是满足客人、客人的要求。"

"啪"的一声，段燃再次拍响桌面，吓得她双手抱头。

"我再问你一遍,你最好不要给我带情绪,认真回答,"他扳正她的脑瓜儿,质问道,"你是不是真的想和我断绝来往,如果是真的,我成全你。"

钱希西的头部受到他双手的桎梏,只能与他对视。

凭良心说,段燃对她的好当然多过于坏,气话不能作数。

"……没有啊,我只是在赚钱,我怎么可能知道客人会是你,对了……你怎么知道我在这里工作?"

问完这句话,她也琢磨过味儿,张佳云曾帮她给段燃送过粥,两人肯定互留联系方式了,没错,一定是张佳云出卖了她!

苍天,她认识的都是损友吗?

"这话可是你说的,你确实不想跟我撕破脸,对不对?"

钱希西完全被他强大的气场所控制,她机械地点点头,彻底失去思考能力。

"好,既然你还当我是你的朋友,我就要对你的人生负责!"

语毕,他拽住她的手腕,将她拉到女老板面前。

女老板看到客人的容貌,不由得一怔:"哎哟,原来是个小帅哥?"她又看向深低着头的、与客人手牵手的钱希西,基本可以确定彼此认识。

段燃沉下脸,举起录音笔,播放一段他与女老板的对话。内容大致是,角色扮演的收费标准。

"你让年轻女性陪陌生男性聊天,还把两人关在那种密不透风的房间里,我问你,万一发生危险,你付得起责任吗?把你的营业执照拿出来,我怀疑你严重超出经营范围,我不止要让你停业整顿和罚款,必须让你营业执照吊销!"

听罢,女老板大惊失色,看店里的装修也知道是酒吧,也就是餐饮执照,如果工商来查,她肯定玩完!愤怒与慌张之余,她疑惑地看向钱希西:"姐姐我待你不薄吧?!你居然存心害我?!"

钱希西焦急地摆着手,她也是被算计了好吗!

更不幸的是,她了解段燃的性格,要么不说,说了就一定要斩草除根!

思及此，钱希西的冷汗都下来了。首先，她面朝满脸委屈的女老板鞠躬致歉，继而挽起段燃的手臂，本想把他拉到店门外求求情，可是段燃甩开她的手，死盯女老板的营业执照。

"哎呀我看你是误会了小伙子，酒吧生意不好，房租又贵，我也不过是混口饭吃，不信你问钱希西，我这里真的没有搞色情服务呀！"

"别跟我说那些冠冕堂皇的理由，男人了解男人，没点儿想法的根本不会到你这儿来，没出事儿还好，真出事儿就是刑事案！"段燃摘掉鸭舌帽，抖了下细碎的短发，气场全开，霸气外露。

越说越瘆人，女老板吓得烟都掉了："你究竟是什么人啊？非要置我于死地？"

钱希西见女老板急得眼圈泛红，她横出一步挡在两人之间，面朝段燃恳求道："我昨天才来这里工作，老板人很好，对客户的素质也是严格把关，求你了段燃，给老板留一条活路，我保证再也不来打工，我现在就跟你回家，任你打骂绝无怨言，求你别告她，否则我真会感觉自己是个害人精。"她垂下眼，"工作是我自己要做的，没有人强迫我，如果为此让老板失去营生，我会内疚一辈子……"

段燃不怕任何人耍横，就怕钱希西软磨硬泡，他长嘘一口气，燃烧在心中的怒火逐渐降温。

周遭静默无声，钱希西就像一个犯了错的小孩儿，呈低头认罪状。此刻她根本不奢望保住工作，只希望段燃不要追究老板的违规行为。但是段燃的脾气，唉……前景不容乐观。

时间在等待中慢慢熬过。

"除非你答应我，在开学前的这段日子里认真念书。"

钱希西暗自一怔，他终于松口了！

"嗯嗯，我保证！"

"笑，你还有脸笑？去车里等我。"段燃无奈一叹，这也就是他发现得早，如果让她遇到变态的客人，她哭都来不及！

换作平时，叫她出去等就算没她事儿了，可是今天还牵扯到女老板的问题，人家没作奸犯科没有克扣员工，就因为段燃不喜欢她在这里工作，就要让女老板遭受无妄之灾吗？

思及此，她牵起段燃的手，厚颜无耻地说："我匆匆忙忙赶过来还没吃午饭，饿得有点儿不舒服，你带我去吃饭。"

说着，她盖住额头，故意咳嗽两声。

段燃蹙眉相望，知道她目前大有可能在演戏，但也不排除是事实的小概率，他一翻手揽过她的肩膀，径直走出店门。

钱希西不敢回头张望女老板，她敛气屏息，紧攥着段燃的衣袖，唯恐他突然掉转方向为难女老板。

在钱希西的各种防范之下，段燃与她一同坐上车厢后座。当车轮滚动起来，她这才松开手指，终于可以正常呼吸。

"那个……你不会改天再去找老板的麻烦吧？"

"什么叫我找她麻烦？这种盈利手段本身欠考虑。"

"呃，对对，我也觉得有点儿危险，不过经你提醒，我想她一定会慎重考虑日后的经营方式。"她殷切地笑着，现在哪敢惹他。

段燃睨她一眼，取出手机发微信。

钱希西伸长脖子偷瞄，还是担心他不肯放过女老板。

"想看就大大方方地看，反正你也认识。"

她挑起眉梢，凑上前围观聊天记录。段燃正与张佳云进行交谈。张佳云承认是她带钱希西去应聘，初衷很简单，就是有钱大家赚，的确没有认真考虑安全隐患，希望段燃不要过分责备钱希西。

她看着微信内容龇了龇牙，坏蛋张佳云，昨晚提醒她一下也好啊！为什么要当个守口如瓶的叛徒？话说她们才是同桌多年的好友啊！段燃究竟给她的朋友灌了什么迷魂汤，致使好友义无反顾地倒戈？

"你跟张佳云怎么说的？她为什么一点儿提示都不给我？"

"你瞎？当然是颜值。"

"……胡说八道,你是不是向她承诺了什么?"钱希西一脸狐疑,段燃是典型的明明可以靠脸吃饭,偏要靠实力或者靠砸钱满足控制欲的败家玩意儿。

"没有任何黑幕,张佳云与我合作是最明智的选择。"他没好气地瞥她一眼,"你不用跟我套近乎,这顿骂你是挨定了,保持安静,认真自省。"

"……"她下意识地搓搓手臂,不就是想赚点儿钱吗?也没干啥伤天害理的事啊?

抵达段家,段家父母许久未见到钱希西,正欲招呼她吃吃喝喝,便被段燃阴郁的表情与低沉的闷咳声给无情制止。

钱希西吓得大气不敢喘,蔫头耷脑地站在半弧形的沙发中央,段燃偕父母围坐在她的正前方,批斗大会正式开始。

当段燃将她的新工作告知父母之后,二老立即加入儿子的方阵。

"哎哟,听上去不像什么正经工作呀?"段妈的眉头几乎拧出中国结。

"阿姨您别听段燃胡说,只是陪人聊天而已。"

"聊天?嗬,"段燃取出他与女老板的聊天记录,念道,"我公司提供角色扮演陪聊服务,漂亮的女学生可以扮演娇妻、御姐、萝莉,甚至是母夜叉等,全凭客人喜好。"他抬起眸,眸中泛着一层火光,"三条腿的蛤蟆不好找,两条腿儿的女人满大街都是,何况时下交友网站多如牛毛,如果只是单纯地想聊天,有必要支付每小时两百元的费用?"

"不是你想的那样啊,昨天我接待的大叔就很正常,他可能在网上找不到愿意听他发牢骚的对象,他妻子不仅常对他拳打脚踢,还怀疑他在外面养小三。我的工作就是听他说,偶尔安慰他几句,他说这么多年的苦闷终于发泄出来了,非常感谢我,说实话,我还挺有成就感。"

听罢,段爸险些一口浓茶喷出来:"虽然叔叔没见到这个人,但是这个男人连一个可以倾诉的朋友都没有吗?那他做人得多失败啊?由此推断他在事业上也必定是一塌糊涂。你以为你只是给了他一点儿安慰,但在他心里,就像看到了希望,日后十有八九会对你死缠烂打,幸好段燃及时发现,幸好啊!"

钱希西倒是没往深处想,此刻听段叔如此一说,她还真感到些许后怕。

段燃愀然作色:"我叫她辞职她还跟我犯刺,缺乏社会经验也就算了,脑子还笨,如今的负面新闻会那么多,都是钱希西这样的人在帮忙积攒素材。"

段妈这一回也不再维护钱希西,苦口婆心地劝导:"君子爱财取之有道,希西啊,如果缺钱跟阿姨说,如果出点儿事儿,那是多少钱都换不回来的。"

"变态的钱也敢赚,不作不死。"段燃越想越火。

钱希西谦逊地接受教诲,不过这心里多少会感到委屈与无奈,毕竟她与其他孩子不一样,少赚一分就得少花一分,没有退路可循。

批斗大会暂时告一段落,段妈发现钱希西被数落得快要哭出来,于是以明日去医院常规体检的理由挽留钱希西。钱希西情绪低落,吃饭的时候也不像平时那样说说笑笑,然而段燃那个没眼力见儿的玩意儿还不肯放过她,针对"贪财无脑"的问题进行人格践踏。

"我吃好了,叔叔阿姨我先回房了……"钱希西刚吃了两口便俯首离席。

段燃仍旧没看出形势,睨向钱希西远去的背影,又补一刀:"回房认真反省。"

钱希西的脚步明显一顿,继而奔上阶梯,稍加用力地阖起房门。

段妈朝老伴儿使个眼色,女孩子脸皮薄,加之两位长辈今日都没有制止段燃对她的批判教育,钱希西一定很难过。

段爸长嘘一口气,说:"小燃,等吃完饭,来我书房一下。"语毕,他也放下碗筷,径自离开。

书房里,一杯清茶,一支烟斗。青烟萦绕在古色古香的书房中,透出几分悠远的年代感。

段爸若有所思地吸了口烟,又缓慢地吐出烟圈,仿佛要将一些不可告人的秘密告诉段燃。

"小燃,有一件事,爸一直没告诉你,想必希西也不清楚这件事,这件事就是,爸和希西的母亲,曾经交往过……"

段燃敛起漫不经心的神态,严肃地问:"爸,你不会告诉我……钱希西其实是你的私生女儿吧?"

"咳咳咳咳!简直是一派胡言!你当这是韩剧呢?!我和希西妈最亲密的举动只有拉手,你说你,人儿不大,思想怎么这么复杂?!"

吓死宝宝了,段燃暗自吐口气,不是血缘关系就好,接下来说啥都没事儿。

"爸爸与希西妈从高中时期就是同学,与其说爸与希西妈曾经交往,倒不如说我们那时候只是看别的同学谈恋爱也想试一试,很快发现性格不合,和平分手之后,至今仍是好友。希西妈是那种可以为了爱情飞蛾扑火的女人,她很爱希西的父亲,可是希西他爸是个不折不扣的风流浪子,两人结婚没多久,那男人便出了轨,甚至在希西妈怀孕期间,居然对孕妇实施家暴!希西妈被打得险些流产,她身上没有钱看医生,只能向爸求救,幸好我及时赶到,否则母女俩都有可能丧命。那段回忆对于一个女人而言实在是太痛苦,所以她才会狠心地抛下希西远嫁海外。当然,希西一定是最无辜的,她没有选择父母的权利,却要承受父母带给她的不幸。"段爸喟叹,"这件事你妈也知道,我们会那么疼爱希西,一来是真心喜欢那孩子,二来,是真的心疼她。小燃,你从小就有我们疼爱,有佣人前簇后拥,从没为钱发过愁,所以你很难理解希西急于赚钱的心情。爸知道你教训希西也是因为担心,但爸希望,你试着理解她,对她说话温柔点儿,不要总骂她,纵然你把她当成亲妹妹一样看待,但她毕竟不是你的亲妹妹,尺度还是要把握。"

"……"段燃嘴角一抽,老爸这是什么眼神?您老哪只眼睛瞅见他把钱希西当亲妹妹看了?如果真把她当妹妹看,他又何必拦着父母不让他们收她当干女儿?他极力阻拦,不就是不想日后因为干女儿的问题影响他的恋情正常发展吗……

还是,他对钱希西的喜欢,真的那么不明显?

与此同时,客房里。

钱希西像个小可怜似的蜷缩在沙发上,举着手机,与蒋学长聊天。

蒋哲洋:希西,为什么我总感觉你今天情绪不好?是不是因为我这两天太忙冷漠了你,你生气了?

他们根本没有语音通话,蒋学长却察觉出她的心情,她不由得感叹蒋学长的敏感与细腻。再看段燃!明知道她濒临崩溃还要"激情捅八刀"!

钱希西:没有,只是有点儿累。还有,确实有点儿想念学长……

蒋哲洋:我也在想你,我刚从学校出来,我现在过去找你?

钱希西蓦地弹起身,人脆弱的时候最需要爱人的安慰,她当然想见学长,可是她人在段家,不知道学长会不会介意?

她索性实话实说,告知蒋学长,她明日一早陪段妈去医院体检,所以今晚留宿。

蒋哲洋停顿许久未能给出回应,钱希西一脸失落,正欲洗洗睡觉,却又收到蒋学长发来的短消息。

——我在段家别墅门外,出来吧。

钱希西欣喜若狂!无暇打扮,奔下楼,急匆匆地换鞋。

段燃走出书房看到钱希西,想到父亲的那番话,心平气和地问:"这么晚了,你去哪儿?"

"不要你管!"她斜眼嘀咕。

段燃单手插兜,走到她的身后,缓缓情绪,轻声说:"今天那样骂你,是我态度有问题,以后不会了。"

她脊背一僵,歪着头转过身,像看怪物一样看着他:"你……在承认错误?"

段燃耸耸肩:"我也没觉得我的话是真理,你不想听,我不说便是,所以现在你可以告诉我,你要去哪儿吗?"

"你这个人真奇怪,该道歉的时候不道歉,不该道歉的时候反而道歉了,本来就是我在选工作的问题上不够慎重,你会发火,我知道也是为了我好。"

"那你还给我脸色看?"

"人要脸树要皮,你当着叔叔阿姨的面把我骂成没脑子的白痴,我有抵触情绪实属正常。好了,不说了,我要去见……"

"头别动,"段燃发现她的几根发丝缠在她的项链里,他又靠近一步,小心翼翼地帮她把发丝从项链里拆出来。

温热的鼻息吹拂在她的脖颈后方,他的指尖时而触碰她的肌肤。钱希西微低头纹丝不动,去丽江的时候,发现他的细心,这回又发现他的温柔,而他这些优点,她为什么早没有发现?如果早点儿发现,或许他们的关系也不会像过山车一样,时不时就要吵上一架。

"段燃,我们不如把之前的恩恩怨怨都忘了,和好吧……"

段燃不以为意地应了声:"虽然我不认为我们之间有什么恩怨,不过你说怎样就怎样吧。"

他其实想说,他自始至终不曾改变,就算偶尔发飙,或者情不自禁地亲她,只因为她是他生命中最重要的人。

社会是一个鱼龙混杂的大染缸,他又不能时时刻刻待在她的身边,所以除了提醒以及帮她处理麻烦,他还能做什么?

"好了。"

她转过身本想致谢,却忽略彼此间几乎没有间隙,伴随她扭头的动作,他的唇从她的唇瓣上磨蹭滑过。

钱希西捂住嘴疾步倒退,又因动作过大,径直向穿衣镜撞去。段燃及时拉住她的手肘,忍不住教训道:"能不能稳重点儿?"

"……"钱希西慌张站定,含糊其辞地点下头,"蒋学长来找我,我出去一下,一会儿回来。"不待段燃回应,她已奔出别墅。

段燃遥望铁门的方向,门前停泊一辆白色奥迪。蒋哲洋优雅地倚在车头,面朝奔向自己的钱希西招招手。

钱希西笑靥如花,兴冲冲地打开铁门。蒋哲洋从车里取出一大捧玫瑰花,惹得钱希西又幸福又害羞。

……

"喊,黑灯瞎火送什么花?真够浪的。"段燃随手甩上门,眼不见为净!

他走上阶梯,步伐又戛然而止,而后站在楼梯口对管家说,关闭门前的照明灯!

管家急忙照办,"啪啪啪"按下全部开关。

铁门外,登时漆黑一片,钱希西敛起笑容:"唉?停电了吗?学长等我一下,我回别墅看看……"

她正欲摸索前行,却感到一只大手捞住腰际,紧接着,把她整个人向正前方拉近。

很快,她的身体撞入一副坚实的胸膛。

"学长……"

点点月光透过树叶投射入眼,但微弱的月光不足以看清彼此的脸孔,只能感到均匀的呼吸越发靠近。

显然,蒋哲洋想要吻她。

期待的吻终于要来了吗?她敛气屏息,然而就在唇与唇即将贴合之际,她不知道自己是脑抽还是脑残,竟然下意识地撇开头?

周遭的一切仿佛停滞,须臾,蒋哲洋将双手从她的腰间移开,轻咳一声,致歉道:"对不起,吓着你了?"

钱希西胡乱摇头:"不、不是……我……我……"

她真想狂抽自己三百个大耳光,终于等到这一天,为啥要躲开?!

蒋哲洋在黑暗中显露出一丝失落,继而打开车灯,缓和尴尬的气氛。

车灯骤然亮起,钱希西本能地眯起眼,浪漫的环境就此消散。

她在心里捶胸顿足,学长也真是的,脸皮怎么这么薄啊,如果他敢再尝试一次她保证不躲!

然而，目前说啥都晚了。蒋哲洋欲言又止，返回驾驶位："我就是顺道过来看看你，你回去休息吧，等你进屋了我再离开。"

钱希西多想说再陪她待一会儿，可是气氛都让她给搞僵了，哪好意思继续强留。

"学长，小心开车，那个，嗯，花很漂亮，谢谢……晚安。"她不舍地挥挥手。

蒋哲洋故作从容地笑了下，示意她先回屋。

钱希西龟速前行，祈祷蒋学长唤住她，或者奔过来抱住她什么的，但现实很残酷，她还没走出几步，已然听到引擎发动的声音从身后传来。她扁扁嘴，心灰意冷地返回别墅。

洗完澡躺在床上，钱希西想到自己刚才犯下的低级错误，翻来覆去睡不着。

她一遍遍地质问自己，为嘛要躲？这究竟是为嘛啊？！

哦明白了！肯定是让段燃骂傻了！

该死的段燃，平时当拆台王也就罢了，如今又"荣登"她爱情路上的绊脚石，不，他是不可逾越的珠穆朗玛峰！

翌日清晨，闹钟声震耳欲聋。

钱希西顶着一双熊猫眼来到客厅。

客厅里传来有别以往的交谈声，交谈声中夹杂着一道年轻的女性声音？钱希西揉揉眼睛望过去……顿时清醒八分！

虽然眼前的女人不再是珠光宝气，浓妆艳抹，但钱希西依旧对此人印象深刻，且是极其恶劣的印象，她就是——欧阳美瑄！

来者不善

欧阳美瑄今日的穿衣风格可以用淑女来形容,就连头发也从大波浪变成柔顺的直长发,她正襟危坐,笑容内敛,完全是一副大家闺秀的模样。

段妈见钱希西杵在不远处发愣,笑着招呼道:"起来啦希西,来来,给你介绍一下,这位贵客是U3珠宝商行的项目经理,欧阳美瑄小姐,也是咱们小燃的大学同学。美瑄哪,她就是我刚刚跟你提到的钱希西,我们段家的半个女儿。"

"Aunt,我刚想告诉您,我与段燃曾在餐厅巧遇钱小姐,当时还坐下聊了几句,聊得非常愉快呢。"欧阳美瑄面朝钱希西礼貌俯首,"很高兴我们又见面了钱小姐,近来好吗?"

钱希西打个激灵,想想这个女人私底下对她的刻薄,再反观此刻的谦卑有礼,钱希西只想朝她吐口水,猪鼻子插大葱——装蒜!

"希西,先去把段燃叫起来,别让美瑄一直等。"

佣人在一刻钟前叫过段燃,但效果显然不好。

"Aunt不必着急,我突然造访已经感到冒昧,让段燃多睡会儿吧,我知道他最近特别忙,不仅要跟进新产品,还要亲自监督设计图,他这个老板当得太辛苦。哦,Aunt也不用陪我,我看看杂志慢慢等。"欧阳美瑄笑得通情达理。

段妈温柔浅笑,在闲谈之中,段妈得知 Q.E 三十周年庆的纪念版香水瓶的设计工作交由 U3 完成,但段燃一直对设计作品不甚满意,目前已经是第八稿。

"小燃工作起来没节制,凌晨才到家,麻烦你亲自把设计图送过来已经不好意思,我还是把他叫起来吧?"

"真的不用,您千万别跟我客气,我虽是初次登门拜访,但与段燃同窗几年,很熟的。"欧阳美瑄瞄到钱希西背着包等在一旁,她不由得一怔,"对不起,我是不是妨碍到你们的行程?"

"没事没事,只是例行体检,这是老段对我提出的唯一要求,不碍事的。"段妈提起丈夫,满眼幸福的笑意。

欧阳美瑄立即站起身: "Aunt 真不好意思,我打不通段燃的手机,又怕他牵挂着设计图,所以没打招呼便匆匆忙忙地赶过来,如果您不介意的话,我和希西陪您一起去?可以帮您取取化验单,也好让段燃多睡会儿?"

钱希西内心翻白眼,她倒真不把自己当外人。

段妈的心情则是与钱希西天差地别,感觉欧阳美瑄既漂亮大方又温柔懂事,这才是真正的名媛。

不过初次见面就让人家姑娘陪着上医院实在不妥,欧阳美瑄却主动挽着段妈手臂,亲昵的举动就像对待自家长辈。

段妈拍了拍她的手,双双坐入轿车。钱希西屁颠颠自己跟上,见欧阳美瑄占了她的位置,唯有坐到副驾驶的位置上。一路上后座两人大聊特聊澳洲风光,钱希西这个没出过国的土包子完全插不上话,感觉自己挺多余。

俗话说得好,嘴甜的孩子有糖吃。一行三人抵达医院,欧阳美瑄全程陪同段妈做体检,小嘴儿跟抹了蜜一样,专拣段妈爱听的聊。至于钱希西,奔走于各个科室之间取化验单,就像个任劳任怨的小保姆。

三人回到家,遇到刚从卧室走向客厅的段燃。

钱希西以身体不适为由,快一步进了家门,疾步走上台阶。

当她与段燃擦肩而过时,段燃一把拉住她的手臂:"为什么不和我打招呼?"

"来大姨妈了,肚子疼。"她随口扯谎。

段燃松开手,没再说什么。他一转身,居然看到欧阳美瑄和老妈走进门?如果她们只是并肩走进来也就罢了,怎么还搂着笑着?

"你怎么来了?还有,你跟我妈很熟吗?"他的声调透着不友善。

"哦,妈妈今天去体检,美瑄看你还睡着,陪妈妈一起去的医院,真是个贴心的好孩子。"段妈打圆场。

段燃微蹙眉,歪头看向欧阳美瑄,面无表情地说:"哦,所以你不请自来的原因究竟是什么?"

"小燃!怎么可以对客人这样讲话?"段妈终于怒了。

"Aunt 没事的,还是我来解释好了。"欧阳美瑄从公文包里取出一个文件夹,双手递到段燃面前,"我们的设计师为了尽快设计出令你满意的香水瓶,已经彻底累垮,她现在还在医院打点滴,我去医院取了设计图就直接给你送了过来,如有冒犯之处,对不起啦。"她俏皮地眨眨眼。

这番话说完,段妈更觉得尴尬,不由得暗自责备自己没教会儿子尊重女性。

段燃依旧神情麻木,他从文件里抽出设计图。此次会选择与U3合作,也是因为段燃想要一款类似项坠造型的香水瓶。然而,U3作为国内珠宝设计界的龙头老大,却迟迟给不出令他满意的作品。

他将设计图放在茶几上:"拿回去吧,还是不行。"

欧阳美瑄没有跳脚,保持良好的神态,柔声细气地问:"其实我会亲自来找你,也是想替设计师与你沟通一下。造型换了一个又一个,你究竟对哪一部分不满意?或者说,你心里已经有了一个大概的雏形?"

两人开始谈工作,段妈不便在场,回房前叫佣人端来茶点。

"Aunt,我们在这儿聊会不会影响您休息?不然我和段燃去书房聊?"欧阳美瑄起身询问。

"你们在哪里聊都没问题,美瑄哪,今天非常感谢你,留下一起吃个午餐?"

"谢谢 Aunt。"欧阳美瑄就在等这句话,如此一来,段燃就不能立即对她下逐客令。话说她才不关心设计图行不行,甚至她认为越不合格越好,这样她就可以借机与段燃以及他的父母多多拉近距离。只要段燃的父母认可她这个人,自然会在段燃面前替她讲好话。至于钱希西,对于这种智商与情商皆双低的女大学生,对欧阳美瑄而言根本算不上对手,分分钟弄死!

与此同时,客房里——

钱希西毫无预兆地打了个喷嚏,她揉揉鼻子,一想二骂三惦记,嗯,一准有人在骂她。那个人吧,估计是酒吧的女老板,险些因为录用她而导致关门大吉。

她盘腿坐在床上,举起手机,咬牙切齿地发信息质问张佳云。

钱希西:张佳云,我被段燃抓了现行,还连累了老板,我要跟你友尽!

张佳云:[流汗的表情]老板给我打了电话,我已经知道昨天是多么惊心动魄,不过我也是让傲娇总裁给骗了!他说他作为你的大半个监护人,有权了解你的工作性质,他还跟我保证,绝不会暴露身份!希西,求原谅……[跪地的表情]

监护人是什么鬼?!

钱希西:他的存在就是为了让我明白我是个弱智!你知道我昨天有多惨吗?就连段姨段叔都跟着他一起批斗我!……不过幸好我有学长,学长捧着一大束玫瑰来安慰我……不过,我错过一个吻。

八卦爆棚,张佳云已然等不及文字交流,直接打来电话深度探讨。

钱希西将昨晚的事原原本本阐述。张佳云听完"暧昧实录",明显地倒抽一口气:"你不是暗恋蒋学长很多年了吗?为什么要躲?而且是毫不犹豫地躲开了,难道你对蒋学长的感情不是爱?"

"当然是爱啊!我从小到大就喜欢过这么一个异性,可能是太紧张了……"

"不对不对,按我'阅男无数'的经验来分析,这种情况真的不正常。哦!我知道了,你从没和人亲过嘴儿,初吻是有可能的。"

钱希西干咳一声:"……然而并不是。"

张佳云沉默许久,谨慎地问:"你的初吻,是和段燃?"

"不不不,不是你想的那样,他当时喝多了……"

她急于解释,没有察觉段燃径自打开门,并且倚在门边听她打电话。

"你和傲娇总裁 kiss,有什么感觉吗?"

"没有感觉!吓半死,只想一脚踹死他!臭流氓!"

段燃注视着她愤怒的背影,缓慢地眨眨眼,溜达到她的身旁:"喂,接吻的感觉也要和闺密分享?"

"啊——"

手机从钱希西手里飞了出去,段燃眼疾手快,及时抓住手机。

"喂喂?希西,你怎么了?!为什么尖叫?!"张佳云大分贝的询问声从手机里传出来。

段燃咂咂嘴,将手机贴在耳边:"她在背地里说我坏话,被我听到当然会尖叫。好了,我要跟她谈谈,先挂了。"

自作主张结束通话,他直起颀长的身躯,单手插兜,下颌微扬,狭眸微垂,以一种毁天灭地的气势俯瞰瘫软在床的钱希西。

"你想一脚踹死谁?"

钱希西下意识地搂住抱枕,忐忑地说:"踹死我自己……"

段燃冷笑一声,一手支在床上,向前探身靠近她的脸颊,阴森森地问:"我关心的问题是,我的接吻技术,究竟怎么样?"

她蹭着屁股向后退:"你为什么不敲门就进女孩子的房间,懂不懂、懂不懂礼貌?"

"你在屋里叽里呱啦地乱喊,我还以为你出了什么事,打开门一看,原来是在诋毁我的形象,我可是 Q.E 的 CEO,万一传出去影响到股市你赔得起吗?"

怎么就能上升到股市问题？钱希西打个冷战，仓皇地摇摇头："张佳云肯定不会出去乱说，放心吧！"

话音未落，微信朋友圈发来更新提示。

张佳云的朋友圈动态——被霸道总裁强吻的感觉一定很刺激，好想试试哟！

"……"世间最无常的不是命运，而是不知道啥时候就扯你后腿的朋友。钱希西擦了把冷汗，默默把手机塞到枕头底下。但她猜想也瞒不了多久，毕竟段燃也能看到张佳云的朋友圈。

她深吸一口气，故作欢快地跳下床："好饿哦！我们去吃饭吧？"

然而，段燃就那样目不转睛地看着她，显然对她泄露"天机"这事怀恨在心。

钱希西原地旋转三圈，用卖蠢化解尴尬，见他不为所动，她垮下肩膀："好嘛好嘛，是我错了，不该把我们共同的隐私告诉张佳云。要不这样，我一会儿给她打个电话，就说、就说……你的接吻技术很好？"

说完这句，钱希西彻底败给自己，她都说了些什么乱七八糟的？！

段燃没想到她的领悟能力突飞猛进地提高："这还差不多，现在打，立即还我清白。"

钱希西无力扶额，失去清白的人是她吧？！

在段燃的威逼利诱下，钱希西只能拨打这一通让自己显得更愚蠢的电话。

"嗯……我要补充一点，段燃只是喝多了，没有强迫我……嗯对，他是我的半个监护人，他是真正的贵族绅士。"她捂了下胃，差点儿吐出来。

张佳云那个没节操的小同学，兴奋地追问嘴唇软不软、好不好亲？

钱希西偷瞄段燃的嘴唇，单拎出局部仔细观察一下，发现他的嘴唇的确很性感，但紧抿的薄唇没有一丝温度，原来不止眼睛会让人感到对方态度，就连嘴唇也可以做到不怒自威。

盯着他的嘴唇欣赏许久，她的耳根儿倏地一阵火热，就在这时，段燃恰巧睨她一眼，她顿时背过身，慌慌张张地结束通话。

"这下、这下你满意了吧？还不快出去！"她面朝墙壁，扬手轰赶。

然而，乱摆的手却被他攥在掌心，他牵起她的手，说："欧阳美瑄打算缠上我，所以吃饭的时候你知道该怎么做。"

他俩曾经常一起参加社交活动，而钱希西就是那个帮段燃抵挡花蝴蝶的箭靶。但今时不同往日，她立即甩开手："我不，她太凶残，还是演技派，我好怕她！何况她也知道我有男朋友……啊？你别拉我，放开我，她会杀了我的……"

可惜哭天抢地不好使，钱希西双脚拖地被动前行，经她一阵奋力抵抗，换回两个结果：好结果是，段燃松开了手；坏结果是，他死死地搂住她的肩。

他们就这样出现在餐厅里，展示给所有人看。

段妈倒是见怪不怪，因为钱希西还是小姑娘的时候就成了段家的一分子，她和段燃平时也没少打闹，别说搂个肩膀，就算段燃把钱希西像破麻袋似的扛上楼，段妈也不会往男女情感方面上考虑。

儿女在长辈眼里永远是孩子，但欧阳美瑄可不是谁的妈！她只是万万没料到，一穷二白的钱希西居然也敢挑衅？！

欧阳美瑄优雅地放下茶杯，不动声色地扯了下嘴角。

真是应了那句俗语，如果一个人什么都没有，还会怕输吗？

嘀！所以她一定要让钱希西后悔蹚这浑水！

25 公然挑衅

钱希西以为欧阳美瑄会在饭桌上各种挤对她,但欧阳美瑄并未表现出丝毫异样,所以反而换作钱希西如坐针毡。可以看出,段妈很喜欢温柔体贴的欧阳美瑄,虽然都是假象吧,但无奈的是,见识到欧阳美瑄真实面孔的人估计也只有钱希西。通过闲聊,段妈对于欧阳美瑄还是单身颇感意外,甚至摆出一副难以置信的表情。

钱希西全程埋头吃饭,唯恐欧阳美瑄一个"眼神杀"将她乱枪打死。不过话说回来,她虽然不想配合段燃,但作为段家的一分子,她也不认为欧阳美瑄会成为孝顺公婆的好媳妇儿,所以她应该撇清关系,还是装傻充愣?

这其中或许最不纠结的人就是段燃,不管是鲜桃花还是烂桃花,他反正是被朵朵桃花包围的那位。

钱希西斜眼瞪段燃,他瞬间转移"攻击"目标,这招儿用得还真是简单粗暴!

午餐过后,段妈需要小睡,段燃也找个借口开溜,于是钱希西被迫留下来陪客人聊天。她们坐在沙发上看电视,钱希西确实在认真看电视,但欧阳美瑄可不是跑这儿来看什么真人秀节目的。

欧阳美瑄首先环视四周，待确定管家、佣人都在忙，她放下咖啡杯，充满威胁意味地说："幸好你的男友是名人，想必找出他的联系方式并不难。"

钱希西冷哼："你骚扰我男朋友做什么？"

"告诉他，你和段燃的日常呀，勾肩搭背好亲热哟。"

噌的一下，钱希西被激怒了："你少在那儿胡说八道！我和段燃是家人的关系！"

"家人？嚆，你的脸皮未免也太厚了吧？难道你还看不出来吗？段家二老只是可怜你，但凡有点儿自尊心的人，绝不会像你这样赖在别人家里。也别说你和段燃是朋友，所谓真正的朋友，最基础的一点就是收入悬殊极小，段燃可以随随便便送你一辆跑车，而你能回送他什么？摩托车还是自行车？"欧阳美瑄无奈摇头，"这就是你们这些穷人抓着富二代死不放手的原因……"

钱希西握紧双拳："你除了攻击我穷，还有新鲜的吗？！"

"那可多了，比如……犯贱。"

"你——"

"怎么？你还想打我？"欧阳美瑄毫不畏惧，同时上前一步，贴在钱希西的眼前，慢条斯理地说，"你分明有男友，还与段燃打情骂俏，这不是犯贱又是什么？"

钱希西咬紧下唇，尽量让自己保持冷静："我们六年的感情，你一个外人确实无法理解。"

欧阳美瑄笑得不置可否："嗯，非常好，我倒看看你苦心经营的亲情，能不能被我一个外人彻底瓦解。"她提起坤包，"麻烦你跟Aunt打声招呼，我就不打扰她老人家午睡了。我知道你不想看见我，但我只能遗憾地告诉你，只要设计稿一天没有尘埃落定，我就免不了登门拜访，如果你为此感到不爽，这段时间大可不出现嘛，除非你存心找虐。"

钱希西气得大口喘气，继而怒气冲冲地推开书房门！

动静颇大，段燃停止敲击键盘的动作，不明所以。

"对不起段燃,我这次帮不了你,我实在太讨厌欧阳美瑄了!"她恨得牙根痒痒,但又无法转述那些话,说她穷是事实,但可怕的是,欧阳美瑄不知道会到蒋学长面前乱喷什么,那女人的嘴太毒太狠!

"欧阳美瑄?她对你说了什么,让你这么生气?"

钱希西嗤之以鼻,她承认人都有两面性,只是像欧阳美瑄这种两极分化严重的选手她是初次碰到!欧阳美瑄爱慕段燃,当然要把最无懈可击的一面呈现在心仪者面前,但对待像自己这样的穷酸货、眼中钉,她毫不保留地释放兽性!

"我跟她的梁子因为手机壳就结下了,她故意陷害我,人品有问题!"

段燃不经意地打量着钱希西:"那件事当然是她不对,我也警告她不准找你麻烦,她为此并未表示异议。我刚才搂你的肩膀,只是婉转地告诉她,我和她没戏。她是聪明人,我相信她一点就透。你的气量别这么小。"

钱希西翻个大白眼,一屁股砸在沙发上,气馁地说:"既然她在你眼中这么端庄大方,所以我说她骂我你也不信喽?"

"我为什么不信?她说你什么告诉我。"段燃沉下脸。

如果他还是轻描淡写的态度,钱希西或许会添油加醋地告状,但他的严肃令她感到迟疑,目前他们两家公司正处于合作状态,万一因为她的怨气导致三十周年庆不能完满,她的罪过可就大了。

"喂,你给谁打电话?"她急问。

段燃不予回应,把手机贴在耳边。钱希西奔上去,一把夺过他的手机,发现他呼叫的正是欧阳美瑄。

她果断地挂断手机:"你这个冒失鬼!先听我说完不行吗?!"

"你的重点是'骂',骂里面有好词儿?"

"哎呀,没那么严重,你也知道我说话夸张,其实她也没说啥,就是说我黑眼圈严重,我听上去就像骂我丑……嗯,确实是我小心眼儿。"

当段燃做出这个举动的时候,其实她已经消了一半的气,至少证明这六年来他们都为彼此付出了真情实意,她感到很欣慰,忽然有点儿想哭……

眼泪在眼眶里打着转儿,她旋身欲走,段燃却唤住。

"喂，你还攥着我的手机。"

"……"泪水已经溢出来，附近又没有可以放下手机的地方，于是乎，她默默蹲下，企图把手机放在木地板上。

"走这两步路能累死你怎么的？给我送回来。"他疾言厉色。

周遭静谧，"吧嗒"的一声轻响，一滴泪在地板上溅起微型的水花。

耳畔传来脚步声，钱希西捂住嘴制止，胡乱抓出一个理由说道："我没事，只是突然想到学长……"

"嗯？他欺负你？"他的脸色一沉到底。

"没有，好着呢，就是我昨晚……"她不知道该怎么解释这泪水，硬着头皮道出事实，"昨晚学长可能想亲我，我居然躲开，悔得肠子都青了……"

他英眉紧蹙，从她手中稍带力度地抽走手机。

"这点儿破事儿也值得掉眼泪？赶紧出去，别影响我工作。"

钱希西成功蒙混过关，脚底抹油溜之大吉。

仔细想来，自从与学长交往之后，她没有因为爱情掉过一滴泪，但是为了与段燃之间的矛盾，绝对是哭倒长城的节奏。

至于那个讨人厌的欧阳美瑄，自当那坏女人是雾霾好了！还想阻止自己出现在段家？哼，门都没有！

欧阳美瑄果然言出必行，隔三岔五就会带着设计稿来段家。

钱希西默默总结了一下她会出现的时段，工作日会在饭点儿前一个小时出现，周末的话，基本上午就来报到。最神奇的一点是，她从没扑过空，似乎对段燃的行程了如指掌？

一来二去，欧阳美瑄与段家二老混成熟人，尤其是段妈，完全被她摸清了脉。当然她的伎俩并没有多高超，只是抓住了女人都爱珠宝首饰的心理，所以每每登门会带来小件首饰。她家又刚巧做珠宝生意，得天独厚的优势让她很快赢得段妈的欢心。什么限量版胸针，什么定制版耳钉，价值不高，但贵在少而精。如此一来，段妈收到礼物很开心，却不会因为价格不菲而婉拒。

不过今天欧阳美瑄失算了，段燃去外地公干三天，嘿嘿。

"这款白玉兰造型的发饰真适合您，完美地烘托出您高贵典雅的气质。"欧阳美瑄殷勤地举起镜子。通过这段时间的接触，她确定段妈对"花"没有抵抗力，只要是美丽的花朵，段妈都中意。

"确实好看，谢谢你美瑄，你真是个有心的孩子。"段妈笑靥如花，看向钱希西，"希西，你看怎么样？"

"很美。"钱希西给予真心赞美，她站起身，"段姨你们先聊，我去浇花。"

"乖孩子，顺便看看那盆昙花，我有预感，昙花这两天就会开。"

昙花白天不开花，夏秋时间晚九点以后才会开花，绽放一两个小时便凋谢。所谓昙花一现，指的便是刹那间的美丽，一瞬间的永恒。

钱希西笑着点头，提起水壶前往花房。

钱希西正哼着小曲浇花修枝，身后传来一声不轻不重的冷笑。

钱希西垮下肩膀，阴魂不散的欧阳美瑄。

按照"相处"惯例，欧阳美瑄扛不到一分钟就会开启对她的羞辱模式，常用关键词概括为：屌丝、寄生虫、摇尾乞怜的哈巴狗、绿茶婊。

然而今天过去五分钟了，欧阳美瑄还未开喷？嗓子眼儿卡鸡毛了吗？

钱希西想归想，但没有回头关注她，而是继续修剪花枝。

猝不及防，"哐当"一声碎响震耳欲聋！钱希西猛地回头，惊见即将绽放的昙花大花盆歪倒在地？！

这可是段妈这个夏天最期待盛开的一盆花啊！

钱希西见几个花苞还没有断裂，于是疾步奔过去，本想挽救昙花，不曾想，欧阳美瑄一脚踩断昙花纤细的花枝？！

"你疯了吗？！"钱希西一把推向她。

园丁闻声赶来，惊见段妈最期待的昙花毁于一旦，顿时摆出一副大难临头的表情。

"钱小姐,这、这怎么回事?"

"先别管其他,您快看看还能救下几朵花苞?!"钱希西也怕段妈受不了这个刺激,对于养花爱好者而言,养花与养宠物的心情是一样的,何况段妈已经精心培育这盆昙花长达五年之久。看着自己呵护备至的"孩子"变成一具毫无生机的"尸体",想必会产生心如刀绞的痛楚吧。

这盆扦插培育的昙花足有一人高,如今被这么狠狠地一摔,花苞掉的掉、散的散,花枝也断的断。园丁无奈摇头,扼腕叹息。

"怎么了你们?出什么事……啊!我的昙花!"段妈惊恐地睁大双眼。

钱希西唯恐段妈血压飙高,刚欲上前搀扶,欧阳美瑄快一步挽起段妈,同时指向钱希西,愤愤不平地说:"我只是想看一眼昙花,你有必要一把推开我吗?这下你满意了吗?"说着,她扶着段妈坐下,继而蹲在一旁轻声安抚。

恶人先告状?!

"你在说什么?我是推了你,但我推你是因为……"

"钱小姐,我们虽然算不上朋友,但至少没有矛盾,我没想到你会这么恨我!"

"这都什么跟什么?你敢说句实话吗?!"钱希西简直不敢相信自己的耳朵,她估计这辈子也做不到这么理直气壮地撒谎!

"你们先别吵了!到底是怎么回事?"段妈按住吃痛的太阳穴,欧阳美瑄则差遣园丁赶紧把管家叫过来照料段妈。

"对不起 Aunt,其实钱希西推我的那一下并不重,也怪我不该穿着高跟鞋走进花房,突然脚底一滑,我下意识地乱抓,所以不慎翻倒了您心爱的花,对不起,您千万不要着急……"

她表现出来的贴心与委屈,反衬得钱希西简直猪狗不如。

段妈神色哀怨,沉浸在悲恸中不能自拔,她现在已经不关心孰是孰非,

/ 207

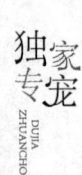

只知道期待已久的绽放时刻不复存在了。段妈悠悠地站起身,迈着沉痛的步伐离开花房。见状,欧阳美瑄与管家双双追赶,搀扶前行。

花房里满地泥泞,仅留下钱希西孤单一人。她透过玻璃花房望向远去的段妈,感觉段妈瞬间失去了往日的活力。她瘫坐在昙花的旁边,一边收拾残局,一边用止不住的泪……滋润了冰冷的泥土。

就在刚才,段妈看她的目光是那样陌生,好像他们段家养大了一个恶魔。她真的很想不顾一切地解释清楚,但话到嘴边又因为昙花的毁坏变得苍白无力,段妈是不是开始讨厌她了,不要她了?

泪水犹如雨滴一般洒落,不被信任的感觉很不好,非常难过。

别墅里,欧阳美瑄坐在段妈的床边,就像亲生女儿一样开导伤心欲绝的段妈。

良久,段妈终于缓过点儿神志:"美瑄,你刚才说,希西推你?那孩子虽然调皮,但做事很有分寸,你们刚才究竟说到什么?"

"其实我也没搞清楚,我这个人天生敏感,钱希西离开屋子的时候,我隐约感觉她情绪不对,我想,她可能是和男朋友吵架了,于是跟过去……"

"等等,你说希西的男朋友?她已经有男朋友了?这么大的事儿,这孩子怎么也没跟我和老段商量一下?"段妈沉下脸。

欧阳美瑄早就发现钱希西没有在段家长辈面前公布恋情,欧阳美瑄一直没有戳破,就是想找一个恰当的时机,再狠狠捅钱希西一刀。

"Aunt 您居然不知道?她和那位蒋先生已经交往很久了,您真的不知道吗?可是您和 Uncle 待她像亲生父母一样好呀?她已经二十多岁,又不是早恋,为什么要向您隐瞒真相?或者她认为……这是她的私事,没必要向您交代?"

"私事?你说对了,我就是把她当亲闺女看,有什么好吃的、好喝的,我第一个想到的就是她,有时候连我儿子都要向后排!"段妈越想越气,莫非只要是没有血缘关系,怎么捂都捂不热?

"我是不是说错话了？您别生气，我的意思是，每个人看待爱情的角度都不同，就拿我来说，如果我交了男朋友，第一时间就会告诉我妈，因为我妈是过来人，让我妈帮忙把把关，我也好少走些弯路。"

"谁说不是呢？年轻女孩儿的定力不好，很容易被男人三两句甜言蜜语骗走！她与谁正式交往至少应该知会我一声，我又不是那种不懂变通的老脑筋，她太伤我的心了，唉。"段妈今天连续受到打击，心情一落千丈。

欧阳美瑄发现段妈整个人都不好了，她眼中划过一丝狡黠，而后搀扶段妈躺下："Aunt别想那么多，好好休息，明天我再来看您。"她刚走出几步，又弯身捂住脚踝。

"怎么了美瑄，崴到脚了？"

"Aunt您不用起来，我没事，只是有一点儿轻微的疼痛感。可以走路，您看。"她故作步履蹒跚，秀眉微蹙，表现出一副强撑的模样。

段妈一声长叹："美瑄，我代希西向你道歉。"

"您千万别这么说，亲姐妹之间都难免争吵，何况我今天才知道她讨厌我……"欧阳美瑄无奈苦笑，"我没怪她，真的，只是可惜了您精心培育的昙花，如果我在摔倒的时候没有乱抓，就不会把昙花撞倒在地，该道歉的人是我。哦，对了Aunt，如果她硬要说是我挑衅在先，我也不会争辩，其实她也不是想争出对错，只是怕您责备她，我完全可以理解。"

段妈欲言又止，唉声叹气，显然对钱希西颇有埋怨。

……

欧阳美瑄坐上车，戴上太阳镜，甩甩头发，面朝钱希西卧房阳台方向"打枪"，一个把情绪写在脸上的女人注定会成为输家，钱希西真以为段燃外出公干三天这件事，她没查清楚吗？嘀！她等的就是段燃不在家。

她一脚油门轰鸣远去，当段妈三番五次提及昙花的时候，她已经想好对付钱希西的妙招，接下来，她会让钱希西更加不知如何自处！届时，看她还有什么脸赖在段家不走。

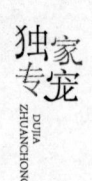

昙花之约

对于昙花事件，钱希西思来想去，只对段妈说了三个字：对不起。

虽然段妈很心痛，但也不会因为一盆花不再喜欢钱希西，不过针对男朋友的问题，段妈或多或少有些不高兴。

"你交了男朋友为什么不告诉阿姨？"

钱希西还未从昙花事件里缓过劲儿，她神色黯然，如实回答道："段燃与蒋学长不对盘，如果我告诉您我交了男友，段燃肯定会讲出一些让您和叔叔担心的话。"

"小燃为什么不喜欢你的男朋友？那男人很糟糕吗？"

钱希西默默摇头："他叫蒋哲洋，是一位杰出的钢琴家。我从初中开始就暗恋的男生，我还曾一度因为他出国留学伤心难过，我想段燃讨厌蒋学长的原因，倒不是因为蒋学长不够优秀，主要还是心疼我，毕竟暗恋有时候也很辛苦。"

经她一提，段妈也想起那段往事，当时钱希西伤心欲绝，段爸误以为段燃又欺负她，还命令儿子各种哄。段妈只是未料到，那段感情还有后续。段妈抚了抚她的脸颊，语重心长地说："你知道小燃是为了你好就够了，虽然小燃脾气不好，时常对你大呼小叫，但阿姨知道你心里明白，他是这世界上最关心你的人，看不得你受到一点儿委屈。"

往事历历在目，满满皆是段燃的身影，从 16 岁开始，他就在无奈与她的强迫中成为她的守护神。不止如此，他还带她开阔眼界，督促她学习，他分明一直在做着兄长的事儿，却每每因为毒舌，从而抹杀她感恩的心情。

"段姨，我明天一大早就去花卉市场，看看能不能找到高一米左右的昙花。"

"除非有养花爱好者转让，否则根本找不到，算了先不说花儿了……"段妈叹口气，"你和阿姨说句实话，你与美瑄之间是不是早就有矛盾？"

"没、没有，只是不熟。"

"你推她，是不是事实？"

没有证人可以证明欧阳美瑄故意陷害她，思及此，她拉住段妈的手，"段姨，我是推了她，但请您相信我，我绝不是蛮不讲理的人。"

段妈喟叹，看来欧阳美瑄说的没错，昙花成了吵闹中的牺牲品，死得冤枉哟！

"阿姨累了，晚饭让管家送到屋里来，你去学习吧。"

钱希西默默退出房间，她看得出来，段妈虽然嘴上不说，但心中十分不快。

欧阳美瑄，真是个变态的渣渣！

晨光熹微，钱希西静悄悄地离开段家别墅，直奔花卉市场而去。昙花并非名贵花种，但不适合在北方生长，所以在北方不是随随便便就可以买到的植物。她不知道能不能找到品质较高的昙花，但会尽量寻找，只要段妈不再难过，不管花多少钱她都豁出去了！

昙花属于仙人掌科植物，经过年复一年的生长，可高达 2～6 米。养花享受的就是培育的过程，因此花贩们通常出售花苗，换言之，就是 10～30 厘米的当年苗或者一年苗。钱希西也只能碰碰运气。

然而，她在花卉市场里转悠整整一个上午，一无所获。

她不死心，又坐车赶往另一个花鸟鱼虫市场，时间匆匆流逝，依旧无果。

华灯初上，她坐在长椅上啃面包，疲惫地望向雾茫茫的天，感觉心情都是灰色的。

实在不行，就在相关花卉的论坛上向网友求购，万一有好心人转让呢？

想时迟那时快，她三两口咬完面包，拍拍屁股追上公交车。

晚八点半，钱希西返回段家，刚进家门，管家就欢天喜地告诉她，欧阳美瑄送来一盆两米高的昙花，比段妈之前培育的那盆，花头还要多出好几个！段妈愁云散尽，一晚上都在笑。

"……是吗，太好了。"钱希西艰难地扯出笑容。

"是的呀，夫人交代，如果你回来的话，赶紧去花房，这盆昙花今晚就会开！夫人和欧阳小姐已经过去等了。千万别错过绽放的一刻哟！"

"……哦，好的，我先冲了澡马上过去。"骄阳似火，她挤在人潮汹涌的市场里瞎跑一天，不免汗流浃背。

她迈起欢快的步伐奔上楼，但一拐入回廊，她渐渐放慢脚步，眸中浮现一缕复杂的情绪。她应该替段妈高兴，可是心里却感到闷闷的。

皎洁的月光射入玻璃花房。

欧阳美瑄将一台摄像机架在昙花的正前方，全程拍摄。

"美瑄哪，还是你想得周到，我怎么就没想到拍摄呢？顶多照两张照片，你说得对，这要是拍摄下来，你段叔和小燃都能看到。"段妈满脸堆笑，"哦对了，你还没告诉我，这么棒的昙花你是从哪儿找来的呀？"

欧阳美瑄乖巧地笑了笑："我一直没告诉您，我妈也爱养花，但她这几年身体状况不大好，花花草草也没心情照料，昨晚我回家说起白天的事儿，我妈当即让我给您送过来。我妈还说，养花养的是心性，虽然还无缘与您见面，但 Aunt 定是既有爱心又有耐心的人。"

"哦！真是巧了……原来你母亲也喜欢花？美瑄，务必代阿姨向你母亲转达谢意，如果有时间的话，见见面喝喝茶，阿姨和你母亲一定有不少共同话题。"段妈注视欧阳美瑄的笑靥,越看越喜欢,想必美瑄妈妈也是一个温柔贤惠的女人。

"美瑄,如果阿姨没记错的话,你目前是单身,是吧?"

欧阳美瑄暗自打个响指,功夫不负有心人,段妈终于提到重点了!

她腼腆地应了声:"不过 Aunt,我心里有喜欢的人,那个人,您很熟……"

段妈会心一笑,她不是没看出欧阳美瑄对段燃的心思,而是考虑到儿子的个性,所以当妈的才不愿费力不讨好。

不过经过这段日子的相处,段妈真心觉得端庄靓丽的欧阳美瑄与儿子很登对。

"阿姨和你段叔都会帮你,但成不成功,还要看你们有没有缘分。"

欧阳美瑄蹲在段妈的身旁,羞涩点头:"谢谢阿姨,我会努力的。"

话说段燃的脾气又臭又倔,但他无疑是孝子,还是大孝子,所以欧阳美瑄才会在段妈身上狠下功夫,只要段妈看好她,段燃就算只是为了老太太的心情,也会给她几分好脸色。

段燃一旦答应跟她试着交往,像钱希西之流,就彻底失去在段家安身立命的砝码。

这时,钱希西捧着一壶花茶步入花房。

当她看到那株花枝茁壮、花苞繁多的昙花时,她幡然醒悟,欧阳美瑄陷害她并非一时兴起,而是有备而来。

钱希西真的搞不懂欧阳美瑄的想法,喜欢段燃就去追段燃啊,总刁难她一个有男友的女性友人,有必要吗?

"希西,一整天你跑哪儿去了?"段妈问的同时,拉起欧阳美瑄,让她坐在自己身旁的躺椅上。而那个位置,通常属于钱希西。

"哦,去找一个同学。"钱希西将花茶放在段妈与欧阳美瑄之间的小桌上,随后默默坐到位于角落的木椅上。

"北方很难买到这么成熟的昙花,幸好美瑄的母亲愿意割爱。"段

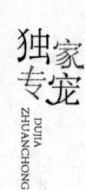

妈拍了拍欧阳美瑄的手背，笑得就像在看未来的儿媳妇。

欧阳美瑄表现得越发乖巧，不仅给段妈换了新茶，还给钱希西倒上一杯，甚至主动送到她的手中："希西，昨天的事儿我没往心里去，你也不要感到内疚，来，我以茶代酒，敬你啊。"

内疚个鬼！钱希西恨不得把这杯热茶泼她身上！但段妈眼巴巴地等着她们和好呢，她唯有接过茶杯抿上一小口。

段妈微蹙眉，对钱希西的表现很不满意，错又不在欧阳美瑄，人家姑娘非但没计较，还主动化解尴尬，钱希西却耷拉着脸，太不像话了！

段妈喜欢希西，也喜欢美瑄，想到日后美瑄或许要与段家常来常往，段妈决定使用冷处理的态度让钱希西稍作反省，否则夹在其中最为难的人就是她家段燃。方法就是，一整晚她只与欧阳美瑄谈笑风生。

"今晚昙花一定会开，你俩谁都不能走哦，陪阿姨一起等待激动人心的时刻。"

欧阳美瑄天真一笑，爽快地应声。

"希西，听见了吗？"

"嗯，我也想看。"她奔波一天其实很累，但又不好让段妈失望。

段妈是那样想的，也是这样做的。钱希西窝在角落里看书，耳畔不断传来她二人的说笑声，似乎精气神十足。

钱希西偷摸打个哈欠，都快12点了，花为啥还不开？

她放下书看向段妈，本想插个空儿报备离开，无奈段妈与欧阳美瑄聊得正热闹，她又打一个哈欠，只能等她们聊过这个环节再回房睡觉。

然而这一等就到了凌晨一点，钱希西实在扛不住了，直接歪在椅子上昏睡过去。

与此同时，Q.E的专用轿车驶入段家大门。

"少爷，你提前回来了？我去帮你准备夜宵。"管家从段燃手中接过公文包。

"事办完了就回来了,我什么都不想吃,就是困。"段燃神色倦怠,扯了扯领带。

"少爷,夫人还没睡,夫人和希西,还有欧阳小姐,在花房等昙花开花。"

"欧阳美瑄也在?"段燃看向壁钟,老爸不在家老妈就尽情玩了?这都几点了还不睡。

思及此,他掉转方向前往花房。

……

花房里笑声不断,段燃轻咳一声拉回老妈的注意力。

"哟儿子,回来得正好!快看美瑄送给妈妈的昙花,今晚一准开!"

"开什么开?这都几点了?您为了看花开身体都不管了?我给您五分钟,立即回房休息。时限一过,我立马给爸打电话,切记,这不是演习,计时开始。"

段妈像小孩子一样吐吐舌头,继而朝欧阳美瑄使个眼色,示意她想办法。欧阳美瑄心领神会,赶紧给段燃倒了杯茶,走上前,笑盈盈地说:"你别怪Aunt,主要是我还没见过昙花一现的美景,抱歉是我没注意到时间。"

段燃并未接过茶杯,甚至看都未看欧阳美瑄,他径直走向钱希西,一手压在扶手上,一手轻拍钱希西的脸颊。

"找感冒呢?快醒醒。"

钱希西迷迷糊糊地呢喃一声,眼睛睁开一条缝看了看,然后脖子一软又昏睡过去。

段燃可以看出她睡得很沉,于是大大方方地问:"我背你回房?"

欧阳美瑄睁大惊异的双眼,刚欲上前阻止,却被段妈拦下。段妈附耳告诉她,不必大惊小怪,段燃不是第一次背钱希西回房,他们的关系就像亲兄妹。

欧阳美瑄暗自攥拳,去他的亲兄妹,段老太的脑袋莫非让门缝挤过?!

另一边，钱希西完全没有睁眼的意思，她习惯性地伸出双臂，段燃脱下西服，又解开衬衫领口的两颗扣子，正要背，发现钱希西把双腿蜷屈在椅子上一动不动。他索性抄起她的脊背和双腿，一鼓作气将她横抱在怀。

钱希西顿时感到重心不稳，一手顺势钩住他的肩膀，脑袋紧贴在他的胸膛。

段燃托了托她的身体，想到半夜的凉风，请老妈把西服盖在她的身上。

段妈只是想小小地惩罚钱希西，当然不想没完没了，于是妥妥当当地帮钱希西盖好，还顺手帮她捋开挂在嘴边的发丝。

"小燃，动作轻点儿。"段妈叮咛。

段燃颔首，又侧头看向电子钟："我送她回房就回来监督您。"

"哎哟，你这臭孩子，在外人面前也不知道给妈留点儿面子？我不等了还不行吗？你直接回房睡吧。"段妈抚了抚儿子的额头，见儿子眼底泛黑，当妈的老心疼了。

"外人"两字灌入欧阳美瑄的耳朵，差点儿没把她的肺给气炸！

段燃早不回来晚不回来，偏偏在她与段妈建立感情的时候出来搅局？！

她眯眼瞪向赖在段燃怀中的钱希西，原本以为她只是一只没脑子的小白兔，没想到还挺会讨巧卖骚？！

段燃压根儿就没注意欧阳美瑄，他抱着钱希西离开花房，步伐大步流星。

晚风微凉，钱希西又往他怀里钻了钻，她在浑浑噩噩中询问自己，是醒了还是睡着呢？这么熟悉又温暖的怀抱，为什么感觉属于段燃？

"段燃，是你吗？"

"嗯。"

钱希西微微地扯起嘴角，看来是在做梦，段燃根本不在家。

"你为什么还不回家？有人欺负我，你快回来帮我打她……"她的睫毛眨了眨，只见两行热泪顺着睫毛溢出眼底。

段燃步伐一顿，注视她那张满是忧伤的睡颜，虽然不知道发生了什么事，但他的心莫名地揪扯一下。

他俯下头，用嘴唇摩挲着她的刘海儿："谁欺负你，告诉我，我一定帮你收拾她。"

亲昵地磨蹭似乎让她终于找到宣泄的出口，她环起双臂，紧紧地搂住他的脖子，泪如雨下……他只离开几天，她却仿佛经历了一个世纪的变故，她真的很想念段燃，只要他站在她的身旁，不用说话，更不用动拳头，她便什么都不怕。

段燃知道她此刻并不清醒，所以并未追问缘由，只是用身体包裹着她，尽可能为她制造安全又温暖的避风港。

……

待她停止哭泣陷入深度睡眠，他才迈着谨慎的步伐将她送回卧房。

他帮她脱掉鞋，盖好被子，关闭照明灯。

黑暗中，他坐在她的床边，握住她冰冷的小手。

睡吧希西，安心地睡吧，你要相信，有一个叫段燃的男人，他会无条件地守护着你，直到你不再需要他。

与燃共舞

自从昙花事件之后，钱希西又有一个多星期没去段家，主要原因就是因为她一大早在餐厅里见到了段燃。换句话说，她当晚以为在梦里说的那些话，其实就是对着段燃本人在讲。她怕段燃追问缘由，所以谎称打工火速逃离段家。

钱希西正坐在电脑前与淘宝买家聊天，房门咚咚敲响。

她刚打开门，看到快递小哥手里捧着一个大纸箱，手机同时响起。

"希西，收到礼服了吗？"蒋学长的声音温柔入耳。

"礼服？我看看。"

她匆匆签收包裹，打开一看，盒子里果然放着一条淡粉色的公主裙。

"就是我昨天跟你提到的舞会，今晚八点，我去接你。"

钱希西羞答答地应了声："好的学长，晚上见。"

小心翼翼地取出小礼服，架在身前比画，她笑得比花还要甜。

某德高望重的商界大佬邀请本市名流参加生日舞会，蒋哲洋作为大佬女儿就读学校的校长，受到热忱地邀请。

钱希西对着穿衣镜深吸一口气，这是第一次以女友的身份陪同蒋学长出席重要聚会，千万、千万不能给蒋学长丢脸。

晚八点，蒋哲洋准时出现，他今日格外帅气英挺，浅灰色的西服使他多出几分平日不曾表现的时尚感，垂感较好的西裤将他的双腿衬托得颀长笔直，他儒雅地笑着，就像一位风度翩翩的王子。

钱希西双眸微垂，双颊酡红，小鹿乱撞。

"希西，你今天真漂亮。"蒋哲洋伸出手递给她。

被赞美了，她尽量克制住女汉子般的狂笑，努力装出一副淑女的神态。今天一定要好好表现，加油！

途中，蒋哲洋见她坐姿拘谨，笑着说："别紧张，就当参加学校舞会，如果有陌生人与你攀谈，你不想多聊就不聊。如果有人问你在哪儿高就，你就告诉对方你是学生，我们不是生意人，只是凑凑热闹，不用顾忌。"

"嗯，学长是不是怕我不知道如何与陌生人相处？"钱希西粲然一笑，"我经常跟随段燃参加诸如此类的宴会，学长不必为我担心，我知道怎么应付。"

蒋哲洋嘴角微敛："段燃？他让你做他的女伴？"

"是的，不过基本每次都是被他坑过去的，他说带我去吃好吃的，其实是把我骗去酒会、舞会给他做挡箭牌，他带女伴儿出场，可以挡掉找他跳舞和搭讪的年轻女性。"她的态度不以为意。

"哦，是吗？看来他女人缘很好，不管走到哪里，都会成为焦点。"

钱希西没有听出这句话在反讽，赞同点头："没错，别看他冷得像块冰，甚至有时对人不够礼貌，可偏偏招女人喜欢，也是醉了，哈哈！"

好好的约会，为什么要聊段燃？蒋哲洋欲言又止，再讨论下去便会显得自己小家子气。

当他们抵达时，别墅四周已经被各种豪车堵得水泄不通。知道的是参加寿宴，不知道的还以为是云集大牌的车展。

"呀，好巧，我来过这里。"钱希西望向别墅外观，这是一座建造成古堡风格的别墅，院中树木修剪成各种动物的造型，她对此印象深刻。

也就是说，她应该一早就见过别墅的主人，但主人未必记得她。

蒋哲洋不用多问也知道她曾与谁前来，心情不免又差一些。

他快速调适心情，朝她弯起手臂："进去吧，我漂亮的女朋友。"

钱希西挽上他的臂弯，娇羞点头。

服务生引领他二人步入宴会现场，舞曲余音缭绕，虽然客人还不算多，但已是杯觥交错，欢歌笑语。

蒋哲洋偕钱希西向寿星祝贺。寿星姓张，是一位广结善缘的商界大佬。

寿星的女儿笑脸相迎，她又看向父亲："爸，这位就是我常跟您提到的蒋校长，钢琴弹得特别好。"

张董事长虽年过半百，但依旧红光满面，意气风发。他上前一步，主动向蒋哲洋伸出友谊之手："感谢蒋校长赏光，我的宝贝女儿对你可是赞不绝口啊，哈哈。"

蒋哲洋俯首致谢，刚欲介绍钱希西的身份，张董事长却率先开口："这位小姐，我们是不是在哪里见过？"

"生日快乐张董，我曾陪一个朋友参加过您举办的慈善拍卖酒会。"钱希西双手奉上花束，一颦一笑落落大方。

"哦，看来我的记性还不错嘛，"张董稍加回忆，又说，"你肯定在拍卖会上举过牌？"

"是的，我朋友拍下一个北宋中期的影青釉瓷盘，当时叫价很激烈。"

张董眼前一亮："那我知道了，你是段总的朋友，当时段总与同业肖总持续飙价，后来段总直接把竞拍牌给了你，请你代表他叫价到底！"

提及拍卖会当晚的一幕，钱希西不由得冒冷汗，举牌一次等同加价十万，她的小心脏啊，颤得都快碎了。至于段燃，就跟看热闹的围观群众一样，坐在一旁喝红酒、吃海鲜，好像花的压根儿不是他的钱。

"您记性真好，段燃的父亲喜欢收集古玩字画，他势在必得也是为了他父亲。段叔收获瓷盘，别提多开心，大赞原收藏家眼光好。"

"哈哈，我也是忍痛割爱啊！段总不仅头脑敏锐，还是个大孝子，真不错！"经过一番简单交流，张董对段燃这位后起之秀又增添几分好感。

蒋哲洋关注着钱希西与寿星之间的互动，恍然发现他根本不了解钱希西，那个在他面前怯懦含羞的女孩儿，在名流人士面前反而变得端庄沉稳，尤其是口才，好似受过专业培训。上流社会人捧人，中流社会不理人，下流社会人踩人。钱希西既捧人又不至于谄媚，是耳濡目染吗？

说曹操曹操到。

伴随客人们追随的目光，段燃只身一人步入会场。

"段总，我正与钱小姐聊到你。"张董大步流星地迎上前。

"生辰快乐张董。"段燃送上贺礼，他一进门便看到钱希西与蒋哲洋。原本他打算坐一会儿就撤退，不想让钱希西又搅和在两个男人的战火之间。

"不好意思张董，Q.E三十周年庆将近，我或许要提前离开。"

"那我可不依，算算日子我们也好久没见了，你怎么也得等我切完蛋糕再走。"张董招呼女儿上前，"甜甜，好好招待爸爸的贵客。"

甜甜悄悄地朝父亲眨下眼，这是她与父亲的暗号，眨眼一下代表"好"，不眨眼代表"不行"。话说张董频繁举办聚会，也是为了给宝贝女儿从众多商界巨头中物色一位如意郎君。

"段总，我陪你去喝点儿东西？"甜甜笑靥如花。

段燃微微地皱了下眉头，与蒋哲洋和钱希西就像陌生人一般，擦肩而过。

钱希西刚巧也不想跟他打招呼，因为她依稀记得，那晚她曾搂着他哭哭啼啼企图告欧阳美瑄的罪状。幸好她当时及时刹住车，否则只会让段燃左右为难。

她调整情绪，见服务生托着酒盘路过，她顺势取下两杯酒，笑着对蒋学长说："我们去那边儿坐会儿？"

蒋哲洋接过酒杯，不动声色地应了声，本应该是蒋哲洋怕她不自在，带领她喝东西休息，此刻看来他真是多虑了。

因为段燃的出现，导致钱希西确实有些放不开。这其中的原因很简单，当一个人把女汉子的一面淋漓尽致地展现在熟人面前之后，就很难再在那个熟人面前扮演淑女。

她借助喝酒的动作，偷偷瞪了段燃的背影一眼，影响她谈情说爱的罪魁祸首。

客人越聚越多，寿星进行简短的开场白，舞会便正式开始。

时尚靓丽的名媛、公子，三三两两步入舞池，翩翩起舞。

"学长，你怎么了？"她终于察觉男朋友情绪不对。

"没事。"蒋哲洋回过神，放下酒杯，邀请她共舞一曲。

钱希西把手搭在他的掌心："我跳得不好，请学长多担待啦。"

"行，万一你踩我的脚，我保证不喊出来。"

她轻声嗤笑，与学长跳起华尔兹。

舞蹈与音乐总是令人心情舒畅，蒋哲洋抛开烦恼，情绪渐入佳境。

"跳得不错，比我想象中的要好很多。"

"谢谢，好久没跳了，我还真怕踩到学长。"她悄声说。

"谁教……算了没事。"蒋哲洋话到嘴边又咽了回去，想必教她跳舞的人也是段燃，思及此，他刚挂在嘴角的笑容又即刻消失。

"学长是问谁教我的吗？是段姨，段姨说，女生可以不喜欢交谊舞，但至少要学会一两种。这样一来，万一遇到喜欢的男生请我跳舞，我就不会错过相识的机会。看，今天就派上用场啦。"

蒋哲洋看向她甜美又红润的笑脸，眸中掠过一丝内疚之意，有时候他真的分不清，是段燃有意捣乱，还是他自己把段燃当成假想敌。

他蒋哲洋，分明是一校之长，分明是音乐领域的佼佼者，分明在财力与殊荣上不输段燃，分明是钱希西暗恋多年的唯一对象。但不知怎么回事，他在感情面前总是提不起自信。

究竟是为什么？

"希西，你喜欢这种场合吗？"

"很好啊。"

"说实话。"

钱希西默默摇头:"不喜欢,感觉那些人都很虚伪。"

"什么现象让你感觉虚伪?"

"我记得有一次陪段燃参加一个婚宴,同桌一位商人与他称兄道弟,我还以为他们是好朋友,但没过多久,那个人就用阴损手段抢走 Q.E 一个重要客户。诸如此类的事还有很多,段叔有时会在饭桌上说说。"

"段家父母,一个教你跳舞,一个教你社交,果然是良师益友。"

钱希西从不怀疑这一点:"我在两位长辈身边学到很多知识,我很感谢命运让我与段家人相识。"

"那段燃呢?他给你的感觉又是什么?"他决定主动冲破"段燃"这个犹如魔咒般的屏障,不敢聊就是逃避。

钱希西下意识地看向段燃,不曾想段燃也在看她。他们四目相对,按照常理来说,应该双双闪避,但谁都没有移开视线,而是自然而然地用目光交流起来。他俩的相处方式就是这么诡异,可以同处一室三天闹冷战不说话,然而一旦有一方主动开口,立马该吃吃该聊聊,好似啥事都没发生过?

此刻,段燃身旁至少围坐四位美女,钱希西听不到那些女人的说话内容,但可以看出那几个女人在轮番邀请段燃共舞,段燃虽然没有将烦躁的情绪表现在脸上,但他不停地晃动着手中的酒杯,由此证明他在忍。

蒋哲洋等待良久得不到回应,顺着她的视线看过去……

"正如你所说,他颇受女性青睐。"蒋哲洋转过头,发现钱希西仍在关注段燃,神态中还多出三分焦虑。

"希西,你在看什么?"

"他快要发火了,这可是寿宴呀,要不,我们过去找他坐坐,这样就可以帮他赶走那些陌生女人。"

说话的工夫,她已经把手从蒋哲洋的肩头撤下来。

"他是成年人,知道该怎么管理自己的情绪,是你太敏感。"

"你不了解他,他当然不会掀桌,但会讲出一些看似在闲聊,其实

/ 223

让人下不来台的话。今日来宾多半是商界前辈的子女，我不希望他四处树敌。"

蒋哲洋见她要过去，及时握紧她的手："如果你今天不在呢？或者说，你打算帮他解围到什么时候？你有没有想过一个问题，也许因为你的出现，就此阻隔一段不错的情缘？"

钱希西一怔："怎么可能，他如果喜欢其中某位，就不会向我求救。"

"求救？他向你求救？你在说什么？"蒋哲洋哭笑不得。

不知道该怎么解释，因为那是她与段燃经过长期相处才建立起来的默契感。

"我想了想，学长说得也没错，他就是太封闭自己，让他自己处理吧，我们继续跳。"她将手搭回学长的肩头。突然话风转向，是因为她也意识到自己在学长面前的表现，无奈许多时候，替段燃轰赶骚扰对象，已经形成条件反射。

或许还有一点点不爽，她不喜欢其他人试图与她争抢同一把保护伞。

这个想法很自私，幸好别人不知道。当然，她也只是想想，还真能拦着段燃替别人挡风遮雨吗？

一曲舞完，他们正准备坐下休息，这时，一位客人认出蒋哲洋是知名钢琴家，于是举着酒杯上前示好。

经过简单介绍，蒋哲洋得知对方从事乐器生意，好巧不巧，他准备购买的一批古典乐器，正是出自这家企业，因此两人坐下来闲聊。

钱希西对音乐性话题意兴阑珊，申请独自去花园散散步。

"嗯，我一会儿去找你。"蒋哲洋拍了拍她的手背。

花园里的客人也不少，钱希西记得这座别墅的正后方配有秋千和跷跷板等游戏设施，所以直奔秋千而去。

这座别墅占地面积巨大，从别墅里面穿行到后面或许不算远，但围着外圈走还真不近，她走了很长一段路才抵达目的地，不过也正因为远，清静无人。

她一屁股坐在秋千上，迫不及待地脱掉磨脚的高跟鞋。

正活动酸疼的脚趾，一缕交谈声从窗户传来，并且引起她的注意。

中年男声说："哎哟我的甜甜大小姐啊，亏你想得出来！今天可是老爷的寿宴日，你居然让我把酒倒在客人身上？这也太失礼了吧？！不行不行！"

年轻女声说："你就帮帮我嘛，段燃说要离开不下五次了，可那几个讨厌的女人一直缠着他！我连插句话的机会都没有，只有你把酒洒在他的西服上，我才能以主人的身份把他请上二楼整理呀，才能制造独处的机会啊！求你了，他就坐在你负责送酒的区域里。男士衬衫我都准备好了，就差你帮忙！"

算计段燃？！钱希西拎着高跟鞋，弯身猫腰，蹑手蹑脚地靠近玻璃窗，透过缝隙看到寿星的女儿与一名中年男性服务人员。

服务人员情绪激动，强调把酒洒在客人身上的严重性。

甜甜则是软硬兼施，撒娇耍赖外带撒泼打滚。

钱希西眯起眼，凭她对段燃的了解，不管出于什么目的，一旦把酒洒在段燃的身上，都是段燃不能容忍的行为。这个叫甜甜的女生，简直神逻辑！

服务人员经不起甜甜的软磨硬泡，最终妥协，答应帮她这一次。

甜甜立即部署战略方案——首先谎称父亲要见段燃，待段燃随她前行，服务人员便可以见机行事。

钱希西见二人双双离开房间，她登时以小猎豹的速度奔回别墅，不能让段燃在众人面前损失颜面半分，不能，她不允许！

钱希西风风火火地返回会场，蒋哲洋正要去找她，两人在门口相遇。然而，不等蒋哲洋开口，她气喘吁吁地说："我有急事要和段燃商量，晚点儿我会跟学长解释原因，先这样。"

不待蒋哲洋追问，钱希西惊见那个叫甜甜的女生正朝段燃的方向走去，她不假思索地扒开挡在视线前方的蒋哲洋，继而像一阵风似的奔向段燃。

　　……

　　她快甜甜一步站在段燃的面前，无视围坐在他四周的美女，伸出手递到段燃的眼前，说："我想请你跳支舞。"

　　美女们无不以为段燃定会断然拒绝，不曾想，段燃几乎一秒都没犹豫，牵起她的手，一同步入舞池。

　　见状，美女们满怀敌意地瞪视钱希西，这其中当然也包括伺机而动的甜甜。

　　什么情况，半路杀出个程咬金？

　　舞曲悠扬，段燃带领着钱希西的步伐流畅舞动。她抛开面对学长时的紧张，身体上的放松反而让整体曲线更为优美。如此行云流水的舞步，也只有在熟人之间才能完美展现。

　　钱希西借助旋转的舞步，观察甜甜的表情。甜甜显然情绪欠佳，不过似乎还在等待下手时机？钱希西想了想，甜甜无非是想为自己争取一个机会，也不算什么大错，所以还是不要把真相告诉段燃为妙，免得造成他们之间的不快。

　　段燃睨向蒋哲洋，见他坐在位于角落的沙发上，认真翻阅手机，似乎在忙。

　　"如果你和我跳舞的目的是为了让姓蒋的吃醋，我可以陪你多跳几支。"他扬起嘴角，笑得意味深长。

　　"神经病，跳什么跳，我主要想问你什么时候走？"

　　段燃绷起脸，原来是嫌他碍眼！

　　"我走不走跟你有什么关系？"

　　钱希西继续观察甜甜，发现那姑娘还是一副虎视眈眈的模样，看来计划并未打消。

　　既然如此，她必须把段燃带走，就这样！

　　"当然有关系，我想带学长去吃私房菜！就是你常带我去的那家，我记得那家只接待熟客,可是我每次都是跟着你去蹭,所以我们一起去吃呀?"

他可不想跟蒋哲洋共进晚餐"那还不简单,我给店家打个电话就行。"

"不要,那家连菜单都没有,我不会点,一起去嘛。"

段燃蹙眉:"你到底想干什么?"

"就是、就是一起吃个饭,我能干什么……"

"没兴趣。"段燃松开她的手,旋身径自离开。钱希西坚决不能让他落单,于是上前一步挽住他的手臂:"别走啊,这首曲子我喜欢,陪我跳完。"

不待段燃拒绝,她再次把手指搭在他的肩头。

无论段燃在家时如何骂她,在外皆以她的喜好为基准,今日也不例外,段燃无奈叹,陪她重返舞池。

这一幕落在蒋哲洋的眼中,他自嘲一笑,他们看上去更像一对情侣。

这时,甜甜走上前,邀请蒋哲洋共舞。蒋哲洋的目光追随着钱希西的身影,钱希西则是注视段燃,不停地聊着什么。他犹豫几秒,接受邀请。

钱希西惊见蒋哲洋偕甜甜进入舞池,不禁倒抽一口凉气,这女的又想干啥?

甜甜特意选在钱希西和段燃的附近共舞,她一边与蒋哲洋跳舞,一边使用段燃可以听到的音量,问:"蒋校长,我们旁边那位美女,是您的女朋友吗?"

蒋哲洋低沉地应了声。甜甜浮夸地"呀"了一声,然后朝钱希西抛去友善的笑容"你好,我是新转到梵睿学院学钢琴的大二学生,选择梵睿,完全是慕名而去,因为我崇拜的钢琴大师正是蒋校长。"

钱希西之前只知道蒋哲洋钢琴弹得好,但不知道他的名号同样响亮,经过这段时间的相处,她确实发现在约会的时候,会有陌生人向蒋学长索要签名。

男朋友受人追捧,钱希西当然替他开心,不过针对甜甜这个小粉丝,她依旧持三分怀疑态度。

果不其然，甜甜继续东拉西扯，很快把话题扯到段燃身上，当她得知段燃和钱希西是朋友的时候，立即提议四个人坐下来喝点儿东西。

喝东西？！钱希西拉响警报，嘛意思，还惦记着用酒泼段燃呢？！

段燃与甜甜的父亲曾有过生意上的合作，坐下来喝杯东西也未尝不可，他正要摊手引领，钱希西却突然抓住他的手，同时讲出一个"不"字。

见状，所有人都不明所以地等待下文。

显然，她的举动比脑子快了几拍，根本没想好理由便出手阻拦。

气氛异常尴尬，蒋哲洋虽然感到疑团重重，但作为钱希西的男朋友，有责任替女朋友解围。

然而，就在蒋哲洋考虑如何化解尴尬的时候，段燃已然想好一套说辞，他礼貌性地扶住钱希西的手肘，故作关切地问："你刚才就说头有些晕，是不是严重了？"

"嗯？……嗯，酒量不好，抱歉，失礼了。"她朝甜甜俯首致歉，"不如今天先聊到这儿，"她又看向段燃，在没有通气的情况下，没头没尾地说，"你不是有事要和学长商量吗？我请甜甜陪我去花园散散步，你们说正事要紧。"

段燃终于从她的神态中看出端倪，颔首示意，摊手目送两位女士离开。

甜甜唯有心不甘情不愿地远去，她叹气连连，好不容易看上一个顺眼的帅哥，却被旁人一次次挡在外围，唉，有缘无分哪！

舞会现场，两个不对盘的男人面面相觑。

既然是段燃有事要讲，蒋哲洋自然在等他开口，段燃却缄默不语。

"似乎是你找我？"蒋哲洋不冷不热地说。

段燃抿了口酒："你一会儿问希西好了，我并不清楚她的动机。"

"什么意思？"

"没什么意思，她只是抛给我一个眼神，让我答应她的要求。"

蒋哲洋不自觉地抿紧双唇，嗬，又是目光的交流？而这种无声地交流，似乎只有他们彼此能看懂。

"段燃，我希望你可以摆清自己的位置，离我的女朋友远点儿。"

蒋哲洋正式宣战，从这一秒开始，将段燃列入情敌名单！

段燃不怒反笑，似笑非笑地问："你希望我离她多远？一米还是两米？"

"你明白我的意思，最好不要逼我对你失去最基本的尊重。"

段燃缓慢地对了对指尖，平心静气地说："这些话，你应该对你的女朋友说，看看你有没有本事禁止她出入段家，如果你没有那么大能耐，也可以找根绳子把她拴在裤腰带上。"

蒋哲洋磨了磨后槽牙："我不想跟你斗嘴，希望你认真地问问自己，你是真的不能失去她，还是只把她当成一个不愿被人争抢的玩具。"

"看来她在你面前确实把我形容成了恶魔？"段燃敛起嘴角，悠悠地站起身，走到蒋哲洋的身旁，他的表情在笑，目光中却附着一层无法掩饰的惆怅，"我是否会失去她，决定权从来都在她的手里。"

语毕，他径自离开会场。

繁星漫天，蒋哲洋把车停在钱希西的家门前。

"今天玩得很开心，谢谢学长。"钱希西推开车门。

蒋哲洋握住她的手，憋了一路的想法，他决定说出来。

"希西，你信任我吗？"

钱希西不假思索地点点头："当然，学长怎么想起问这个？"

他不苟言笑："相信我是那个可以让你依赖终身的男人吗？"

见学长态度严肃，她也随之认真起来："……我和学长才刚刚交往，所以我还没有仔细地考虑过这个问题，何况感情是双方面的，学长那么优秀，就算我想赖着学长一辈子，还要看学长让不让我依赖。"

"对我没信心？"

"不，当然不是，只是……"钱希西垂眸，坦然道，"好吧，我确实不相信这世上存在永恒的爱情，我的父母就是最好的例子。"

暗恋是独陷情网的文艺片，相恋是激情四射的冒险剧，不要试图勾

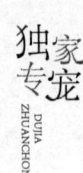

勒未来，享受在当下就好。

蒋哲洋沉了沉气，握紧她的双手抵在唇边，注视她的双眸，含情脉脉地说："希西，我确定，我爱你。"

"学长？"爱字在她心里很重，非常重。

"以后不要叫我学长，会让我感觉你离我很远。"

"哦……哲、哲洋。"

蒋哲洋吻了下她的手指，和婉地说："我一直没有告诉你，六年前，中秋节那晚，我站在广场上，等了你一夜。"

钱希西唇齿微张，呆若木鸡。

他抬起眸，温柔地抚了抚她的发帘："其实我很早以前就注意到你，我以为你会主动来找我，就一直等，怪我那时太被动，白白浪费最好的年华。"

钱希西苦笑一声，缓缓摇头："我是一个很缺乏自信的人，其实我到现在也时常不敢相信，你真的是我的男友。当梦想成真，我又莫名其妙地感到紧张，生怕一句话说错，你再也不会理我。"

"是吗，你经常在我面前说错话。"他浅笑。

"啊？！……我说过什么不该说的？快告诉我，我下次注意。"

蒋哲洋笑而不语，良久，深吸一口气，说："希西，你可不可以为了我，为了我这个想照顾你一生的男人，不再与段家来往？"

28 昙花之恋

学长让她与段家断绝来往?

温暖的光芒仿佛在一瞬间被冰雪覆盖,钱希西迷惘地眨着眼,笑容罄尽。

"你在说什么?我不明白你的意思。"

蒋哲洋知道她一时间无法接受,但他真的不想再忍受他们之间有个段燃。

"只要你去段家探望二老,就势必要与段燃见面。我可以直言不讳地告诉你,我对段燃真的没有好感,一丝一毫都没有。"

钱希西不自觉地蹙紧双眉:"我离开的那会儿,你们又吵架了?你别生气,他说话就那样,我马上打电话骂他。"

蒋哲洋见她掏手机,及时制止:"希西,你怎么还不明白,这不是吵不吵架的问题,我无法容忍的是,你为了帮段燃解围,可以把我抛在一旁置之不理。"

钱希西显然没听懂:"我不是故意的,我也跟你解释过了,那个女的为了接近段燃,要用酒泼他,今天来了那么多名流,别人会看他笑话的。"

蒋哲洋将她的神态收入眼底,他不由得幡然醒悟,原来他的不自信,与其他人无关,纯粹来源于钱希西本人。

"你会不会把事情设想得太严重了？何况他的颜面，真的对你这么重要吗？"

钱希西越来越听不懂，朋友之间不应该互相保护吗？

"如果学长遇到同样的麻烦，我会更加奋不顾身。你不相信我吗？"

蒋哲洋无奈一笑："你还是不懂……"

是啊，她听不懂，学长的话真深奥！

"你认为我莫名其妙也好，不可理喻也罢，总之，我的态度就是这样，你回去考虑考虑，考虑清楚再给我打电话，我可以等。"他不打算再让钱希西混过去，因为他想和这个女人走得长远，如果可以的话，他希望这辈子她只属于他。

他微探身，轻吻她的额头……爱情的萌芽一早便在他心里扎根，误以为那只是一段青涩的回忆，其实他为之单身至今。

……

钱希西站在路旁，望向远去的车尾，傻乎乎地眨着眼，完全摸不清头绪。

因为太焦虑，她唯有向拥有丰富恋爱经验的张佳云请教。

张佳云听完舞会上发生的事，得出简单明了的答案。

"你是不是傻？吃醋了呗！"

"为什么吃醋？学长知道我喜欢的人是他啊！"

"我给你分析一下，你跟学长去约会，中途却跑去和段燃跳舞，你给出的理由是这样的，有个女的看上段燃，你就急眼了，百般阻挠。接下来，你又把前因后果告诉蒋学长，而后坚定地对学长说：你绝不允许别的女人勾搭段燃！你当时满脸分明写着，段燃是你的你的你的。"

钱希西急得直跳脚："我呸呸呸，哪有你这样总结的？你漏掉了最重要的环节好吗？那女的没安好心眼儿！"

"人家姑娘怎么就没安好心了？不就是为了追求喜欢的人耍了一点儿无伤大雅的小伎俩吗？再者说，你怎么就能确定，段燃对那姑娘一点儿意思都没有?"

"我……我当然能确定啦！我跟他认识那么多年，他喜欢什么样的我还不清楚吗？那女的肯定不是他喜欢的类型！"

"那你倒说说段大少爷喜欢啥类型的？"

钱希西准备细细描述……却张大嘴完全卡壳，哎呀完了，段燃似乎从没讲过他喜欢哪种类型的女生。

张佳云迟迟得不到回应，打着个哈欠说："快开学了，我得倒倒时差，你也睡吧，顺便反省一下，晚安。"

嘟嘟嘟，通话结束。钱希西全身无力，瘫倒在床，所以说……她的行为确实令学长误会了？

思及此，她满床翻滚大喊冤枉！

就说她智商不高，但喜欢谁这种事不可能搞错！学长也太不信任她了吧？！

新学期开始，同时预示着，钱希西在校的最后一个年头来临了。

抱着课本走进大教室，学生会副主席便一个箭步冲到她面前，那灸热的小眼神儿，吓得钱希西倒退三步。

"有、有事吗？"

副主席推了推眼镜腿，严肃地说："你好，你就是钱同学吧？我有重要的事要跟你商量，跟我出来一下。"

"……是。"钱希西一个不学无术的学渣，最怕干部找谈话。

副主席一副领导的架势，把她带到犄角旮旯。钱希西环视四周，发现一个人影都没有，不由得紧张地吞了吞口水。

猝不及防，他突然面朝钱希西90°深鞠躬！

"我想购买Q.E的周年庆版香水，但很悲催的是网上预购已经结束，钱同学！拜托你了！我愿意多出两倍的价格！"

"……"还以为要揍她呢，钱希西顺顺气，"我、我只能帮你问问。"

副主席持续深鞠躬："我女朋友下礼拜生日，香水的事她跟我念叨很多次，我也答应作为生日礼物送给她，但没想到预售仅限一千瓶，我鼠标一慢居然就抢完了！现在我女友满心期待，以为可以收到心爱的'昙花之恋'，我不能让她失望啊！求你了钱同学，我听说 Q.E 的 CEO 是你的好朋友，你一定要帮我。"

钱希西一怔："昙花之恋？昙花香的香水？"

"哎哟，你别闹了行吗？昙花造型的香水项链，Q.E 与 U3 联合打造的三十周年庆香水瓶，千万别告诉我你还没见过？"

钱希西木讷地摇摇头，自从蒋学长提出让她与段家断绝来往的无理要求之后，她虽然还没有正面答复蒋学长，但这段日子确实没去段家，因为张佳云说得有些道理，她应该适当地与段燃保持距离，否则只能加深蒋学长的误会。

不过她在 Q.E 打工的分店里，倒是听同事们在热议这件事，据说总部那边口风很严，只有到了周年庆当天才会在官方网站公布限量版香水的整体外观图。钱希西原本可以在第一时间看到小样儿，但不是正好赶上这段时间没去段家嘛，所以无形当中错过一手资讯。

"我虽然认识 Q.E 的老板，但关系……也没那么近。"她不想给段燃添麻烦，何况有事相求才想起找他，也太不要脸了。

然而，副主席可不管那些，缠着她苦苦哀求，就差给她跪下了。

一个大男人，只是为了让女朋友开心，便可以做到这个份上，肯定是真爱吧？

最终，经不起软磨硬泡的钱希西，答应帮他打个电话问问看。

好不容易求到松口，副主席岂能让她走？恳求她立即联系段燃。

钱希西也挺无奈的，唯有拨打段燃的手机。

"副主席，你不要抱太大希望，段燃工作很忙，未必会接……呃，喂？段燃，你现在方便说话吗？……嗯，那个，有点儿事需要你帮忙……"她将副主席的请求一五一十告知段燃。她想，段燃八成得骂她多管闲事，再愤愤地挂上电话。不曾想，段燃竟说没问题，并且告诉她，他正在外面谈事，车上刚巧有一瓶没开包装的，等忙完了给她送过来。

"……哦,好,我代表学生会副主席的女朋友对你表示衷心的感谢,嗯,你到了给我打电话,我去校门口取。"她晕乎乎地挂上电话,再看一贯严肃严谨的副主席,已经高兴得跳起舞来,他打开手机支付平台,大笑着说,"谢谢你钱同学!别人比登天还难的事你却手到擒来!多少钱我先打给你!"

段燃刚才在电话里跟她说,这款香水目前已经炒到原价的五倍,反正他不会管钱希西要钱,而她愿意卖多少钱随她便。

臭财迷大发横财的机会来了?

"送给你。不过你要亲自谢谢段燃。"

副主席愣住:"你说真的?"

微风吹拂着钱希西乌黑的发丝,她笑着应声,不为别的,就为爱情。

……

钱希西上完一堂大课,段燃刚巧也到了,她与副主席一同来到学校门口。

段燃今日驾驶的是敞篷跑车,他倚在车门旁,衬衫袖口松散地挽过手腕,和煦的阳光照耀着他既冷峻又慵懒的脸庞,雅痞韵味十足。

不得不说,段燃是自带光环的男人,与生俱来的冷傲气质足以秒杀纯情少女。正值午休时间,女生们从他的身旁穿行而过,有的忍不住多看两眼,有的与好友窃窃私语,有的甚至神经质地寻找摄像机,她们误以为是哪个新生代小鲜肉在学校门口借景拍戏。

段燃真的很习惯被关注,他目不斜视,直到钱希西与一名眼镜男走向他,他的脸上才多出一丝丝浅显的表情。

副主席没想到 Q.E 不仅名扬海外,就连老板都帅得一塌糊涂,他倒抽一口凉气,感慨道:"原来传说中的霸道总裁,现实里真有啊?!"

钱希西嗤笑,小跑两步走到段燃面前。

段燃转身取出香水递给她。钱希西转交给副主席,副主席双手接过包装完好的香水,千恩万谢。

钱希西见段燃跟木头人似的也不给个回应，偷偷用手指戳他，示意他说句话。

"祝你女朋友生日快乐，你可以走了。"他面无表情地说。

"……"钱希西扶额，不说后半句能死吗？！

副主席得偿所愿，还没花钱，抽他一顿都没事！再次感谢，继而欢蹦乱跳地跑远。

"吃什么？"他问。

"不吃了，下午的课很重要，我怕来不及。"钱希西的表情有些不自然，"嗯……没想到你会亲自跑一趟，辛苦了，谢谢，开车小心，再见。"

她旋身欲走，段燃却严厉地叫停。

她猛地转过去，没料到他手里正举着东西，于是她的额头撞在硬纸盒的边角上。

"哎哟，疼……"她捂住额头。

段燃啧了声，将她拉近一步，径自撩起她的刘海儿察看。

"撞红了，你怎么总跟头蛮牛似的？"

"我哪知道你会突然伸出手……"她没好气地拨开他的手，发现他拿在手中的盒子和给副主席的盒子一样！

"送你的，打开看看。"

"我也有？！"钱希西此刻想装出镇定的模样都很难，因为她对"昙花之恋"真的很好奇。

她兴奋地打开精致的外包装，从中取出一个丝绒面的首饰盒，小心翼翼地揭开昙花之恋的神秘面纱。

"哇！好漂亮啊段燃！"她谨慎地拿出小巧玲珑的香水瓶，仅有一枚硬币大小的香水瓶，使用粉金色勾勒出昙花的线条，花蕊镶嵌黑钻，梦幻到极致。

段燃见她双眼放光，欣慰地扯了下嘴角："连你的校友都有，你怎么可能没有。"

钱希西一定不知道,昙花之恋的灵感正是来自她昏睡在花房的那一晚。她当时在睡梦中,喃喃呓语:昙花开了吗?开了吗?段燃轻声询问:开不开有那么重要吗?她迷迷糊糊地回:我希望昙花可以晚点儿开,这样就可以和段燃一起看。

一句话,使得一直拿不定主意的段燃,想到了主题,一个关于爱的主题。

爱上一个人,或许不需要经历时间的考验,就在那一瞬间,便成为唯一的永恒。

"要不要戴上试试?"

"啊?好啊!先帮我把学长送的项链取下来,轻点儿哟!"钱希西将开长发转过身。

段燃应了声,首先帮她取下纤细的铂金项链,随后戴上昙花之恋。

戴好项链,钱希西迫不及待地趴在车镜前方欣赏,阳光与昙花花瓣的光芒交相辉映,仿佛一朵盛开的小小昙花。

"真漂亮,真的好漂亮!怎么能这么漂亮呢?"她已经没有其他形容词。

钱希西正亢奋地左照照右照照,动作却戛然而止,表情也倏地僵住,因为、因为她从镜中看到一个熟悉的男人——蒋哲洋。

停顿数秒,钱希西缓慢地直起上半身,又深吸一口气,才悠悠地转过身。

"学……哲、哲洋,你来了……"

蒋哲洋捏着一束火红的玫瑰花,盯着她随意挂在指尖的音符项链,不知道此刻该露出哪种表情。

"嗯,我来了有一会儿了。"他的声音异常低沉。他迟迟等不到她的电话,一直担心那晚对她说的话欠妥,所以他买了花,订了餐厅,想给她一个惊喜。

然而,他看到了什么呢?他的女朋友与别的男人站在学校的正门口,

/ 237

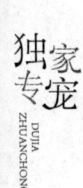

旁若无人地聊着、嬉笑着,甚至是亲密着。

段燃本想打开车门直接走人,但他无意间睨了蒋哲洋一眼,发现蒋哲洋眼中溢满怒火,所以段燃又甩上车门,溜达到钱希西的身体一侧,万一蒋哲洋情绪失控,他也好保护她不受伤害。

"快走,你快走,我来解释……"钱希西轻推段燃的胳膊。

不等段燃回应,只见蒋哲洋将花束撂在垃圾桶上方,继而大步流星地出现在段燃的面前。

目光与目光在沉默中厮杀。

"我记得我警告过你,不要靠近我的女朋友。"蒋哲洋的话从牙缝里挤出来,"还是你打定主意要做第三者?"

钱希西见学长攥紧双拳,唯恐他出手伤人,于是无暇思索地抱住他的手腕:"学长、学长你听我说,不是你想的那样……"

"闭嘴钱希西,我自己说。"段燃直视蒋哲洋愤怒的双眸,顺势将钱希西拉到安全地带。

"我就是喜欢她,你能把我怎样?"

此话一出,钱希西一把大力推远段燃:"你有病吧段燃!学长原本就误会了,你不要火上浇油!别再胡说八道了……"

她的力气真的很大,段燃踉跄一步,咚的一声,撞在身后的车门上。

见状,钱希西暗自抽口气,她克制住道歉的念头,正色道:"段燃,蒋哲洋是我的男朋友,如果你还把我当成朋友的话,我希望你尊重我的男朋友。"

段燃注视着她的双眼,久久凝视着,他锐利明亮的眸光渐渐变得暗淡……

最终,他什么都没说,踩大油门,遽速远去!

钱希西的心拧成一团,她巴不得段燃可以狠狠地骂她几句,可他就那样默不作声地离开了,留下内疚感满满的她。其实,那个一而再再而三让他颜面尽失的坏人,是她吧?

她一动不动地遥望着,直到段燃的车消失在转角,她才转过身寻找蒋哲洋。

"学长……学长你先别走,误会还没解开,我们谈谈。"

她追过去,见车轮滚动起来,她急匆匆地把双手压在车门上。

昙花之恋在她的脖颈前大幅度地摇曳,刺眼的光芒一遍遍地掠过蒋哲洋的双眸。

"我现在不想谈,我想,我们都应该冷静冷静!"他把她的双手从车门前缓缓移开,同样加大油门疾驰离去。

钱希西站在空荡荡的街道上,原地蹲下,双手盖脸,心乱如麻。

怎么会变成这样,苍天啊,怎么会这么狗血啊!

29

此地无银三百两

晚八点半,钱希西回到家。她没有像往常一样,丢下书包就开电脑张罗网店生意。她无精打采地陷入沙发,再次拨打蒋学长的手机。

对不起,您呼叫的用户正忙。

她举着手机愁眉苦脸,自从学长悻悻离开,她拨打学长的手机不下十次,可是学长一看是她的来电就挂断,短信、微信都不回,显然很愤怒。

怎么办?学长会不会提出分手?!

钱希西捶了自己胸口两下以示惩罚,叫你贪图虚荣!限量版的项链再好看也不应该当场就试戴啊,钱希西你真没出息,这下嘚瑟了吧?!

她哭丧着脸取下昙花之恋,正准备放回首饰盒,忽然想起同样愤怒离开的段燃。

唉,她做人真是失败,人家好心好意送她礼物,她翻脸比翻书还快,怪不得段燃总骂她是白眼儿狼,骂得好!

对了,不知道段燃消气没?当务之急是道歉。

思及此,她拨通段燃的手机。

然而,直到接通声自动中断,段燃也没接。

钱希西猜想他是故意不接,所以又把电话打到段家。

"段姨,段燃在吗?……哦,他还没回家?都快九点了……哦,您打电话他不接吗?……哦,可能在忙,好,我知道了,我多打几遍。"

结束与段妈的电话,钱希西继续拨打段燃的手机。她不知道段燃怎么处理不想接听的电话,但至少在他们之间,段燃无论生气与否、忙与否,只要她打过去,他会接起来说一声,或者在挂断后一分钟之内给她发个短信告知在忙。因此,像今天这样死活不接的情况,导致钱希西莫名担心。

她变得坐立不安,一遍遍地拨打段燃的手机,默默祈祷他接电话。

就这样,她一晚上啥事也没干,断断续续地拨打了将近两小时。

午夜将至,钱希西在得知段燃还未归家之后,她越发感到心慌,网店客户也不管了,澡也不洗了,就坐在沙发上拨电话。

功夫不负有心人,段燃终于接电话了!

钱希西憋了一肚子火,甩开腮帮子刚要质问他为什么不接电话,只听电话那端传来震耳欲聋的音乐声,险些把她的耳膜震破。

"喂?!段燃你在哪儿啊?!……啊?你说什么?你是谁?!"

手机被一名女性接听,单从声音上来判断,应该是年轻女性。

手机那端噪声震天,钱希西费了半天劲才听清对方说的话。女人说,她是调酒师,手机的主人喝断片儿了,目前趴在吧台上动也不动,如果方便的话,希望钱希西可以过去接段燃。

"当然,好,请你把地址告诉我。"钱希西手忙脚乱地抓起笔,快速记录酒吧的名称,"我马上过去,麻烦你照顾他一下,我最多二十分钟,不,一刻钟!"

钱希西抓起钱包,脚踩风火轮般奔出单元门,惊见蒋哲洋站在小区里。

"学……哲洋,你……什么时候来的?"她下意识地把酒吧地址藏在掌心。

昏黄的路灯笼罩着蒋哲洋的身躯,颀长的倒影延伸到她的脚下。

蒋哲洋抿了抿唇,信步走到她的眼前:"中午的事……对不起。"

"呃?为什么要道歉?你又没错。只要你不生气,我心里就踏实了。呃,那个,现在有点儿晚了,你路上小心,我们电话里聊?"她现在满脑子都是酩酊大醉的段燃,酒吧是鱼龙混杂的场所,万一有坏人趁他喝

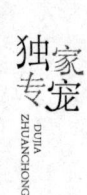

醉偷他东西怎么办!

蒋哲洋一怔,看了下时间:"哦,是不早了,不过,我想和你走走,保证在十二点之前把你送回来,嗯?"

"啊……哦,好。"钱希西的笑容无比纠结,因为她不能把去接段燃的事情告诉学长,否则肯定又是不欢而散。

皎洁的月光下,蒋哲洋单手插兜,心情沉重,缓慢移步。

"把你一个人抛在原地,这是我做过的最没风度的事,我很抱歉。"

"你对自己不要这么苛刻好不好?当时那种情况,发脾气很正常,何况学长从头至尾都没有对我说过一句重话,你还要怎么有风度呀?该道歉的人是我。对不起哲洋,我必须承认,因为我和段燃太熟,我时常忽略性别,日后我会注意。"她语速平缓,眉头却不自觉地紧蹙,时间正匆匆流逝着,她祈祷学长尽快离开。

蒋哲洋察觉到她情绪上的异样,倏地驻足,问:"希西,你突然从家里跑出来,是不是要出门?"

"啊?没,我没有,哦!只是感觉有点儿饿,想去超市买吃的,咱们继续走,呵呵。"

说完她恨不得抽自己一个打耳光。

果不其然,蒋哲洋指向不远处的一家小面馆:"我也没吃晚饭,时间太晚了,我们今天随便吃点儿。"

语毕,他径自向面馆走去。

"学长!等等。"

蒋哲洋回眸凝睇,钱希西疾步上前,又低下头,几不可闻地说:"我、我确实有事急着出门。我怕你生气,所以、所以刚才没敢说,但……我必须走了。"

"能让我生气的事?……你去见段燃?"

钱希西深吸一口气,默默点头:"他一个人在酒吧喝多了,调酒师帮他接的电话,叫我赶紧去接他。"她本以为学长会气得掉头就走,不曾想,学长拉起她向停车场跑去。

"这种事为什么不早说？我送你过去比较快，还能搭把手。"

钱希西注视着他的侧脸，他的表情里没有丝毫愠怒与醋意，是真心想帮她。

"幸好有你在，我确实没想好怎么把段燃送回家，谢谢你，哲洋。"

"我没你想象中那么霸道，我虽然不喜欢段燃，但不至于置之不理，在这种情况下的见面，我完全可以接受，地址给我。"

钱希西笑着应声，双手奉上地址，又双手合十表示感谢："我刚才真的很担心你再也不理我。经过这件事之后，我看他还好不好意思跟你抬杠，哼。"

蒋哲洋莞尔一笑，急速驶向酒吧。

所幸一路畅通无阻。

抵达酒吧附近，不等蒋哲洋找到停车的空位，钱希西迫不及待地跳下车，率先奔进酒吧。

她一进门，就被保全横臂拦下："这位小姐请稍等，里面有人闹事，小心误伤。"

这间酒吧不算大，但客人超级多。钱希西听到桌椅、酒瓶倒地的声响，又看到扭打成一团的黑影儿，她不由得心头一紧。

"让我进去，我是来接我朋友的！"她从保全的胳膊底下钻过去，直奔吧台的位置寻找而去。

吧台空无一人，她焦急地左顾右盼，只见一个扎啤杯从她的耳边飞过去，轰隆一阵巨响过后，扎啤杯砸碎酒架上的数瓶洋酒！

钱希西抱头尖叫，音乐戛然而止，照明灯骤然亮起，保全一拥而上，试图分开群殴的滋事者们！

两名保安搂住一位满脸横肉的男子，男子一身牛劲儿，轻易地从桎梏中挣脱开来，继而揪起倒在血泊中的男人，抡起拳头吼道："小王八蛋！敢在老子的地盘撒野？！看老子今天不弄死你！"

"住手!"钱希西推开人群,一个箭步冲上去,也不管对方有多少人,她疯狂推拒胖男人的胸膛,"你走开!给我走开!不准打他!"

胖男人长得就是一副凶狠的模样,更不会期望他怜香惜玉,他见钱希西对他又踢又打,一把攥住她纤细的手腕,狠狠一甩,将她甩倒在地。

四周都是碎玻璃碴子,钱希西也顾不得疼不疼、受没受伤,她弹起身,展开双臂挡在段燃的身前,随后扫视胖男人以及跟在他身旁的小喽啰。

"你们这么多人欺负他一个人,还要不要脸?!"

"我们哥几个跳舞跳得好好的,这小子冲过来就给我腮帮子一拳,明摆着欠揍!"胖男人蹭了下嘴角的血迹,态度理直气壮。

这时,围观群众中有人发出声音"小姑娘,确实是你朋友先动的手。"

"听见没有?群众的眼睛是雪亮的!打死他都活该!"

分明是段燃吃亏,形势却一面倒。钱希西正考虑解决方案,突然看到一道快影从她身后划过去,紧接着,胖男人被狠狠一脚踹倒在地!

鲜血顺着段燃的碎发流淌着,他的眸中布满愤怒的血丝,但步伐显然不稳,他摇摇晃晃地指向胖男人:"你他妈干了什么你不清楚?!"

"……兄弟们,上!给老子往死里打!"胖男人狂骂三字经,顺手捡起空酒瓶砸向段燃!

段燃今晚喝了太多的烈酒,已然丧失躲避能力,就在千钧一发之际,钱希西压低他的头部,紧紧地将他的头揽在怀中护住。

空酒瓶不偏不倚砸在钱希西的后脑勺儿上,她闷哼一声,忽然感到双腿发软,险些疼昏过去。

见状,保全围成一个圆圈,彻底将钱希西和段燃保护起来。

"胖哥,您是常客我不想为难您,不管是谁先动的手,这位客人也让你们打成血葫芦了,如果再对女人动手就有点儿过了。"保全心平气和地主持公道。

"今天算我倒霉!哥几个,我们换一家接着耍!"

蒋哲洋刚刚停好车,在酒吧门口与这一行人交错而过,他对酒吧里发生的斗殴事件一无所知。

他不急不缓地走入酒吧，首先发现照明灯亮着，然后发现许多人正举着手机在拍照？他透过人群望过去，居然看到钱希西正跪在地上，给段燃做人工呼吸。

她的泪水扑簌簌地流淌，无助地求助道："救护车，求你们快点儿打120啊！"

"希西，冷静，我拨了电话，救护车马上就到。"蒋哲洋推开人群，将钱希西搂在怀中。

钱希西却立即从他怀中钻出来，她爬回段燃身旁，坐在地上，伸直双腿，谨慎地托起段燃的头部，轻轻地放在自己的腿上："地板又脏又凉，又脏又凉的，还有碎玻璃，不能着凉，不能扎着，会死的……"她伸出颤抖的双手，捂住段燃头上的伤口，她完全忽略自己穿的是裙子，任由双腿贴合在污浊冰冷的地板上。

"快、快把西服脱下来给段燃盖上。"她的口吻如同指令。

蒋哲洋脱下西服盖在段燃身上，她又问："救护车怎么还不来？再催催啊。"

"刚过去两分钟，应该很快。"蒋哲洋耐着性子回应。

"才两分钟吗？我怎么感觉很久了？催催，再催催。"她的神志是恍惚的，似乎看着蒋哲洋，又似乎眼里什么都没有。

蒋哲洋长嘘一口气，为了让她安心，拨打催促电话。

救护车火速赶来，急救人员合力将段燃抬上担架，急匆匆走到酒吧门口，这时，一位自称是酒吧经理的男人，挡住去路。

"酒吧损失洋酒无数，关于赔偿的事儿，我应该找谁谈？"

蒋哲洋正欲开口，钱希西突然从他身后冲出来，一把推开挡路的经理，没人知道她哪儿来的这么大的力气，居然把经理推出几米远！

"你给我滚开！那一大群畜生打他的时候你死哪儿去了？还想要赔偿？如果段燃有个三长两短，我叫你们赔命！"钱希西是典型的和平主义者，从没对任何人讲过一句真心的狠话，但此时的她，看着满头是血

的段燃，看着不省人事的段燃，她恨透了每一个冷眼旁观的浑蛋！

蒋哲洋注视着她，见她攥紧双拳，脸色苍白如纸，已然愤怒到了极点，仿佛谁敢耽误段燃的治疗，她就跟谁拼命！

友情？他们之间真的是友情吗？

"希西，你先陪段燃去医院，这里我来处理。"人命最大，纵然蒋哲洋心中疑云重重也要暂且放一放。

钱希西处于灵魂出窍的状态，她眼中只有受伤的段燃，连最基本的感谢都忘了对蒋哲洋讲，护着担架坐上救护车。

一个小时后，蒋哲洋在急诊手术室门前找到钱希西。

钱希西呆呆地坐在手术室的正前方，因为不安，她不停地抠着指甲盖，因为恐惧，泪水一刻不曾停止。

蒋哲洋静悄悄地坐到她的身旁，没有去打扰她。

"学长……刚才，对不起了，我对你的态度很不好。我、我就是怕段燃死掉，幸好医生告诉我，他没有生命危险，主要是酒精造成的昏睡，不过，失血也不少。段燃是家里的独生子，他万一出什么事，叔叔阿姨也不要活了……"钱希西拧动僵硬的脖子，看向蒋哲洋，"学长，你理解我的意思吗？"

蒋哲洋目不转睛地看着她，她会这样讲，说明已经意识到刚才的举止存在很大的疑点。他欲言又止，抚了抚她的长发，故作平静地点下头。

"呃……"她捂住后脑勺儿，吃痛地眯起眼。

蒋哲洋一怔，拨开她的头发查看，惊见她的后脑正中肿起一个大包。

"你挨打了？！走，我先带你去急诊室。"他牵起钱希西的手，钱希西再次发出"嘶"的一声，蒋哲洋不明所以，翻开她的掌心，她手中攥着一团纸巾，拿掉纸巾，是一道清晰可见的伤口，而白色的纸巾已经被鲜血染红。

急诊室距离手术室只有一门之隔，出门就是清理伤口的地方，可她宁可忍着疼痛傻坐在这儿等段燃出来，也不肯离开半步！

蒋哲洋难以置信地看着她,扪心自问,他还要忍吗?还有这个必要吗?

自己的心情一团糟,也管不了别人的心情,他刚欲质问钱希西是否喜欢段燃,钱希西却眼泪汪汪地回望他:"医生说伤口要缝针,我害怕,跑出来就没回去……"

蒋哲洋缓缓地吐出怒气,缓缓情绪,牵起她没受伤的那只手:"那怎么行,不处理会感染,我陪着你。"

"哦,有学长陪着,我就不怕了……"

"又叫我学长?"

"叫惯了,总改不了口。"她扯起一丝笑容。

见她笑了,蒋哲洋的面部线条也彻底柔和起来,他揽住她的肩,离开手术室。

钱希西倚在他的肩头,悄然地回看手术室的方向,又看向蒋学长,眼底掠过一丝歉疚之意……对不起学长,她说谎了,她根本没去理会自己的伤口。

她不知道自己究竟是怎么回事,疯疯癫癫、恍恍惚惚,脑海中不停盘旋着她与段燃的点点滴滴,回忆起他为她做的那些事,解决的那些麻烦,甚至是他的吻。

如果没有段燃昏倒在血泊之中,她从来都不知道,这个叫段燃的男人,在她的生命中,竟是如此无可替代。

30 负面新闻

晨雾缥缈,东方泛白。晨光射入窗沿,照亮洁白的病房。

段燃躺在枕边,头上包扎着厚厚的纱布,输液管顺着细长的针尖没入他的手背,他缓慢地眨着眼,似乎是醒了,又似乎还没醒。

"看你以后还敢不敢喝那么多酒。"钱希西坐在他的床边,从刚削好的整个苹果上切下一块,送到他的唇边。

"太大,切小点儿。"段燃的双眼聚焦在小半个苹果上,此刻他还不能随便移动头部,所以没有看到钱希西有一只手也包着纱布。

钱希西把切好的苹果瓣咬掉三分之一,塞进他的嘴里。

"你跟我爸妈怎么说的?"他一边咀嚼一边把手伸到床头柜上摸索。

"别乱动,你要拿什么跟我说。"

"手机呢?新品发布会临近,还有很多事等着我处理。"

钱希西一怔,在他的外套口袋里翻找手机:"没有,好像丢了。"

段燃蹙了蹙眉:"把你的手机拿过来。"

钱希西指尖一顿,她浑身上下没有一个兜,换言之,她的钱包和手机都丢了!

"啊!怎么办,怎么办?!我的手机也丢了!都怪你!好好的打什么架?!"

"不是，我打架弄丢东西很正常，你又是怎么回事？"段燃直视着眼睛上方的天花板，努力回忆昨晚发生的一切，可惜记忆断在钱希西出现的前一刻。

　　不过他们双双丢失手机，至少证明钱希西到目前为止，还没有给爸妈打电话。

　　"我的手机，我的钱包，我的现金、信用卡、身份证！天要亡我啊！"钱希西想到钱包里的五百块钱以及虽然破旧，但还是可以正常使用的手机，简直生不如死。

　　"你过来，让我看看你。"他蓦地话锋一转。

　　钱希西的脸上虽然没有明显的伤痕，但是因为后脑勺儿挨了重重的一酒瓶子，导致脸部连带浮肿，她借助丢东西的理由，故作暴躁地说："我现在烦着呢！你老实躺着别理我。"

　　"赶紧过来，别逼我自己下床。"段燃隐约察觉不对劲儿，因为钱希西是那种宁舍命不舍财的神经病，所以问题来了，如果按照她的说法，她抵达酒吧的时候，混混已然逃窜，那她还有什么理由慌张到丢三落四？

　　"别别别，我过来就是了。"她从沙发上弹起身，使劲儿地揉了揉脸，又顺顺凌乱的长发，随后迈着迟缓的步伐走到病床旁边。

　　"我过来了，怎么了？"她故作迷茫。

　　段燃移动瞳眸，发现她的衣裙上布满凝固的血迹，他想应该是他的血。然后，他凝视她的双眼，问"你确定那群人是自己离开的吗？警察没来？"

　　那群人拉帮结派看上去不好惹，钱希西了解段燃的脾气，这种哑巴亏他肯定不能吃，所以她才谎称她啥都没看见。

　　"我没看见警察。"

　　"确定吗？"

　　"确定，警察来了他们也不好做生意，怎么了？"

　　段燃长嘘一口气，恰逢新品上市的关键时刻，一旦警察介入调查，他身为 Q.E 的 CEO 酗酒斗殴，势必会影响到 Q.E 的企业形象。

这时，静谧的回廊里传来一连串高跟鞋急促的跑动声，那女人疾声厉色地问："段燃住在几号病房？！"

听罢，段燃与钱希西不明所以地互看一眼。钱希西打开病房门，伸头探脑向外张望，只见欧阳美瑄一阵风似的奔过来，同时毫不客气地将钱希西从门边推开！

"段燃！你为什么关机？出大事了！……哎呀，你的头？！严重吗？"

"我没事，你先别急，慢慢说。希西，把门关上。"

"对，关好门，事关重大，你不便在场。"欧阳美瑄瞪钱希西一眼。

"哦。"钱希西捂住门把手欲离开，段燃却叫住她："没有什么事不能让你听。"

"哦。"钱希西关上门，又在欧阳美瑄不友善地注视下返回原位。

段燃问："你先告诉我，你怎么知道我在这家医院？"

"你一直关机，我分别把电话打到你的公司和你家，都说不知道你的去向。我又拨打钱希西的手机，她也关机？迫于无奈，我给钱希西的男朋友打的电话，没想到他还真知道。"欧阳美瑄庆幸上次吃饭的时候，与蒋哲洋交换联系方式，"哎呀，先别说这些无关紧要的事了，你看这是什么？"她打开手机，将某个热门网站的新闻主页亮出来。

新闻标题——Q.E总裁仗势欺人，一语不合怒砸酒吧！

标题下方，是一组不算太清晰的"仅限段燃打人"的视频截图。当时的情况，分明是七八个混混群攻段燃一人，然而不知新闻网站出于何种目的，只刊登段燃打人以及酒吧内部一片狼藉的图组。

"我认识这家网站的负责人，在我看到新闻的第一时间，就问了照片的由来，经我软磨硬泡，负责人不情愿地告诉我，是一个狗仔寄过去的照片，据我估计，那个狗仔肯定把这段视频卖给了Q.E的竞争对手。"

网络时代，曝光一件事或者诋毁一个人根本不需要成本，何况Q.E近期又搞三十周年大庆又弄新产品，出尽风头赚得盆满钵满，所以不免遭到同行的嫉妒与打压。

真是怕什么来什么!

现在删除新闻的意义已然不大，因为其他传播平台势必争先恐后转载。段燃思忖片刻，问："既然你与该网站负责人相识，能不能追加一则澄清新闻？花多少钱都可以。"

"我也是这么跟负责人说的，但他说，除非那个被你暴打的受害者愿意出面澄清，否则任何证据都有可能成为另一则负面新闻。"

"那些坏人根本不是受害者！他们仗着人多围攻段燃，否则段燃根本不会受重伤！"钱希西愤愤不平地走到病床旁边，指向图片中被砸烂的酒架，说，"这一大排洋酒也是那些人乱扔酒瓶砸毁的，我亲眼所见！我可以作证！"她在情急之下道出真相，这群不负责任的报道者，也太冤枉段燃了！

段燃怔了怔，正想说点儿什么，欧阳美瑄不屑一顾地笑了："你也太天真，你和段燃是朋友，你的证词有什么用？我们这儿够烦的了，你就别跟着添乱了行吗？"她瞥了钱希西一眼，又看向段燃，柔声细气地问，"你仔细想想，是不是你先动的手？还有，打起来的原因是什么？"

段燃并未理会她提出的问题，不悦地质问道："欧阳美瑄，我知道你所做的一切都是为了帮我，但是，你对希西讲话的态度，是否过于刻薄？"

气氛瞬间凝滞，钱希西见欧阳美瑄气得直磨牙，赶忙笑呵呵地打圆场："我没事啊，一点儿也不介意，何况欧阳小姐说的没错，我确实帮不上忙，你们赶紧找出解决方案要紧。别管我，嘿嘿……"

"闭嘴，我不管你谁管你？"段燃感到头部传来一阵钝痛，他一手摁住伤口，另一手伸向钱希西，"扶我起来。"

欧阳美瑄则是快一步上前搀扶，段燃却将手臂从她手中抽出来，不留情面地说："抱歉，不习惯被不熟的异性触碰。"

欧阳美瑄僵在原地，难以置信地看着段燃，她真不敢相信，在这个Q.E面临巨大难关的节骨眼儿上，他居然为了维护钱希西，让能帮助他的自

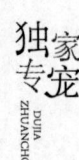

己下不来台?!

钱希西当然也不希望段燃为了自己得罪欧阳美瑄,她正在犹豫要不要搀扶段燃起身,只见段燃吃力地撑起身体,因为手部吃重过大,导致点滴针刺破血管?!

见状,钱希西推开挡在眼前的欧阳美瑄,扶住段燃的身体,继而一转身坐到他的背部后方,给他做人肉靠垫。

段燃虚弱无力地枕在她的肩头,自行从手背上拔出针尖。

"你别乱拔行不行?!小心喷血!"她焦急地压住他的胳膊,匆匆按下呼叫铃,叫护士过来处理针孔。

"疼……"他吃痛地眯起眼,像个爱撒娇的小孩儿。

"现在知道疼了?昨晚跟那么多人打架的时候怎么不知道疼?"她摩挲着他的手臂,帮他缓解痛感。

他们亲密地互动着,仿佛周围并没有其他人。

欧阳美瑄不自觉地咬紧嘴唇,眼中充斥着满满的恨意。

"段燃!我好心好意来帮你,你究竟是什么意思?!"

段燃悠悠地抬起头,似笑非笑地说:"看不出来吗?我在帮希西报仇。你不要以为关于昙花的事,我什么都不知道。欧阳美瑄,你是聪明的女人,当真看不出来咱俩绝不可能?"

话都说到这份上了,欧阳美瑄也没必要再装出一副淑女的模样,她冷笑一声,怒指钱希西,咬牙切齿地质问段燃:"我会比她差?!"

"你不比任何人差,但抱歉的是,在我眼里钱希西是唯一。"

钱希西尴尬得不知该如何自处,唯有尽可能地回避欧阳美瑄的怒目,她偷偷用手指戳他的脊背,暗示他不要与欧阳美瑄闹翻。

欧阳美瑄眯起愠怒的秀眸:"好,非常好!段燃,我一定会让你后悔!后悔今天对我说的每一个字!你给我等着!"

哐当一声巨响过后,欧阳美瑄摔门离去。

不待钱希西回过神,段燃叫她立即办理出院手续。

"你刚做完手术,开什么玩笑?"

"欧阳美瑄是把双刃剑，如果她不是帮我的人，就一定是害我的人，估计大批记者很快会出现，快去！"话音未落，他已经拔掉针管。

钱希西感到异常震惊，也就是说，段燃在与欧阳美瑄讲那番狠话之前，便预知后果……她不敢耽搁，急匆匆地奔出病房！

段燃果然料事如神，当他们乘上出租车的同时，至少有三家电视台的采访车抵达医院门前。

钱希西透过车玻璃，看到一大拨手持麦克风和摄像机的记者冲进医院。

"太可怕了，幸好咱们跑得快……"她扭过头，刚巧对上段燃一双冷眸。

"干吗瞪我？"

段燃举起她裹着纱布的那只手："为什么骗我？"

"……我、我怕你担心。"她缩回手，"放心，那些人没人打我，是我自己不小心割伤的。"

段燃托着剧痛的头部，有气无力地动动唇："最好是这样，最好。"他想说的是，如果她因为他而挨打，他首先无法原谅自己，其次，他不知道会对动手打她的人做出什么事。

钱希西见他脸色越发糟糕，捞过他的头，让他靠在自己肩头休息。

"你为什么要去酒吧？你从来都不去那种地方喝酒。你为什么要打那个胖子？你为什么……"

为什么要让她伤心落泪、提心吊胆？

段燃缓慢地眨着眼，没回答她的问题，因为所有的原因，皆与她有关，包括他动手打人这件事。

"段燃，我想用我日后所有对你的请求，换你答应我一件事。"

"说……"

"戒酒。如果特别想喝，就在家里喝一点点？能答应我吗？"她真的不想再经历第二次,感觉天都要塌了。

"你知道我为什么酗酒吗?"

"知道,工作压力太大,酒是宣泄的出口。"

段燃轻轻地扯了下嘴角,傻丫头,真是傻丫头,因为无法让她爱上他,感到非常焦虑,唯有酒精可以让心麻痹片刻。

……

他们回到段家,段妈惊见儿子伤势严重,两腿一软险些晕厥过去。段爸也心疼儿子,但没时间嘘寒问暖,因为有关段燃肇事伤人的负面新闻已是铺天盖地,这则新闻直接影响到 Q.E 的声誉,并且大有可能波及股价。目前,段爸已经请实力最强的公关公司进行网络紧急救援,原本事态趋于稳定,但不知道是谁背地里下绊子,雇用大批水军爆刷 Q.E 的负面新闻,就连十年前,一起化妆品导致顾客过敏的事件都挖了出来。

事态发展到这一步,显然不是欧阳美瑄一个人的"功劳",更多的则是竞争对手的落井下石。Q.E 创办三十年,从小作坊到今日的规模,非但屹立不倒,并且蒸蒸日上进军国际,可想而知多少人眼红。

"爸,对不起,是我太冲动。"

"你是我儿子,说这种话做什么?遇到麻烦咱们就解决麻烦,风风雨雨都过来了,还怕过不去这个坎儿?"段爸拍了拍儿子的肩,"退一万步讲,就算过不去,爸也不怪你,你已经很棒了,别给自己加重负担。"

"可是……新品发布会的日期已经对外公布,现在想改也来不及了。"段燃掐了掐太阳穴,"我想想,先让我想想。"

书房外,段妈与钱希西趴在门缝旁偷听父子俩的对话。

直到屋内陷入沉默,她们才蹑手蹑脚地离开。

"段姨……Q.E 真的要出大事了吗?"

段妈喟叹:"网民并不关心真相,只想看名人出洋相。段燃身为 Q.E 的 CEO、Q.E 董事的独生子,无论如何也不应该动手打人,何况你看到那些图片了吗?他一脚就把那个胖男人踹出好几米。那个胖男人一看就是普通民众,Q.E做的是普罗大众的生意,再加上'仗势欺人、怒砸酒吧'这种耸人听闻的标题,人们会直接转化成,有钱人欺负穷人。网民会想,你赚我们普通人的钱,还打骂我们?那我们为什么还要购买你的商品?"

段妈又是一声长叹:"段燃为了新品发布会,从监督研发到亲自选材,不眠不休整整忙乎了两年多,就差临门一脚就大功告成,却出了这种事,此刻最难过的人,非他莫属啊……"

钱希西的心揪成一团,不过忽然之间,她想到段燃昨晚对胖男人说过的一句话!

"我想起来了,那个胖男人在指控段燃先动手的时候,段燃指着那个胖男人说,你自己干了什么你不清楚吗?!段姨,这句话是不是说明,段燃会动手打那个人,不是无事生非,而是事出有因?!"

"哦?有可能!……等一下希西,你要去哪儿?!"段妈三步并作两步追上。

"我要去找那个胖男人,叫他在媒体面前讲出真相!"

"你这孩子别冲动,你听阿姨说,那种混混没有诚信可讲,何况对方与你无亲无故的,为什么要承认他是错的一方?目前段燃正处在风尖浪口,不怕那胖男人不说话,就怕他乱说话啊!"段妈把她推上台阶,"你照顾段燃也累了一夜,快去洗个澡换件衣服,阿姨煲点汤给你和段燃补补。至于企业的事,就让他们父子俩去操心,咱们不管,也管不了,听话,快回房。"

钱希西一夜没睡确实感到头晕目眩,但她睡不着,想到段燃面临的困境她哪有心情吃吃睡睡?

怎么办,段燃怎么办?他辛辛苦苦研发的新产品,该怎么办?

段燃与段爸在书房里商讨到天明,钱希西坐在客厅的沙发上,眼巴巴地看着书房紧闭的大门,竟也是一夜无眠。

段燃一出书房,钱希西也不敢多问,唯有先将他送回房间休息。

他在阖上房门前,平日都鲜少有笑容的他,却对她笑了笑:"没事。"

"真的吗?"

他一脸倦怠,轻轻地点下头,继而关上房门。

钱希西从他脸上看不到一丝曙光,于是她又跑去询问段爸:"段叔,想到好办法了吗?"

段爸饮了口浓茶,无奈地摇下头:"网络就这点不好,好事坏事都躲不过去,目前浏览量越来越高,谩骂声以每小时上万条的速度在增长,几乎到了无法控制的地步。"

钱希西一直在跟进相关新闻,网民似乎越来越愤怒,使用各种恶毒的言语唾骂段燃。钱希西气不过,然而但凡替段燃说一句话,她就被无数人骂成狗腿子。正所谓爱之深恨之切,人们越是推崇一件商品,越不允许它出现丁点儿瑕疵,段燃又是该商品的制造者,在许多人心里就是三观尽毁。

这时,公司秘书给段爸打来紧急电话,据说有部分商家要求退单。

一夜之间,兴衰尽显。钱希西自认独立坚强,但看到这等突变,连她一个局外人都感到无助,而段燃却若无其事地对她说:别担心,没事。

看他故作坚强的模样,她很心疼。

段燃虽然脾气不好,但不是不讲理的人,也不曾与谁大打出手,这一回为什么要打架?为什么要自毁前程?

钱希西猛地站起身,不行!她不能无所作为,她是事发当晚唯一一个愿意替段燃讲一句公道话的目击者!她要去找胖男人,只要他愿意替段燃挽回形象,无论提出什么要求她都答应!

软磨硬泡

钱希西来到酒吧,求了昨晚替他们赶走胖男人的保全很久,保安才把胖男人的地址告诉她,但同时警告她,那男人是这一带的地头蛇,真名不详,外号胖哥,没有正当职业,仗着兄弟多,专靠收保护费过生活。基于以上认知,证明胖哥是一个不折不扣的地痞流氓,万一钱希西遇到不测,保全概不负责。

钱希西昨晚就看出胖哥那伙人不好惹,否则那么多魁梧的保全岂能压不住他们?但她管不了那么多,只想尽快见到这个人。

她捏着地址,在僻静的胡同里七拐八拐,终于在一片犹如废墟的四合院里,找到胖男人。

院门大敞四开,院里的石桌前围坐着几个男人,他们叼着烟卷正在打扑克,脚底下东倒西歪的,全是啤酒瓶。一只土黄色的老柴狗趴在肮脏的垃圾桶前觅食,四处充斥着污浊之气。

钱希西站在院门外,吞吞口水,深鞠躬,说明来意。

不曾想,这些人没有刁难她,不一会儿便把胖哥从屋里叫出来。

"谁找我?老子正他妈睡觉呢!"胖哥骂骂咧咧、哈欠连天地踹开屋门。

他的腮帮子依旧红肿着,那是段燃的拳头遗留的痕迹。钱希西下意

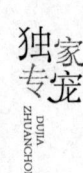

识地退后两步:"你好,胖哥,我是……"

"我记得你,你是昨晚帮那小兔崽子的死丫头。"胖哥抠抠眼屎燃起一根烟,"干吗?单枪匹马找我算账来了?"

"不不,关于昨晚的事……你没有看新闻吗?"

胖哥顿时清醒八分:"我这几天都在打牌,什么新闻?"他看向其他人,"嘛新闻,你们知道吗?"

众人皆是迷茫摇头,其中一人取出手机刷新闻,当看到新闻内容,那人一拍大腿笑起来"胖哥!那小子居然是Q.E的老板,哈哈哈,您快看,这小子真倒霉,不但挨打还被骂惨了!"

胖哥凑上前看完新闻,几人幸灾乐祸地大笑,然后他笑眯眯地看向钱希西:"这小子真是活该!你想怎么着?"

钱希西按捺着回嘴的冲动,不卑不亢地说:"方便单独聊一下吗?"

胖哥自然不惧一个小姑娘,于是叫她进屋说话。

他们不害怕,钱希西可胆战心惊,她的手始终插在兜里,因为兜里揣着一瓶防狼喷雾,防患于未然。

然而,她又想多了。胖哥是混混,只要有钱赚,其他东西都不重要。

"所以说,你答应帮段燃?"钱希西没想到会这么顺利!

"其实你不用跟我拐弯抹角的,我明白你的意思,你想让我在记者面前承认,是我先动手打的他,对不?"胖哥揉了揉肿胀的腮帮,"但实际上,新闻没冤枉他啊,确实是那小子撒酒疯。"

"当时的情况,也只有你们当事人清楚,我不敢说段燃没错,但凭我对他的了解……应该事出有因,或者是误会。"

"你是他老婆吗?"胖哥打量她的穿着,"你们这些有钱人真是越有钱越抠儿,瞧你穿得比我还寒酸。"

"我是段燃的朋友,这些年承蒙段家的照顾,所以我希望所有人都好好的。"

"哦,我知道了,你是阔少爷家的女仆吧?我在电视剧里见过你们这种关系。"

钱希西不想在这种问题上浪费时间,索性应了声:"你可不可以告诉我,那晚究竟发生过什么事?"

胖哥伸个懒腰,朝她做了个搓钱的手势:"你这丫头是真傻还是故意装傻?天底下还有不花钱就想套消息的便宜事儿?"

钱希西尴尬地说:"就在劝架的时候,我不小心弄丢了钱包,银行卡刚刚挂失,解冻还需要几天。我可以向你保证,只要你证明段燃不是仗势欺人的纨绔子弟,我立即把钱给你送过来!"

"说白了就是你没钱呗?那还跟我聊个屁?!滚滚滚!"他拎起钱希西的胳膊,推出门槛。

钱希西踉跄两步才站稳脚跟:"算我求你,求你帮帮段燃!"

"你还真把我当傻帽儿了?!那小子分明家财万贯,却派你来跟我说没钱?!"

"他不知道我来找你,如果让他知道,他肯定不会让我来求你,是我自作主张,求你出面替他说句公道话,我认识他整整六年,他是一个做事认真,从不主动惹是生非的大好人!"她的眼中泛着泪光,其实有钱人比普通人活得更辛苦,稍有差池,全盘否定!她深深地替段燃感到委屈。

"我恳求你,求你帮他洗刷那些子虚乌有的罪名!"她面朝胖哥深鞠躬,"说实话,我非常讨厌你,甚至是憎恨,是你打伤对我很重要的人,可是我的能力太有限,除了来求你,我没有其他办法……"

胖哥注视她片刻,用小指掏了掏耳朵,不屑地吼道:"别跟我说这些废话!就说你能掏多少钱!"

"我这些年一共攒下六万七千多。"这是钱希西省吃俭用存下来的全部积蓄,是她的梦想基金,但如果可以帮到段燃,她愿意倾尽所有。

然而,这笔对她而言的巨款,却惹来院中众人的哄堂大笑!

"臭丫头,你打发要饭的呢?那小子是有头有脸的大企业家,你也好意思跟我说这个数儿?!"

"那你开！我去想办法。"

"一口价，三十万！"

钱希西险些跌坐在地，她就是把心肝脾肺肾全卖了也换不来三十万啊！

"只要你愿意给我三十万，我保证告诉媒体，是我挑起事端，而他只是正当防卫！"胖哥拍拍胸脯，"三十万就可以挽回段大总裁的声誉，我要的真不多。"

"我……没有这么多钱。"

"去管那小子要啊！只要钱一到手，我立马承认仗势欺人的——是我！"

没有比"受害者"替段燃讲话更具说服力的办法了。钱希西把心一横："好，我去凑。但我希望，你可以信守承诺。"

"放心，我不会跟钱过不去，何况我也不想真惹毛那小子，他那么有钱，一旦惹急眼雇几个杀手把我宰了，我图什么啊？！"

钱希西走向院门，胖哥发出提醒："记住，你只有一天时间。"

"一天？！"她呆若木鸡，"凑钱也需要时间，请你通融通融。"

"不行，既然你能找到我，就说明其他人也能找到我，万一有人当场甩钱叫我讲实话，我又没收到你的钱，你可别怪我不讲信誉。"

这话不无道理，何况她都能想到的人，凭什么段燃的死对头想不到呢？

思及此，钱希西僵在原地，突然之间就不敢离开了。

她环视肮脏的小院儿，挽起袖子："这院子也太乱了，我帮你收拾收拾？"

胖哥显然没料到她会做出这种反应，不明所以地问："你不会以为打扫打扫卫生，我就免费帮你了吧？"

"当然不是，我就是觉得这里太脏了，你们又经常昼伏夜出，住久了对身体不好。"她径自取来扫把，坦言道，"我不聪明，也没有大本事，我们又素不相识，我真的不知道该怎么做，你才愿意替段燃化解危机。

你就让我帮你干点儿活儿吧，我心里也会踏实些。"

"随便你，不过我还是那句话，钱才是最重要的。"胖哥招呼他的兄弟们进屋打牌，留出空地让她折腾。

钱希西环视类似于垃圾场的院落，长嘘一口气，抖开垃圾袋拾垃圾。

她在屋外忙，胖哥在屋里其实也没闲着，背着其他人发短信。

胖哥：如你所料，那丫头来了。我按照你的吩咐，一字不漏地跟她说了。

欧阳美瑄：很好，关于钱的方面，只要她开口求你，你就给她降价。记住，千万别多要，一旦逼得她只能向段燃借钱，这事就没得玩儿了。

胖哥：我就不明白了，段燃的身价早就过亿了吧？既然你说那小子喜欢那丫头，他都不舍得给她百八十万当零花？

胖哥阅人无数，可以看出钱希西不是装穷，是真穷！

欧阳美瑄：这不是你操心的事，总之你记住了，收钱的时候一定要打收条，必须让她签上姓名。等记者到了，你就拿出收据，声泪俱下地告诉记者，段燃派这个女人过来收买你、威胁你，如果你不肯收钱，他们饶不了你。

这时，胖哥收到一条入账短信，金额为：五十万。

胖哥：钱收到了！还是大小姐您豪爽啊！请大小姐放一百个心，我会把所有的罪名都推到段燃身上！再在自己的眼眶上打几拳，一定，一定！让他坐实仗势欺人的恶名！

欧阳美瑄：好，届时我会多找电视台炒热新闻。事成之后，另一半好处费立即打入你的账户。

胖哥：谢谢！包在我身上！

……

胖哥看着入账的五十万不由得心花怒放！他活的四十五个年头里，可以说是一路坎坷、一事无成。父母早亡，只给他留下这么一间不值钱的平房小院儿。他跟人合伙捞偏门，忙乎几年终于赚到点儿钱，还没等到分钱，合伙人便携款潜逃。他三十五岁的时候，好不容易借钱娶到老婆，娶过门没多久，老婆就跟人跑了。他想，他这辈子也就是一摊烂泥了，爱咋咋的吧。不曾想，聚众打架也能打来财神，还是出手阔绰的大金主，他终于可以扬眉吐气了！

他透过污浊的玻璃窗，看向在院中扫地的钱希西……那个叫段燃的小子，也是聪明一世糊涂一时，居然喜欢上这么一个没脑子的蠢丫头。那小子兴许做梦都想不到，会被他喜欢的人整死，哈哈！

日落西山，一轮残月悬挂天际。静谧的月光投射在瘦弱又忙碌的身影上，身影的主人瘫坐在台阶上，发丝已被汗水浸湿。

钱希西擦了把汗，将一个盛满狗粮的干净瓷盆放在狗窝旁边，蹲下身招呼老柴狗过去吃饭。

"趁着天气不算凉，我给你洗个澡？"她抚了抚杂乱的狗毛。

老柴狗眨巴着小豆眼张望她，呆滞的目光中仿佛多出一丝情绪，它舔了舔钱希西的掌心，报以无声的感谢。

晚间，是胖哥等人出去娱乐的黄金时段，一行人嘻嘻哈哈地从屋里走出来，当他们看到熟悉的小院儿，步伐戛然而止，神情瞠目结舌。

堆积成山的垃圾全部清理，修房时没用完的材料装进一个个袋子，铺满烟蒂、空酒瓶的地面焕然一新，就连破烂的狗窝也经过洗刷。

胖哥缓慢地移动眼珠，自从他老婆跟人跑了以后，这间小院十年来无人打扫。如果腐臭味儿太呛鼻子，他会叫小弟们扔扔垃圾，但大老爷们儿怎么可能认真收拾，也就是丢掉剩饭剩菜，可见这间小院是何种程度的脏乱差。可现在，院子竟然恢复到他父母健在时的面貌，整洁，甚至是温馨，难以理解这丫头是怎么办到的。

"这是卖空酒瓶的钱，五毛一个。"钱希西递上一把散钱。

胖哥看看钱，又看看她，她来的时候小脸儿和衣服皆是干干净净，这会儿脏得像个小叫花，再看她裹在手掌上的纱布，已然成了灰黑色。

这时，老柴狗溜达到钱希西的身旁，它见钱希西拎起垃圾袋向门外走，屁颠屁颠地跟上去。

这只柴狗因为年纪大,从年初开始,不吠也鲜少走动,胖哥觉出它快不行了,可现在是怎么个情况,这丫头走到哪儿,它欢蹦乱跳地跟到哪儿?!

"你给老子站住!"胖哥突然莫名其妙地发起飙来,他冲到钱希西面前,一把夺过她手中的垃圾袋,"你是不是有病啊?三更半夜不回家,待在这儿帮一群老爷们儿打扫卫生?!万一出点儿事儿,你家里人得多着急?!"

钱希西吓得缩紧双肩:"……我也没想到会收拾到现在,不过你不用担心我的家人会怎么想,他们都不在我身边,我确实要回去了,这就去凑钱,请你千万不要对别人讲……对段燃不利的内容,拜托。"

她再次深度鞠躬。胖哥紧蹙双眉:"你家人都去哪儿了?"

"我父母在我还没出生的时候就离婚了,母亲重组家庭,至于我的父亲,我只在照片上见过。"她怯懦地抬起双眸,"这就是我为什么一定要来找你的原因,当母亲也离开我的时候,我以为我这辈子都不会再感受到家庭的温暖,是段燃,是段家二老,让我不再认为自己是个孤单可怜的孩子,尤其是段燃,他处处维护我,并且为了保护我脆弱的自尊心,他会使用各种方法让我心安理得地接受他的帮助。当然,这些真相我也是最近才知道,他对我那么好,我却不能在他遇到麻烦的时候帮他解决任何问题,我感到很难过,很内疚。"

胖哥不动声色地观察着她:"嘀,我看你这丫头就是死心眼儿,自尊心又不能当饭吃,所以你打算去哪里筹钱?"小丫头没有讨价还价,这一点出乎意料。

"反正这件事一定不能让段燃事先知道,他跟我不一样,除了他自己之外,他对任何人都存在保留意见,但我愿意相信你,我已经想好去哪里筹钱,不出意外的话,明天一早我就给你送过来。"

"爽快!有钱啥事都好商量。"胖哥意味深长地笑着。

钱希西俯首:"请你答应我,在我没回来之前,不要在任何人面前提起段燃。"

"你可真啰唆!"他咂咂嘴,"行了,我答应你,等到明天这个时候!"

钱希西粲然一笑:"谢谢!我这就去筹钱!"

"你先别跑,我话还没说完!"胖哥没好气地问,"不过咱先说好,筹钱归筹钱,千万别连带我惹上什么麻烦!"

"放心,我除了六万多的存款,还有一样值些钱的东西。"

她疾奔而去,娇小的身影儿没入漆黑促狭的胡同,像个义无反顾的女战士。

一个小时后,她回家换了衣服,初次出现在蒋哲洋的公寓里。

"抱歉学长,这么晚来找你。"

蒋哲洋递给她一杯热牛奶:"先喝完,你的脸色很差。"

钱希西笑着摇头,从书包里取出一个暗红色的本子,双手推到蒋哲洋的面前。

蒋哲洋翻开一看,是一本房产证?

"我妈在出国之前,把这套房子留给我,我急用钱,我想……"

注视她苍白的小脸儿,蒋哲洋悠悠地吐口气:"多少钱?"

"三十万。"她又从包里取出一张事先写好的借据,平摊在蒋哲洋的面前,"我的银行卡因为丢失暂时冻结,解冻之后我可以马上还六万七,剩下的二十三万三,我目前没有能力一次性还清,所以可不可以分期付给学长……"

"你借钱干什么?"

"我妈给我打来电话……需要钱周转。"她闪避着他的目光。

"你的母亲向你要三十万?"

"我妈妈,就我这么一个女儿,她有困难,也只能找我。"钱希西不自然地抓起牛奶杯,用杯子边缘掩饰紧张的神态。

蒋哲洋坐到她的身旁,轻轻挑起她的下颌,说:"这点钱,都谈不上借不借,你需要我随时帮你准备,不过,我想听你说实话。"

她垂下弯长的睫毛:"我说的就是实话。"

"希西,看着我,告诉我,为什么不愿信任我?"蒋哲洋越发焦虑,因为她是那种把心情写在脸上的女孩儿,就像她看到自己的时候眼睛会发光,也像她对段燃的关心,同样真真切切,想骗人都难。

"把你母亲的账号给我,我现在给她汇款。"

钱希西一怔:"……我出门急,卡号、落在……家里,再说,我妈妈也不知道我向学长借钱的事,还是、还是由我转过去比较……"

"希西,我们订婚吧。"

"呃?"她瞪大双眼。

"订婚吧,既然彼此相爱。"

毫无准备地,突如其来地,一枚钻戒展现在她的眼前。

蒋哲洋从戒指盒里取出钻戒,捏在指尖,莞尔一笑,说:"我们交往的时间虽然不长,但相互了解的时间很长,在那段时间里,我暗恋着你,你也暗恋着我,相互喜欢的人,没有理由不在一起,对吗?"

她的视线聚焦在璀璨的钻戒上,脑海中浮现出学生时期的自己,她暗恋学长长达六年,为他的优秀而笑,为他的离别而哭,他印刻在她整个的青春里面,是不能抹去的美好记忆。

她曾无数次幻想成为他的新娘,如今,她心目中的白马王子将象征永恒爱情的钻戒摆在她的面前,真的得偿所愿了,她又有什么理由不答应?

悠悠地,她伸出握拢的五指……

蒋哲洋欣喜地笑起来,托起她的手,正当戒环穿过手指前段的时刻,她忽然又缩了回去。

"等等哲洋,订婚是大事,我家这边儿我倒是可以自己决定,但我还没见过你的父母,也不知道二老会不会喜欢我?"

"这是我们自己的事,我们的幸福,不需要长辈做主。当然,我会选一个适当的时间带你去见我的父母,你又可爱又懂事,谁会不喜欢你呢?"

"哪有那么多人喜欢，我怎么没发现……"她羞赧浅笑，"哲洋，你看这样好不好，我答应你了，但这戒指……你先帮我保管，等见过你的父母，二老又对我没有意见的话，我再戴上戒指？"

她的手轻轻落在他的指尖，顺势将钻戒退回他的掌心。

一丝凉意躺在蒋哲洋的手心里，他垂下眸，笑容消失在唇边。

"虽然我现在提借钱的事很扫兴，但我今天来的目的……就是借钱……对不起，很急，非常着急。"

良久，他才回过神，黯然地应了声。

转账信息的到来，令钱希西如释重负。

"现在可以把用钱的理由告诉我了吗？"他将房产证与借据一并退还给她，"希西，我不是非要知道真相，是怕你遇到麻烦却不肯告诉我。"

她不是不想告诉学长，只是她清楚，一旦道出实情，所有人都会骂她愚蠢。她也确实不机灵，不仅轻信一个地痞流氓的承诺，甚至赌上全部家当博一个没有把握的结果。可是，段叔和段燃目前也想不出立竿见影的法子不是吗？所以傻就傻吧，至少还有50%的机会。

她将房产证与借据推回去："学长，你自当我是自尊心在作祟好了，感情是感情，钱是钱，我不能平白无故接受你的帮助。"

"感情和钱有必要分得那么清楚吗？我赚了很多钱，不给你花又给谁花？"

米虫生活是绝大多数人的终极梦想，钱希西也不例外，但如果真有人把一车人民币摆在你面前，叫你买买买，你心里真不会犯嘀咕吗？

她含糊地笑了笑，毕竟他们还不是夫妻，她也没有参与他的人生，所以这些以后再说吧。

"时间不早了，谢谢你愿意把钱借给我，我就不打扰了。"

她坐在玄关换鞋，一双坚实的臂膀环住她的身体，耳畔传来闷闷的询问声："希西，你非要对我这么客气吗？"

温热的气息吹拂着她的耳垂，她的脸涨得通红，同时产生一丝别扭。

她伸出僵硬的手指，机械地拍了拍学长的手背："你在我心里是偶像一样的存在，给我一点儿时间，我需要适应。"

蒋哲洋无奈地动动唇："我就是一个普通人，也要吃饭睡觉，也有喜怒哀乐，也会吃醋。"

钱希西当然知道他指的是谁："既然你提到段燃，我也不想再回避这个问题。"她垂下双眸，"每次你与段燃发生争执，我都毫不犹豫地站在你这边：一来，你是我一直暗恋的男神；二来，我相信他就算再恼火，也不会和我绝交。但我从没仔细想过，我会对他造成怎样的伤害，他真不在乎吗？就拿酒吧那件事来说，虽然他只字不提喝醉的原因，但我觉得，或多或少与我白天的态度有关。看他伤成那样，说实话，我心疼得不行，恨自己没能早点儿去接他……"

蒋哲洋指尖一顿，默默地垂下双臂，这句话的意思莫非是，怪他出现得不是时候？延误她赶到酒吧的时间？

如果没记错的话，他们前几分钟还在谈婚论嫁，她真的想清楚了吗？

他故作平静地说："太晚了，我送你。"

钱希西回眸一笑："不用，楼下就是公交车站，我倒一趟车就到家。我走啦！"

……

蒋哲洋站在窗边，摩挲着未能送出的钻戒，遥望她远去的身影，心仿佛被掏空了。

翌日清晨，钱希西兴冲冲地来到胖哥家。

老柴狗似乎很欢迎她的到来，蹲在院门前"汪汪"犬吠。

狗叫声吵醒了熟睡的胖哥。胖哥虽然开了门，却不让她进门，除非答应他提出的新要求。

"五十万？！昨天我们不是说好三十万吗？钱我都准备好了，你怎么可以坐地起价啊？！"她急得眼泪快要掉下来。

胖哥伸个懒腰："昨晚我把有关新闻都看了一遍，话说那小子得罪了不少人吧？怎么就没有一篇新闻是帮他说话的？据说 Q.E 的股价也有暴跌的趋势，所以我忽然琢磨过味儿来，我是扭转局势的重要人物，五十万，一分不能少！"

"我已经把房产证押给朋友，你说变就变，叫我到哪儿去借钱？！"

"那我可不管，实在不行你叫那小子出钱呗。"

"敲诈，这是赤裸裸地敲诈！你们那么多人打他一个，把他打得送进手术室抢救，而你非但没有半分歉意，还趁机狠敲竹杠，你心里就没有一点点愧疚吗？！"钱希西又气又急，声音哽咽。

"我愧疚个屁！是他欺人不成反被欺！"

"你胡说！你肯定做了什么坏事！"

"我懒得跟你废话，没钱就滚！别影响其他金主找我谈这笔生意……"

哐当一声，门板在她的鼻尖前重重撞阖。钱希西狂敲门板："你不能这样出尔反尔啊！你们确实是以多欺少！我只有三十万！我真没有钱了！"

然而，她好话说尽，拍得掌心伤口都已裂开，胖哥仍是无动于衷。

钱希西顺着门板滑坐在地，把头埋在双膝间，万般无助。

她捡起一块石头，狠狠地砸向门板："我就坐在你门口死等，你休想见其他人！"

……

就这样，她从天明等到黄昏，还就真不走了！

她饿了叫外卖，渴了叫超市送饮料，反正她在外面，不怕他不出来！

院门轰然开启，胖哥手持一把大铁锹，恶狠狠地指向她："臭丫头，性子可真够倔的！再不走我可打你了！"

"你打吧，打伤我正好告你持械伤人！到时候看警察抓不抓你！"钱希西一脚跨进院门，双手叉腰、挺胸抬头。

胖哥混社会多年，什么样的女人都见过，乖的、狠的、浪的，就是没见过明明怕得发抖还要死撑的女学生。

"就为了一个男人,你真敢豁出去?"

钱希西垂下手臂,气馁地说:"不怕实话告诉你,我在来找你之前就想好了,如果你叫我下跪才肯帮段燃,我都愿意。可是你既不打我也不骂我,只要钱,我没有,真的没有了。如果你信得过我,我给你打个欠条,我钱希西欠你二十万!"

当胖哥听到她的全名,明显地愣住了。

"你叫钱什么……"他只是从欧阳美瑄口中听闻她姓钱。

"希西!"

听罢,胖哥的思绪顿住,似乎想起某件至关重要的事。

"熙熙?你也叫熙熙?"

"对啊,希望的希和东西的西。你干吗对我的名字这么好奇?"

胖哥做了个噤声的动作,燃起一根烟,坐在石墩上沉思。

钱希西不知道他又在琢磨什么坏主意,反正她只有一个准则,任何花言巧语都不能将她哄骗走!

这时,胖哥的手机在兜里狂振起来,惊得他打个激灵,他看了眼来电者,继而匆匆回屋又反锁上房门。

欧阳美瑄:"24小时过去了!你办事效率太低了!为什么还没有与那小贱人签订协议?!"

胖哥:"大小姐别生气,那丫头是真没钱啊,如果真让她给个十万、八万的,就这么点儿钱,说出去也没人信是段总裁指使的啊!"

欧阳美瑄:"我看你就是贪财,想两边捞!我再给你一天时间,如果还是搞不定,我不仅会让你吐出预付款,你日后也别想在本市混了!"

胖哥:"哎哟,别别别,是是是,我保证顺利把那丫头骗上贼船,放心,放心。"

欧阳美瑄愤愤地掐断通话!

胖哥知道这些有钱人都不好惹,何况也惹不起,他擦了把冷汗,匆匆奔出屋门与钱希西交涉。然而这一出来,钱希西不见了踪影?!

胖哥跑到胡同里，扬声呼喊她的名字。

喊了很久，只见钱希西从一家小药店里走出来："我在这儿，给你家大柴狗买这个去了。"她提起一卷纱布和药水，"你这主人是怎么当的？狗的一条后腿在流血你都不管？"

胡同狭窄，胖哥膀大腰圆杵在道路中央，她唯有从他的身旁挤过去。

胖哥在外面想了想对策才回来，进门就瞅见钱希西在给他的老柴狗包扎伤口。话说这条狗跟了他十五六年，说没感情那是假话，但老柴狗因为常年不洗澡，狗毛掉得稀稀拉拉越发丑陋，他连自己都照顾不好，更别说照顾一条狗，但钱希西自始至终不曾嫌弃老柴狗，这一点倒确实让他生出些许异样情绪。

"看在你对这条老狗这么仁义的份上，"他摊开手指勾了勾，"成交。"

"真的？！你答应帮段燃还原真相了？！"

胖哥悄然按下手机上的录音功能，然后扬声说："还原什么真相？他先动手打我是事实啊！你出钱的目的不就是让我说谎吗？"

"他真是无缘无故打你？"

"看我的嘴角，我这眼角，都是他打的！否则我干吗还手？"

酒吧一片漆黑，又是大混战，就算调出监控录像也看不清，何况段燃对于自己先出手一事不曾反驳，不管什么原因，先动手就是错，看来他们这一方确实不占理。

"那好吧，你就说他不小心撞到你，你们就推搡起来。"

"怎么说不用你教我，我比你在行，保证让那小子全身而退就是了。接下来咱们就按照江湖规矩来吧，你先打给我一半，事成之后再给我另一半。"

原来还可以付一半？！钱希西一副占了大便宜的表情，胖哥看穿她的小心思，无奈摇头："你也就是碰上我了，真的，日后还是在家老实待着比较安全。"

猝不及防，钱希西拉住胖哥的手臂："胖哥，不，我叫你胖叔更尊敬。胖叔，我把全部家当都给你了，你不会骗我吧？"

她的眼睛又大又亮，仿佛浑圆透亮的黑珍珠。胖哥若有所思地咂咂嘴，含糊其辞地应声。

待两人完成交易，钱希希一扫心头的阴霾，迈着轻快的步伐离开。

胖哥等她走远，把刚才的那段录音发给了欧阳美瑄。

欧阳美瑄："干得漂亮！我要把全市知名的电视台都叫来，到时候就看你的表现了。据我调查，Q.E近期为了推出新系列产品，用股票作抵押向银行借贷，假设可以把段燃塑造成一个没有人性的奸商，没准真能让Q.E的股价跌破银行估值，届时，银行方面一定会棒打落水狗，要求Q.E追加抵押物，办公大楼、工厂等等，Q.E也不是没有破产的可能性哦！哈哈！"

胖哥："你说的啥股票我不懂，但听着可够邪乎的，敢问欧阳美瑄大小姐，你为啥这么痛恨那小子？他扒你家祖坟了？"

欧阳美瑄："你最好把嘴巴给我放干净，这是我和他之间的恩怨，我要让他知道，得罪我是什么下场，至于你，心里也应该有数了吧？"

胖哥："有数有数，你叫好记者就通知我，我保证带伤上阵。"

欧阳美瑄拉长尾音应了声："在一百万面前，受点儿伤又算得了什么呢？如果你的兄弟也多多少少受点儿伤，我会考虑佣金翻倍的问题。哦，忘了告诉你，段燃是跆拳道黑带，随便翻翻网页就能查到他的得奖记录，所以一打十也不会有人怀疑。"

胖哥下意识地揉揉隐隐作痛的胸口，说："难怪那小子一脚就把我踢出好几米远，话说他当时如果清醒，我们哥几个还未必能占到便宜？"

欧阳美瑄阴阳怪气地说："说什么呢？他当时清醒得很，没错吧？"

胖哥："是是是，怪我口误，他要是喝多了，还能跟我对骂？哦不，是骂我！"

欧阳美瑄："说话别颠三倒四的，算了，我还是找专业人士给你一份发言稿吧，你背下来。"

胖哥点头哈腰地挂上电话，一转身躺在吱呀乱响的木板床上，环视这间住了几十年的破平房……终于，到了该离开这里的时候。

尾声

经过欧阳美瑄精心安排,各家电视台的采访车陆续驶入广场,采访标题——受害人首度回应 Q.E 总监段燃酒吧伤人事件。

今日,会以网络直播的形式进行采访。此刻距离采访时间不到五分钟。

与此同时,段宅,已然炸开锅。

"爸,妈,你们先坐下吧,既然有人处心积虑想整我,我倒看看他们能玩出什么花样。"段燃因为头部受伤,目前只能待在家里养病。

段爸踱步唔叹:"原本这件事,就被居心叵测的小人炒得沸沸扬扬!那个所谓的受害者估计已经收了不少好处,他们这是要置你于死地啊!"

段燃缄默不语,他料到那个"受害者"会变成定时炸弹,所以才没有与这个人接触,因为任何举动都有可能被媒体扭曲成做贼心虚。然而沉默,仍是没能换来息事宁人,早知如此,当时就应该把这厮往死里打。

段妈向门口张望:"出了这么大的事儿,希西跑哪儿去了?"

"她已经开学了,何况她就算在,也只能跟着瞎着急。"段燃翻阅着关于自己的负面新闻,当他看到一组网友上传的照片时,不由得愣住。

这组照片拍摄在他昏厥之后,钱希西神色焦虑、泪眼婆娑,还当众与他嘴对嘴?她在干吗?

"妈,您看过这些照片吗?"瞬间,他的注意力全部集中在钱希西身上。

段妈不耐烦地推开手机:"看过看过,希西说当时以为你快不行了,所以那傻丫头给你做人工呼吸来着。"

"……"段燃抚了抚嘴唇,不合时宜地扬起唇。段爸一扭头注意到他的表情:"你还笑得出来?你爸我快要急死了!"

"黑我的人还能说我什么?除了说我恃强凌弱。"

"能说你的多了,他可以杜撰你在打架时的言辞,说你瞧不起普通大众!你不要忘记,新产品的购买人群就是普通大众!"

"老伴儿别吼了,直播已经开始,现在说什么都晚了。"

另一边,直播现场。

胖哥带伤上阵,头上裹着白纱布,脸部新添多处瘀青。

欧阳美瑄选择远距离围观,她坐在私家车里,对胖哥的造型很是满意。心情与欧阳美瑄正好相反的,自然是钱希西。钱希西刚刚赶到现场,首先发现采访规模超乎想象,加之广场上的人原本就多,此刻堵得已是水泄不通。她又看向胖哥脸上的伤,不由得心中大惊!胖哥今早才通知她采访地点,胖哥承诺,会在记者面前表明,斗殴事件的始作俑者不是段燃。钱希西满心欢喜,同时对胖哥万般感谢,可是看目前这阵势,怎么感觉心里不踏实呢?

她立即戴上口罩、墨镜,挤入人群,试图与胖哥进行简短的交流。然而,等她汗流浃背挤到最前沿的时候,采访正式开始。

记者A是欧阳美瑄的朋友,她首先进行引导性发问:"请问,Q.E的段总监段燃为什么会突然对你出手?你仔细回忆一下,是否在言语上冲撞过他?"

胖哥用余光看到钱希西,于是他特意挪动脚步,避免与她目光接触。

"我当时正在跳舞,之前与段燃没有任何摩擦,是段燃突然冲过来打我,或许只是看我不顺眼?"

听罢,钱希西一把扯下口罩,刚欲冲上去制止,顿时被一只手捂住嘴,

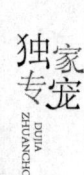

她侧头望去,竟是胖哥的兄弟。

第一个问题回答顺利,记者 A 继续问:"当时段燃的神志是否清醒?会不会是认错人?他有没有对你说过什么?譬如恐吓之类的?"

按照欧阳美瑄拟定的稿子,胖哥应该回答:段燃叫他这种穷鬼滚远点儿!

胖哥深吸一口气:"他什么都没有说,一上来就动手打人。不过,当我认识一个女孩儿之后,我才知道原因。所以我想,他打我也不是完全没有道理。"

听罢,全场哗然。欧阳美瑄神色错愕,立即从车里走出来!

记者 A 是老手,不慌不忙地问:"请问你提到的女孩儿,与段总监有什么关系?那个女孩儿是主动找上你吗?她是代表段总监向你致歉吗?"

胖哥轻摇头,说:"她是来骂我的,骂我恶人先告状。"他见记者有意撤走麦克风,又径自抢过来,说,"原本我也以为段燃是无理取闹,直到那个女孩儿告诉我,她叫希西的时候,我才知道,段燃一定是在洗手间听到我和兄弟的对话,虽然段燃那时候已经喝多了,但不难发现,他很在意这个女孩儿,唯恐这个叫希西的女孩儿受到一点儿伤害。"胖哥转向钱希西的方向,"当晚,我看上一个叫'熙熙'的领舞,我密谋在她的饮料里下药,正当我们靠近'熙熙'的时候,那小子突然冲出来,狠狠打我一拳,骂我卑鄙、下贱。我想,他肯定以为那个熙熙是你。"

顷刻间,镜头聚焦到钱希西的眼前,她呆若木鸡,原来这就是段燃与胖哥大打出手的真正原因?!

形势逆转,记者 B 举起麦克风追问:"所以段总监并非之前所讲的仗势欺人?"

胖哥笑了笑:"当然不是,不过那小子的拳头很硬,出脚也狠,如果不是喝多了,就算我们七八个人一起上,也未必是他的对手。"他伸出一根手指,指向镜头,"段燃,你给我听好了!有人给我钱让我黑你,很多钱,至少够我花上好几年的钱,但我临时改变主意了,你要感谢就感谢钱希西吧！这傻丫头为了让我帮你说上几句好话，拿出全部存款讨好我，我原本只想坑她一笔完事，但她做了一件让我很感动的事，把我那堆满垃圾的小院打扫得一尘不染，我问她为什么要这样做，她说，她没有更多的钱，所以只能出卖劳动力让我说实话。"胖哥无奈地笑了，"这么缺心眼儿的丫头，我真的不忍心坑她，所以等她凑够三十万来找我，我又把价码升到五十万，这一下可把她急哭了，她说三十万是她抵押房子借来的，真的分文没有了，我关上门不理她，她就堵在我家门口，从清晨到傍晚，求我，不断地恳求我。我当时就在想，如果有一个女人，不惜倾家荡产，低声下气地替我求情，我就是拼了这条命也要给她幸福！"他再次直视镜头，说，"段燃，你小子命好，遇到这么好的姑娘，好好待她。"

记者B急问："你提到的幕后黑手是谁？"

猝不及防，胖哥指向站在不远处的欧阳美瑄："就是她！U3的千金大小姐，她给我钱，让我诱导钱希西给我钱，然后反咬段燃做贼心虚、花钱消灾！"

话音未落，镜头统统指向欧阳美瑄！

"简直是血口喷人！段燃给你多少钱让你诬陷我？！"欧阳美瑄睁大惊恐的双眸。

胖哥不慌不忙取出手机，按下录音回放。很快，免提中传来欧阳美瑄与胖哥的对话。

【录音内容片段】欧阳美瑄：我要把全市知名的电视台都叫来，到时候就看你的表现了。据我调查，Q.E近期为了推出新系列产品，用股票作抵押向银行借贷，假设可以把段燃塑造成一个没有人性的奸商……

欧阳美瑄花容失色，惊见多家媒体冲她而来，她疯狂地拉动车门试图逃离，但不知道是不慎上锁还是手忙脚乱，总之车门怎样都拉不开，她的神态异常狼狈，唯有蹬着尖细的高跟鞋，艰难逃窜。媒体则是紧追其后，质问她陷害段燃的动机！

峰回路转，欧阳美瑄原本希望段燃身败名裂，不曾想，钱买不到世间所有的灵魂。如今，肮脏交易意外曝光，势必将迎来媒体的狂轰滥炸！

她的行为与言语，不仅会让她变成人们茶余饭后的笑柄，还会导致家族品牌名誉受损。

害人之心不可有，作茧自缚啊！

胖哥走到钱希西面前，从兄弟手中接过一个纸袋，他将纸袋塞进钱希西的手里："这是你给我的钱，我只留了一万，拿去买机票了。"

"胖叔，你要去哪儿？"

"欧阳美瑄这一下被我整惨了，她肯定饶不了我，不过也好，让我下定决心去找我老婆。我老婆跟人跑了之后，曾给我写过信，她说跟那人也分了，叫我去南方跟她重新开始，我对我老婆是又恨又爱，所以一直在犹豫，现在不用犹豫了，今晚的飞机。"

胖哥粲然一笑，仿佛一个满心憧憬的大男孩儿。或许在某年某月，他会为舍弃钱财而后悔，但此时此刻，他为自己感到自豪，因为他终于当了一次好人，一个从童年记忆当中挖掘出来的，行侠仗义的大英雄！

钱希西深鞠躬致谢："我确实傻，从没想过欧阳美瑄会在背后布局，但幸好我这个傻人遇到你这个傻人，让段燃化险为夷，谢谢，好人一生平安。"

一切尽在不言中，胖哥挥了下手，率领众兄弟潇洒离去，钱希西望向他的背影，感觉特别伟岸。

不过钱希西忘了告诉胖哥，她与段燃不是恋人……

她帮他，只是，只是……

阴霾散去，新品发布会如期而至，Q.E邀请各大媒体共襄盛举。

今日，Q.E的高层齐聚一堂，场面空前盛大。段燃作为Q.E的首席执行官，更是一袭盛装，英气逼人。

他的视线扫过贵宾席，位于中央的位置，仍是空缺。那个位置，他专门为钱希西预留，可自从酒吧事件解决之后，她就不曾露面。期间，段燃给她打了无数通电话，但她始终不肯接。他去到她的住所堵门，每每不在家。他不死心,又去学校找她,得到的结果却是,钱希西这些日子并未到校。他唯有对张佳芸软硬兼施,张佳芸被他折磨得身心俱疲,只能告诉段燃,钱希西过得很好,她要与蒋学长订婚了,目前正在筹备阶段,忙得分身乏术。

听到订婚的消息,段燃的心情已然无法用言语来形容,他的骄傲,他的自信,仿佛在一瞬间都熄灭了。

然而,他不能垮掉,因为新品的研究课题,正是来源于钱希西对未来的担忧。所以他强撑精神来到发布会,送她一份日后可以安心购买的礼物。

记者提问:"Q.E是一家出品高档化妆品和香水的国际企业。请允许我直言不讳地说,彩妆和香水的利润最为可观,所以请问段总监,您怎么会想到推出婴儿护理系列产品?而且目前从我拿到的产品目录上来分析,新品成分远超知名婴儿品牌,但定价却低于同类产品20%,这是前期的营销策略吗?预计何时涨价?"

段燃将视线从贵宾席的方向移回:"正如你所说,成本高,价格低,加上将近两年的研发,Q.E投入大量人力与物力,基本没有利润可言。我接下来要讲的内容,或许听上去像作秀,但事实就是如此,"他的目光停滞在钱希西的桌牌前,"六年前,我结识一个女孩儿,女孩儿出生在工薪家庭,生活勤俭,甚至有时到了吝啬的地步,所以我常嘲讽她是守财奴。"

他的话,引来台下一片欢声笑语。

段燃却笑不出,继续说:"她虽然今年只有22岁,但是什么事都爱操心,时常在我耳边唠叨,污染日趋严重,她倒无所谓,可是她的孩子怎么办?广告总是做得天花乱坠,但实际上良莠不齐,口碑极好的品牌价格又偏高,她根本负担不起,每次聊着聊着,她似乎对婚姻也失去了憧憬。我起初一笑置之,但久而久之,受到她的影响,开始注意婴儿护肤用品。我走遍世界各地,去过许多研究所,经科研人员反复试验,终于研制出最适合婴儿肌肤的'呼希'系列。呼希系列可以有效地隔离空

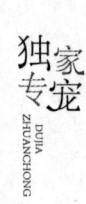

气中的污染物,保护婴儿稚嫩的肌肤。至于定价,几乎与成本持平,再低我就要赔钱了。"

段燃的解说赢得满堂彩。

"既然那位女孩儿对段总监影响颇深,请问她今天是否来到现场?"

段燃落寞摇头:"她要与暗恋六年的学长订婚了,没时间。"

一名年轻的小记者起身插话:"'呼希'系列?冒昧地问一句,段总监提到的女孩儿,与半个月前,酒吧事件中提及的'希西',是同一个人吗?难道你们不是情侣?"

此话一出,再次引起哗然,同时勾起媒体人的浓厚兴趣。

主持人唯恐此话题令段燃陷入尴尬,急忙扯开话题,段燃则抬手制止,面朝媒体坦然颔首:"我也经常思考这个问题,为什么我对她那么好,却没能让她爱上我?……近期我似乎想明白了,我对外人总是彬彬有礼,对她反倒冷言冷语,她做错事,我会毫不留情地骂她,她遇到麻烦,我一边帮她解决,一边还骂她没脑子。但我的本意并不是指责,只是怕她被人欺负,或许是我太想保护她吧,反而造成她的困扰。"

小记者挠挠头:"那她不是守财奴呀,酒吧事件的当事人在采访里曾提到,她为了让段总监摆脱负面新闻的攻击,拿出全部积蓄恳请当事人还原真相。"

提到这个问题,段燃脸上终于多了一丝带有温度的浅笑:"嗯,是我错怪了她,如果我见到她,一定向她道歉。"

"也许她正在收看直播,段总监可以先祝她订婚快乐!"

会场陷入一片沉默,良久,段燃悠悠地看向一号机,说:"希西,你要订婚了,我却说不出祝福的话,因为,你不是我的新娘。"

话音未落,段燃蓦地站起身,面朝众人俯首致歉,继而转身离席。

不能停留,不能回头,急促的步伐就像他与钱希西牵绊六年的情感,一旦存在奢求,他势必会成为她婚姻中的破坏者。

想不想破坏,想,非常想!但他想破坏的,正是钱希西梦寐以求的,他能怎么办,不让步又能怎么办?!难道把她绑回家,强迫她与他厮守吗？！

段燃在记者的追逐中跳上跑车，一阵风似的离开发布会现场。

镜头锁定在疾驰而去的车尾上，转瞬即逝。

与此同时，钱希西捧着布置新房的花瓶，站在商场外的电视墙前，透过荧幕望着远去的段燃，泪水渐渐模糊了她的视线。

这些日子，她其实就住在张佳芸的家中，不接电话，不去上学，不去打工，就是为了躲开段燃。她不敢见他，不敢听到他的声音，更不敢想他。只要一想到他，她就恨不得向他飞奔过去，正因为她知道自己怎么了，所以更加无法面对这么可耻的自己。她钱希西，果然是蠢得要死的女人，居然连爱谁都没搞清楚。

蒋学长去取车了，应该马上就会过来接她，她努力地平复情绪，但想到段燃在发布会上讲的每一句话，他染在脸上的每一个暗淡的表情，都让她无法正常呼吸。她放下笨重的花瓶，蹲在原地，用双手紧紧地盖住脸颊，尽量让泪水无声地淹没在掌心里。

不知难过了多久，手机短信的提示音响起。

蒋哲洋：我今天不会来接你了，惩罚你当年让我在广场上等你那么久。

钱希西：嗯，应该的。

蒋哲洋：如果时光可以倒流，你又知道我在等你，你会来吗？

钱希西：当然会。

蒋哲洋：……嗯，假设你当时来了，我想我会对你说：钱学妹，我现在有个大好的机会可以出国深造，所以我要走了，很高兴你能留在我的青春里，祝你幸福。

看完信息，钱希西带着泪光猛然环视四周，发现蒋学长坐在车里，而车子的方位，就在她的正侧面。换句话说，蒋学长或许早就回来了，把她的情绪尽收眼底！

蒋哲洋的目光中布满悲伤与不舍，但嘴角依旧勾起一轮优雅的弧度。

他把架在车门上的手臂抬起来，缓缓地伸直五指，然后面朝钱希西，迟缓地挥了挥。

他的唇边凝聚着千言万语，但最终，只是凝望着他心爱的女孩儿，将最温柔的笑容展现给她。

她若不快乐，他真的会快乐吗？

既然爱，就不要去恨，爱情教给我们的，或许就是取舍。

……

蒋学长走了，带着暖心的微笑，永远优雅得像个王子。钱希西不禁潸然泪下。

她在广场上呆呆地站了很久，默默地从无名指上取下钻戒，握在掌心，抬起头，望向满天繁星……蒋学长，对不起，谢谢你。

她疲惫地转过身，身体却撞进一个坚实的怀抱。

"你，怎么知道我在这儿？"她望向段燃，惊吓多过惊喜。

"有一位姓蒋的热心人给我发短信，他说你被甩了，拜托我过来安慰你。"段燃眼底含着笑，黑眸犹如星光一般璀璨。

钱希西一时间还不能从伤感与内疚中抽离出来，她试图从他的怀中钻出来，但段燃环紧双臂，根本不给她预留逃跑的空间。

她垂下眸："是，我被甩了，你要请我吃饭吗？"

"你承认你爱我，我就请你吃饭。"

"……"要不要这么直接？

段燃嗤笑："要不这样，我先承认我爱你，然后我再请你吃饭。"

"……"钱希西呛咳一声，神逻辑。

"段燃，我觉得我挺对不起学长的……要不我们先继续保持……"

保持朋友关系的提议还没说完，段燃打断："我都可以忍痛退出，他有什么不可以的？你要知道，只有真正爱你的人，才舍得放手，他和我在这一点上倒是惊人的相似，"他见钱希西深低着头，托起她的脸颊，"你真正应该感到抱歉的人，不应该是我吗？六年了，我陪着你、护着你，你却没给我丝毫回应，想过我被你伤过几次吗？想过吗？"

钱希西张了张嘴,怎么没回应,只是回应得不明显。

"你就是知道我跑不了,所以才敢肆无忌惮地虐我,我也是,居然栽在一个守财奴手里,什么荣耀都毁了。"

她踮起脚,用手盖住他的唇:"等等,说好的相亲相爱呢?"

段燃轻咬她的手指"让我一次性说完,以后再也不说了,都听你的。"

"听我的?我信你才有鬼,这样好了!你以后骂我一句,罚款一百。"钱希西搓搓手,"感觉离百万富翁不远了呢!"

"臭财迷……"他贴近她的脸颊,轻碰她的唇,他的神态渐渐认真起来,"希西,当我失去你的那一刻,我才发现,我比我以为的更爱你。答应我,永远,永远不要再离开我。"

钱希西从他的语气中听出恳求的意味,前所未有的示弱,竟让她心疼不已。

果然,她就是个受虐狂。

"不离开,你怎么骂我都不会离开你……否则到哪儿赚罚款去?"

听前半句还挺感动,这后半句是什么鬼?

段燃嗤笑,含住她的唇,略带惩罚地磨了磨。

情不自禁地,钱希西把双手搭在他的肩头,迎上他的吻。

谁还记得六年前,她被城管带走的那一次经历?当时,段燃穿着洁白的衬衫,脸上挂着超越年纪的严肃表情,犹如救世主一般出现在她的面前。她当时就在想,天啊,这小子是自带光环的尤物啊!

哦不,是天使。

不对,是恶魔。

好像也不准确,应该是……真爱。

险些错过,所幸没有;

又或许不会错过,真爱岂容错过?

【完结】